DAS GEHEIMNIS DER FÄHRTENSUCHERIN

INGRID SEYMOUR

DAS GEHEIMNIS DER FÄHRTENSUCHERIN

First edition. June 28, 2022.

Deutsche Erstveröffentlichung: Berlin 2022

Zuerst 2021 erschienen unter dem titel: The Tracker's Secret

Autor: Ingrid Seymour.

KAPITEL 1

I ch war eine verdammte Werwölfin.

Mein ganzes Leben lang hatte meine Mutter mich belogen und ich war nicht nur eine Fährtensucherin, ein Mensch mit Magie in ihrem Blut. Ich war noch dazu eine Gestaltwandlerin.

Doppelt schräg und dreifach verflucht.

Meine Mutter hatte mir sahnige Tortellini versprochen und stattdessen hatte sie mir einen Umhang tragenden Magier auf den Hals gehetzt, und das war überhaupt nicht sahnig gewesen. Tatsächlich war er ein totales Arschloch. Mit einem spöttischen Lächeln hatte er versucht, mich mit einem Zauberspruch zu belegen, der aber nicht funktionierte.

„Es ist zu spät, Amelia", sagte der Magier. „Sie hat sich bereits verwandelt. Den Zauber zu erneuern ist unmöglich."

In diesem Moment brach die Hölle los und ich merkte, dass meine Mutter eine dicke, fette Lügnerin war.

„Was zum Teufel?" Ich stolperte zurück und sah von dem kupferäugigen Mann und meiner Mutter hin und her. „Wovon spricht er? Was ist hier los?"

„Oh Gott, oh Gott, oh Gott!" Mom drehte durch und blieb in einer Schleife stecken, für die es keine Erklärung gab. Vielleicht brauchte sie einen Schlag auf den Kopf.

Ich ging auf sie zu und schüttelte sie. „Mom, was geht hier vor sich? Was versucht dieser Mann mir anzutun? Und was meint er mit ‚den Zauber erneuern'?"

„Bei den Hexenlichtern. Das darf nicht wahr sein!", rief sie und drehte sich zu dem Magier um, der stoisch an der Seite stand und uns beobachtete. „Du musst es noch einmal versuchen, Damien."

Der Magier schüttelte seinen Kopf. „Ich habe dich gewarnt, dass es kein Zurück mehr geben würde, wenn das passiert. Es ist zu spät. Es tut mir leid, aber ich kann nichts tun."

„Zu spät wofür?!", wollte ich wissen und trat einen Schritt auf ihn zu, auch wenn dieser Magier mir eine Heidenangst einjagte. Er war ein Kupfermagier, seine Augen verrieten das, und ich wollte ihn nicht verärgern. Wenn ich ihn wütend machte, beschloss er vielleicht, uns in ein Paar krächzende Papageien zu verwandeln – vielleicht verdiente Mom das sogar.

Sie hatte mich wegen etwas angelogen, aber was war es?

Der Magier zuckte die Schultern und ging ohne eine Antwort aus der Küche.

„Komm zurück und erklär mir das", knurrte ich und meine Stimme war dabei ein tiefes Grollen, bei dem die Figürchen auf Moms Regalen bebten.

Mom quietschte. Ich räusperte mich.

Was zur Hölle?

Der Magier sah unbeeindruckt über seine Schulter und sein Blick wanderte von meinem Gesicht zu meinen Händen, die ich ausgestreckt hatte, bereit, um ihn zu würgen. Dicke, scharfe Krallen zierten meine Finger.

Ich war bereits völlig in Panik, doch dieser grausame Anblick brachte mich an den Rand des Wahnsinns. Ich sah rot; mein Körper bebte.

„Zügle dein Temperament, Mädchen", sagte der Magier. „Du könntest dich verletzen, oder noch schlimmer, deine Mutter." Er sah meine Mutter traurig an. „Ich werde im Nebenraum warten und aufpassen, dass sie dich nicht ausweidet. Es scheint, als hättest du deiner Tochter einiges zu erklären."

„Ausweiden." Das war ein Ausdruck, der jeden ernüchtern würde. Ich setzte mich an den Küchentisch und sah dabei zu, wie sich meine

Krallen zurückzogen und eingerissene Nägel mit abgeblättertem Lack zum Vorschein brachten. Der Schock ließ meinen gesamten Körper erzittern.

Krallen, mir waren Krallen gewachsen!

Das Gleiche war letzte Nacht passiert. Ich erinnerte mich jetzt. An die Werkstatt, wo ich Bernadetta Fiores Fahrer, Bertram, gesehen hatte, und diese weibliche Fae, die sich aus dem Locciola-Lieferwagen geschlichen hatte. Dann hatte ich sie verfolgt und konnte mit ihrer gottgleichen Geschwindigkeit mithalten und hatte gedacht, es sei alles nur eine Verzauberung. Dann kamen die Krallen, doch danach hatte ich eine Erinnerungslücke.

Sie hat sich bereits verwandelt. Sie hat sich bereits verwandelt, wiederholten sich die Worte des Magiers in meinen Ohren. Angst rauschte meinen Rücken hinunter; eine kalte Klinge, die mich erschaudern ließ. Ich sah zu meiner Mutter hinüber, die ihren Rücken an den Kühlschrank drückte, als könnte sie mit ihm verschmelzen und verschwinden. Sie sah mich nicht an und ihre Unterlippe bebte. Tränen glänzten in ihren Augen. Mom war eine starke Frau. Ich konnte an einer Hand abzählen, wie oft ich sie weinen gesehen hatte: an dem Tag, an dem mein Bruder Leo uns verlassen hatte, um die Welt zu erkunden, und als mein Vater starb.

Mein Herz schrumpfte auf die Größe einer vertrockneten Erbse. Welche Erklärung sie mir auch immer schuldete, ich glaubte nicht, sie hören zu wollen – nicht, wenn sie meine Mutter zum Weinen brachte.

Doch wie konnte ich keine Antworten verlangen?

Mein Körper kribbelte und juckte überall; meine Haut fühlte sich drei Nummern zu klein an. Meine Fingerspitzen schmerzten und meine Kehle schnürte sich zusammen. Als ich sprach, war meine Stimme einige Oktaven tiefer, als sie es hätte sein sollen.

„Du fängst besser an zu reden und zu erklären, was das alles bedeutet", sagte ich.

Die dunklen Augen meiner Mutter blickten endlich in meine. Die Tränen flossen über ihre Wangen, als sie blinzelte und schwer schluckte. „Ich weiß nicht, wo ich anfangen soll."

„Mach es wie bei einem Pflaster, Mom. Ich habe schon eine riesige Überraschung hinter mir. Vielleicht bedeutet das, dass ich stark genug für das bin, was auch immer du jetzt noch hast", sagte ich mit zorngetränkter Stimme.

Ich hatte noch nie so mit ihr gesprochen, doch es war offensichtlich, dass sie mich angelogen hatte und es weiterhin getan hätte, wenn der Magier in der Lage gewesen wäre „den Zauber zu erneuern", was bedeutete, dass er es nicht zum ersten Mal getan hatte. Mom hatte seit Tagen darauf bestanden, dass ich sie besuchen kam, doch ich war zu beschäftigt gewesen und hatte ihre hartnäckigen Anrufe ignoriert. Jetzt stellte sich heraus, dass sie mich nicht wegen meiner reizenden Gesellschaft hier haben wollte.

Mit einem unsicheren Schritt löste sich Mom vom Kühlschrank. Ihre Hände waren vor ihr gefaltet und sie verschränkte nervös ihre Finger. „Ich wollte nur das Beste für dich. Ich wollte nicht, dass das passiert."

Ein tiefes Knurren drang aus meiner Brust. Mom wich zurück und presste sich wieder mit dem Rücken gegen den Kühlschrank. Ich legte eine Hand an mein Brustbein. Es klang, als hätte ich den Motor meines Camaros verschluckt. Was zur Hölle war da los?

„Was passiert mit mir?" Meine Stimme klang wieder normal, doch sie war voller Angst.

„Du verwandelst dich." Die Worte meiner Mutter klangen wie eine Art Fluch, wie etwas, vor dem ich Angst haben sollte.

In was verwandelte ich mich? Das sollte ich sie fragen, doch Mom war nicht der einzige Feigling hier. Es schien, als hätte ich es von ihr geerbt, denn ich vermied die Frage.

„Und dieser Magier", ich zeigte in Richtung des Wohnzimmers, „er war hier, um ...?"

„Er war hier, um es aufzuhalten, wie jedes Jahr, seit du geboren wurdest."

Seit du geboren wurdest.

Ich spähte unter den Tisch und spielte mit dem Gedanken, mich dort für den Rest meines Lebens zu verstecken. Es würde mir weder an Obdach noch an Essen mangeln. Mama war eine gute Köchin. Es war gar keine schlechte Idee.

In was verwandelte ich mich? Ich drückte mich immer noch vor der Frage, die am wichtigsten war, doch Mom nahm all ihren Mut zusammen und traf den Elefanten im Zimmer genau zwischen die Augen.

„Du bist eine Werwölfin, Antonietta."

Ich hatte es kommen sehen. Trotzdem konnte ich es nicht akzeptieren.

„NEIN!", rief ich, auch wenn ich tief im Inneren wusste, dass es die Wahrheit war.

Ich schüttelte zwar den Kopf, doch ein Teil von mir regte sich bei dieser Information und fühlte sich bestätigt, als hätte er die ganze Zeit darauf gewartet, *gesehen* zu werden.

„Was für ein kranker Scherz ist das?", wollte ich wissen und ließ zu, dass Leugnung die Oberhand gewann. „Ich kann keine Werwölfin sein. Ich bin ... ich ..."

Ich starrte meine Hände an, wo ich noch vor wenigen Minuten Krallen gesehen hatte. Sie waren noch immer unter meiner Haut. Ich spürte sie wie winzige, pochende Herzen an meinen Fingerspitzen; pulsierend, drängend, begierig, freigelassen zu werden.

Mom stieß einen schweren Atemzug aus und setzte einen resignierten Gesichtsausdruck auf, als sie auf mich zu kam und gegenüber von mir Platz nahm. Sie sah aus, wie jemand, der einen tapfer gekämpften Kampf aufgegeben hatte; jemand, der es hasste, zu verlieren, doch gleichzeitig Erleichterung verspürte, weil es endlich zu Ende war.

„Ich habe dich und alle anderen zwanzig Jahre lang belogen", sagte sie und ihre Augen waren dunkel und abwesend, als ob sie an einen anderen Ort und in eine andere Zeit transportiert worden wäre. „Ich bin nicht stolz auf meinen Fehler und alles, was ich vor dir und deinem Vater geheimgehalten habe."

Ich weiß, was sie sagen wird. Ich weiß, was sie sagen wird.

Nein, das tust du nicht. Es nicht nicht möglich.

Als sie wieder sprach, schüttelte ich meinen Kopf wieder und wieder und wünschte mir, ich wäre zum Mittagessen gekommen, als sie mich zum ersten Mal darum gebeten hatte, sodass nichts von all dem passiert wäre, sodass ich nicht zulassen müsste, dass ihre Worte mein Herz in mehr Stücke zerbrachen, als ich jemals für möglich gehalten hätte.

„Antonietta, du ... du bist nicht Peters Tochter."

Nein!

Dad. Ein Schluchzen entkam mir.

„Ich hatte eine Affäre. Es hat nicht gehalten. Das ist keine Entschuldigung, aber dein Vater und ich hatten eine schwere Zeit und ich war jung und dumm. Es war vorbei, als es gerade erst begonnen hatte, und obwohl er mich abserviert und verlassen hat, bist du geblieben."

Er hatte Schluss gemacht, nicht sie.

Was für ein verdammt saurer Apfel war das bitte?

Ich stand von dem Stuhl auf und starrte mit bebenden Fäusten auf meine Mutter herunter. Sie muss etwas in meinem Gesichtsausdruck gesehen haben, denn sie zuckte zusammen und ihre Lippen wurden zu einer dünnen, weißen Linie. Ohne ein weiteres Wort kehrte ich ihr den Rücken und ging davon.

„Toni, bitte lass mich ausreden", flehte sie.

Doch mehr musste ich nicht hören. Es tat zu sehr weh, sie auch nur anzusehen, also verließ ich das Zimmer und stellte mich dem Magier. Er saß im Wohnzimmer, hatte es sich mit überkreuzten Beinen auf dem Sofa bequem gemacht und summte ein Lied, das ich nicht kannte.

Als er mich sah, starrte er mich von hinter seiner dunklen, runden Brille an und sagte: „Beeindruckend."

Ich sah ihn finster an und brachte es nicht fertig, ihm zu antworten. In meinem Kopf tobte zu viel Zorn und Schmerz, um mir eine gute Beleidigung einfallen zu lassen.

Damien Ward, so hatte Mom ihn mir vorgestellt, stand auf, und sein Umhang schwang um ihn herum. Langsam fasste er in seine Brusttasche, zog eine Visitenkarte heraus und reichte sie mir. „Du wirst Fragen haben, wenn du dich wieder daran erinnerst, wie man Worte bildet. So kannst du mich erreichen."

Ich starrte die Karte an, als ob fellige Ohren aus meinem Kopf schießen würden, wenn ich sie berührte.

Der Magier schnaubte und legte die Karte auf den Couchtisch. „Ich würde vorschlagen, dass du es erst einmal vermeidest, wütend, ängstlich, nervös oder sexuell erregt zu werden. Zumindest, bis du die Verwandlung kontrollieren kannst. Glaube mir, zwanghafte Verwandlung möchtest du nicht in deiner Akte stehen haben. Viel schlimmer als Trunkenheit am Steuer."

Als ob er genau das Gegenteil vorgeschlagen hätte, entflammte blinde Wut in mir und diese grausamen Krallen kamen wieder, zusammen mit riesigen Reißzähnen. Verdammte zwanghafte Verwandlung!

Damien legte seinen Kopf schief und sah mich mit geschürzten Lippen an. Einen Moment später wedelte er mit einer Hand in der Luft und ein lieblicher Duft breitete sich im Raum aus und erfüllte meinen Kopf und meine Lungen mit einer süßlichen Wärme, durch die ich mich ganz schwer und benommen fühlte. Meine Krallen und Reißzähne zogen sich zurück. Ich blinzelte mehrmals gegen die Orientierungslosigkeit an.

„Erinnerst du dich an deine Verwandlung?", fragte der Magier.

Hm? Was?

Ich überdachte diese Frage aus jedem Winkel. Plötzlich kam mein Gespräch mit Mom wieder in meinen Kopf zurück, wie ein Boomerang auf Steroiden. Tränen brannten in meinen Augen, als sich ihre Worte in meinem Kopf wiederholten.

Du bist eine Werwölfin, Antonietta. Du bist nicht Peters Tochter.

„Du hast dich verwandelt", sagte Damien. „Deshalb wirkt mein Zauber nicht mehr. Das Tier ist frei. Weißt du, wann es passiert ist?"

Ich hätte es wissen müssen. Dieser Gedanke schoss mir durch den Kopf und erinnerte mich daran, dass ich mich in letzter Zeit seltsam gefühlt hatte. Meine Haut hatte gejuckt und sich zu klein für meinen Körper angefühlt. Und mein Geruchssinn ... er war nicht immer so scharf gewesen.

„Ich ... ich glaube ja", sagte ich und versuchte, meine Wut unter Kontrolle zu halten. Dieser Mann sagte Dinge, die ich wissen musste. „Doch ich erinnere mich an nichts."

Damien nickte, als wäre das normal. „Es wird nicht einfach, doch du musst lernen, es zu kontrollieren. Jemand von deiner Art muss es dir beibringen."

Von deiner Art.

Meine Ohren fingen an zu klingeln. Mein ganzes Leben lang hatte ich angenommen, etwas zu sein, das ich nicht war. Meine ganze Welt war eine Lüge, und mein wahres Ich war etwas ... unbekanntes und beängstigendes.

„Gibt es jemanden, der dir helfen kann?", fragte der Magier.

Sofort wanderten meine Gedanken zu Jake. Er war ein Werwolf. Er konnte es mir beibringen. Plötzlich fielen mir die Worte wieder ein, die er erst gestern zu mir gesagt hatte. *„Ich wollte nicht gehen, Toni, aber ich musste es. Ich habe ein Versprechen gegeben. Ich schulde es meinem Vater,*

meinem Großvater und Neil unser Erbe weiterzugeben und mit dir ...
wäre das unmöglich."

Mein Magen drehte sich um. Ein Teil von mir war überglücklich.
Ich war eine Werwölfin, was bedeutete, dass ich mit ihm zusammen
sein konnte. Es gab keine Hindernisse mehr. Ich konnte ihm Kinder
schenken und seiner Familie dabei helfen, ihr Erbe fortzuführen.

Doch ein anderer Teil von mir fürchtete sich vor dieser Vorstellung.
Ich wusste nicht, wie man Werwolfskinder erzieht. Ich wusste nicht
einmal, ob ich welche haben wollte. Außerdem war ich keine richtige
Werwölfin. Jake würde mich nicht wollen. Er wollte jemanden, der stark
und fähig war, eine Gefährtin, die an seiner Seite stehen und seine Tra-
ditionen erhalten konnte, und ich hatte keine Ahnung, wie man das tat.
Ich wäre keine gute Gefährtin für ihn. Und mir gefiel die Vorstellung
nicht, nur eine Welpenfabrik zu sein.

Und warum zur Hölle dachte ich gerade über Jake nach?!

Ich schob die Gedanken beiseite. Es war einfach zu viel zu verdauen,
besonders weil ich das Ausmaß des Verrats meiner Mutter noch nicht
verarbeitet hatte, und jedes Mal, wenn ich an meinen Vater dachte,
schmerzte mein Herz. Er war nicht mein Vater. Jemand anderes – irgendein Mann, den ich nicht kannte, der tot oder lebendig sein konnte –
war für meine Zeugung verantwortlich.

Und da war noch mehr ... ich war eine Fährtensucherin *und* eine
Werwölfin. Wie? Das war unmöglich, oder nicht?

Mein Kopf dröhnte, während all diese Gedanken darin herumwirbel-
ten und aufeinanderprallten wie Kugeln auf einem Billardtisch. Ich
presste meine Handflächen gegen meine Schläfen und versuchte, sie zu
stoppen.

Der Magier richtete seinen Blick an mir vorbei und sagte: „Amalia,
kennst du jemanden, der ihr helfen kann?"

Ich sah hinter mich, wo Mom stand. Ich machte einen Schritt auf
die Eingangstür zu, während die Wut wieder in mir aufflammte. „Wie
konntest du nur?!", wollte ich wissen.

„Ich—"

„Nein! Sprich nicht mit mir. Du hast alles ruiniert. Ich hätte lieber
dich verloren, statt Dad."

Ein verletzter Gesichtsausdruck zeichnete sich auf ihrem Gesicht ab. „Sag so etwas nicht."

„Ich wünschte, er wäre hier und nicht du. Ich wünschte ... ich wünschte ..."

Plötzlich gab es nur noch eine Sache, die ich wollte, und das war mich so weit von Mom zu entfernen, wie möglich. Ich bewegte mich weiter auf die Tür zu und wollte gerade aus dem Haus stürmen, als mir die Visitenkarte des Magiers einfiel.

Aus purem Instinkt beugte ich mich vor und nahm sie vom Couchtisch. In diesem Moment wusste ich nicht genau, warum ich sie nahm. Doch später wäre ich froh darüber. Er war der Einzige, der den Zauber erklären konnte, der meine Wölfin eingesperrt hatte.

Und früher oder später würde ich diese Antworten brauchen.

KAPITEL 2

Ich lag im Bett im Gästezimmer der Wohnung meiner besten Freundin und schüttelte den Kopf, als die Erinnerungen außer Kontrolle zu geraten drohten und die gestrigen Ereignisse mit einer solchen Lebendigkeit abspielten, dass ich fast sehen konnte, wie der höhnende Magier mich über den Rand seiner dunklen, runden Brille anstarrte.

Zorn entflammte in mir, als ich vor meinem inneren Auge sah, wie Mom und Damien in der Küche standen. Meine Haut begann zu kribbeln und meine Fingerspitzen und mein Zahnfleisch spannten sich so sehr an, dass Klauen und Reißzähne fast daraus hervorplatzten.

Ich setzte mich auf und klammerte mich an den Rand der Matratze, während ich mich in dem Ganzkörperspiegel ansah, der an der Wand hing. Ich versuchte, die Wut zu vertreiben, indem ich langsam atmete und mich auf mein Gesicht konzentrierte. Irgendetwas daran war verändert, doch ich konnte nicht genau sagen, was. Kaum merkliche Neuerungen zeichneten meine Züge, und machten sie ... wild. Meine Wangenknochen und meine Nase schienen geschärft zu sein und mein Mund stand leicht vor.

Gott, ich darf mich nicht verwandeln. Rosalina ist im Nebenzimmer.

Sie machte sich gerade für die Arbeit fertig. Sie brauchte eine Weile, um sich zu schminken, denn sie war ein Genie, was Lidschatten und Concealer anging. Als ich an meine Freundin dachte, wurde das

Kribbeln unter meiner Haut ein wenig schwächer, also kniff ich meine Augen zusammen und dachte weiter über sie und den Tag nach, der uns im Büro bevorstand.

Heute würde uns ein neuer Klient besuchen. Celina Morelli hatte ihm Sunder's Gefährtenvermittlung empfohlen, was bedeutete, dass Rosalina und ich auf einem guten Weg waren, unsere Klientel auf die exklusivsten Kreise von St. Louis auszuweiten. Die geschäftlichen Ziele, die wir uns gesetzt hatten, begannen, sich zu verwirklichen. Mit diesen neuen Klienten würden wir mehr für unsere Dienste berechnen können und uns nicht mehr einfach nur über Wasser halten.

Mit einem tiefen Atemzug öffnete ich meine Augen und starrte mich selbst wieder im Spiegel an. Mein Gesicht sah wieder normal aus. Es war runder und nicht mehr *wild*.

Den Hexenlichtern sei Dank.

Ich konnte das. Ich konnte mich zusammenreißen. Ich brauchte niemanden von *meiner Art*, der mir helfen und mir Dinge beibringen würde. Und ich musste diesem Magier keine Fragen stellen, denn Mom konnte ihn genauso gut wieder davon überzeugen, mich im Dunkeln tappen zu lassen. Plötzlich kam die Wut zurück und begann wieder zu brodeln, wie ein bereits kochender Topf, den man wieder auf den Herd stellte.

Vergiss den Magier. Vergiss Mom.

Vergiss den Magier. Vergiss Mom.

Vergiss sie, vergiss sie, vergiss sie.

Doch der Singsang in meinem Kopf machte es nur noch schlimmer. Ein Grollen stieg in meiner Brust auf und ich fiel auf allen Vieren vor das Bett, mein Rücken krümmte sich, meine Muskeln spannten sich an und mein Gesicht zuckte. Ich starrte auf meine Finger, als sie zu schrumpfen begannen und braunes Fell an den Fingerknöcheln wuchs.

Nein, nein, nein!

Lass mich raus, schien eine andere Stimme in meinem Kopf zu brüllen.

Nein, geh weg!

Es klopfte an der Tür. „Bist du fertig? Aaron Blackridge wird um acht Uhr im Büro sein."

Ich öffnete meinen Mund, um ihr zu antworten, doch aus Angst, was herauskommen würde, schloss ich ihn wieder, und flehte meinen Körper an, sich zu entspannen, und mein Rückgrat und meine Finger, wieder zur Normalität zurückzukehren.

„Hey Toni der Tiger, bist du da drin?" Ein Hauch von Besorgnis lag in Rosalinas Stimme.

Bitte hör auf. Bitte, flehte ich und starrte das widerliche Fell an, das auf meinen Unterarmen spross.

Es ist nicht widerlich, sagte die andere Stimme. *Es ist so, wie es sein soll. Halt die Klappe.*

Die Werwölfin musste es jetzt nicht noch schlimmer machen. Ich sollte Rotkäppchen sein, und stattdessen war ich der große, böse Wolf geworden, wie die Protagonistin des Films *Red: Werewolf Hunter*, die gebissen wird und sich in einen Werwolf verwandelt.

„Toni?" Es klopfte wieder.

Ich hatte Rosalina nicht gesagt, was ich war. Sie war meine beste Freundin, doch ich wusste noch nicht, wie ich zugeben sollte, dass ich eine Werwölfin war, noch dazu eine, die nichts über Gestaltwandler wusste, und mit einer falschen Bewegung alles ruinieren konnte, was wir uns so hart erarbeitet hatten. *Verdammt!* Gerade, als sich die Dinge zum Guten wandten, als wir erreichten, was wir uns vorgenommen hatten, konnte sie sich nicht auf mich verlassen.

Verdammt, ich sollte nicht einmal ins Büro gehen – nicht, wenn aus dem Nichts ein Schwanz aus meinem Hintern schießen konnte, und meine innere Werwölfin vielleicht beschloss, meine Klienten zum Abendessen zu verspeisen. Wir müssten all unsere Termine absagen, bis ich diesen Mist im Griff hatte.

Die Tür öffnete sich und Rosalina trat in den Raum. „Toni?" Eine Pause. „Wo ist sie hin?"

Ich hörte, wie sie weiter hereinkam und hielt den Atem an. Ich kniff die Augen zusammen und flehte die Wölfin an, sich zurückzuziehen.

„Was tust du da?", fragte Rosalina, als sie um das Bett herumkam.

Ich öffnete meine Augen und starrte meine Hände und Unterarme an. Sie sahen normal aus. Es sprossen keine lästigen Haare darauf. Langsam sah ich über meine Schulter. Rosalina stand hinter mir und sah stirnrunzelnd meinen Hintern an, den ich auf allen Vieren nach oben streckte. Sie sah nicht erschrocken aus, nur verärgert, was bedeutete, dass ich nicht anders aussah, als an jedem anderen Morgen.

„Ähm, mein Stift ist runtergefallen", sagte ich kleinlaut.

Ja, klar, sagte meine innere Wölfin.

Schnauze, Red!

Meine Wölfin sträubte sich bei diesem Namen.

„Lass ihn liegen", sagte Rosalina. „Wir kommen noch zu spät."

„Du hast recht." Ich sprang auf die Füße und strich meine marineblaue Hose glatt.

Rosalina kniff die Augen zusammen und starrte meine Brust an. Waren mir weitere Brüste gewachsen? So funktionierte es doch bei Wölfen, oder?

„Schöne Bluse", bemerkte sie. „Ist die neu?"

Ich atmete erleichtert auf. „Ja. Ich habe sie vor ein paar Wochen gekauft und sie noch nicht getragen." Es war eine elegante Bluse mit weiten Ärmeln und V-Ausschnitt. Mit einer Stoffhose sah sie professionell aus und in der Freizeit konnte ich sie mit einer Jeans tragen.

„Du benimmst dich komisch." Rosalina zog eine Augenbraue hoch. „Seitdem du gestern vom Besuch bei deiner Mutter wiedergekommen bist, ich weiß nicht – du bist so verändert. Ist etwas passiert?"

Meine Schultern sackten nach vorne. Ich konnte es ihr nicht verheimlichen. „Es ist tatsächlich etwas passiert, aber das ist eine lange Geschichte. Vielleicht können wir heute Abend darüber reden?"

„O-kay", sagte sie langsam. „Muss ich mir Sorgen machen?"

„Vielleicht. Ein wenig." Sie musste sich wahrscheinlich große Sorgen machen, doch ich wollte ihr den Tag nicht damit vermiesen. Und vielleicht würde mir bis dahin eine geniale Idee einfallen, um das Tier in mir unter Kontrolle zu bringen.

Sie schnaubte und ich konnte ihr ansehen, dass sie mit meiner Antwort nicht zufrieden war. „Na gut. Wir reden heute Abend. Jetzt beeil dich, oder wir kommen zu spät. Sollen wir uns auf dem Weg Frühstück holen?"

„Auf jeden Fall. Ich bin am Verhungern. Ich füttere noch schnell Cupid, bevor wir gehen." Ich hatte mir vorgenommen, meinen Kampffisch gewissenhafter mit seinen leckeren Pellets zu füttern. Er schwang seinen bunten Schwanz, während er sein Essen verschlang. Ich würde bald sein Wasser wechseln müssen. Es sah langsam trübe aus.

Auf dem Weg zur Agentur kauften wir uns zwei große Becher Kaffee und klebriges Gebäck bei einer kleinen Bäckerei in der Nähe ihrer Wohnung. Das Essen lenkte mich eine Weile ab und als ich meine Finger abgeleckt hatte, bemühte ich mich, an nichts anderes als unseren nächsten Klienten zu denken.

Wir wussten noch immer nicht viel über ihn, außer, dass sein Name Aaron Blackridge war und dass er ein beliebter schräger DJ war, der sich Slice nannte. Er war ein Werwolf aus einem bekannten Rudel. Die Blackridges lebten schon seit Generationen in St. Louis. Heute würden wir eine Akte für ihn anlegen, den Vertrag durchgehen und ihm hoffentlich ein paar herzzerreißende Tränen entlocken, um einen Trank für ihn zu brauen.

Als wir bei der Agentur ankamen, hatten wir noch zehn Minuten Zeit. Rosalina parkte ihren roten Scion vor unserer Tür und wir stiegen aus. Ich eilte ins Büro, weil ich fürchtete, Jake über den Weg zu laufen. Ohne Damien Wards Zauber hatte ich Angst, er würde eine Veränderung an mir bemerken und ich war nicht dafür bereit, dass es jemand erfuhr, besonders nicht Jake. Selbst die Vorstellung, es heute Abend Rosalina zu erzählen, verängstigte mich. Ich wusste nicht, ob ich mich jemals selbst akzeptieren würde, und befürchtete, dass es andere auch nicht tun würden. Bei Jake sorgte ich mich jedoch eher darum, dass er mich sofort in die Arme schließen würde, und das nur aus Gründen, die mit meinem verdammten Uterus zu tun hatten.

Das coole Kunstwerk von Amor, das an der Wand hing, begrüßte uns wie jeden Morgen, und ich entspannte endlich meine Schultern. Ich war Jake entwischt. Zumindest vorerst.

Rosalina setzte sich sofort an ihren Schreibtisch und öffnete ihren Laptop. Sie reichte mir den Ordner, den sie für unseren neuen Klienten angelegt hatte, und ich wollte gerade in mein Büro gehen, als sich die Tür hinter mir öffnete und die Person, die ich am wenigsten sehen wollte, hereinmarschiert kam.

„Guten Morgen", sagte Jake und neigte den Kopf.

Ich drehte mich zu ihm um und zuckte leicht zusammen, während ich Rosalina in die Augen sah.

Er stand im Türrahmen, groß und breit, mit perfekt gestyltem Haar und Bart, und der Duft frischer Seife ging von ihm aus. Er trug ein dunkles Paar Jeans, schwarze Motorradstiefel, ein graues T-Shirt und eine Bomberjacke. Seine silbernen Augen funkelten im Licht der Deckenlampe und mein Herz begann seltsam unregelmäßig zu schlagen, was es immer tat, wenn er unerwartet auftauchte und ich mich nicht darauf vorbereiten konnte, seine umwerfende Attraktivität zu sehen.

Red leckte bei dem Anblick ihre Lippen. Ich auch.

Als ich wieder zur Besinnung kam, trat ich ein paar Schritte von ihm zurück, aus Angst, er würde einen neuen Geruch an mir riechen. Er runzelte die Stirn, als ich vor ihm zurückwich, und legte den Kopf schief. Seine Nasenlöcher blähten sich auf und ich fürchtete, dieses Geheimnis nicht vor ihm verbergen zu können, doch er verwarf wohl seinen Gedanken, als ich einen verärgerten Gesichtsausdruck aufsetzte.

Enttäuschung überkam mich. Das war dumm. Der Logik nach wollte ich nicht, dass er wusste, was ich war, doch mein Herz hatte sich schon immer danebenbenommen, wenn es um Jacob Knight ging.

„Entschuldigung", sagte er. „Ich werde euren Arbeitstag nicht lange unterbrechen, ich habe nur eine Frage zu unserem Vermieter."

Jakes Detektei lag genau neben unserer Agentur. Es fühlte sich an, als wäre es schon eine Ewigkeit her, doch erst vor zehn Tagen war er aus dem Nichts aufgetaucht, nachdem er anderthalb Jahre verschwunden gewesen war. Schamlos hatte er das leerstehende Büro auf unserer Straße gemietet und es geschafft, mich in ein Chaos zu verwickeln, das mich völlig aus der Bahn geworfen hatte.

Jetzt, da er keine Verwendung mehr für mich hatte, konnte ich nur hoffen, dass er beschließen würde, umzuziehen. Man durfte ja wohl träumen.

„Frag ruhig", sagte Rosalina.

„Ich habe ein paar Dinge, die seine Aufmerksamkeit erfordern, bevor ich offiziell eröffnen kann. Gibt es noch einen anderen Weg, ihn zu kontaktieren, außer seiner E-Mail-Adresse? Er hat keine der Nachrichten beantwortet, die ich ihm geschickt habe."

Nein, er hatte nicht beschlossen, umzuziehen. Stattdessen machte er es sich bequem und war kurz davor, sein Geschäft zu eröffnen. Er hatte bereits renoviert. Vielleicht war er fertig und das Büro entsprach nun seinen Vorstellungen.

Langsam ging ich rückwärts auf mein eigenes Büro zu. „Ich glaube, Rosalina hat seine Nummer, oder nicht?"

Sie nickte, dann nahm sie ihr Handy und begann, durch die Kontakte zu scrollen.

„Ich muss mich auf einen Klienten vorbereiten. Er wird jede Minute hier sein." Ich zeigte mit dem Finger in Richtung meines Büros, dann verschwand ich schnell durch die offene Tür. Als ich drin war, seufzte ich erleichtert. Er schien nichts Ungewöhnliches an mir bemerkt zu haben, doch ich konnte mir nicht sicher sein, dass es so bleiben würde. Der Zauber des Magiers war noch nicht komplett abgeklungen, doch sobald er es war, würde Jake es merken.

Die Haut an meinen Fingern begann zu jucken. Ich kratzte sie geistesabwesend, doch als ich merkte, was ich tat, hörte ich auf und schüttelte mich. Mit drei tiefen Atemzügen beruhigte ich mich. Das nervtötende Jucken verschwand. Mann, wenn ich es nicht besser wüsste, würde ich sagen, dass mein Werwolfdasein mit Krätze einherging.

Dumme Wandlertriebe!

Dankbar für eine Ablenkung, um über etwas anderes nachzudenken als meinen verräterischen Körper, setzte ich mich an den Schreibtisch und legte den Ordner für den neuen Klienten vor mich. Ich hatte zu arbeiten.

Ich rollte meine Schultern zurück, nahm einige Stifte und legte sie neben Aaron Blackridges Ordner. Schnell sah ich mich in dem kleinen Spiegel an, den ich in meiner Schreibtischschublade aufbewahrte, um sicherzugehen, dass ich nicht wölfisch aussah. Aus irgendeinem Grund bezweifelte ich, dass der „gestörte, unkontrollierbare Wandlertussi"-Look den Kunden ein gutes Gefühl geben würde.

Einen Moment später erschien Rosalina in der Tür und kündigte unseren Klienten an.

„Mr. Blackridge ist hier", sagte sie in ihrer angenehmen, professionellen Stimme.

Ich stand auf und schüttelte seine Hand, als er eintrat. Er war ein afroamerikanischer Mann Mitte zwanzig. Sein dunkles Haar war zu Dreadlocks gestylt und fiel ihm um die Schultern. Bis auf seine roten, hohen Turnschuhe trug er ein komplett schwarzes Outfit. Ein einzelner Diamantenohrring prangte an seinem rechten Ohr und eine Goldkette mit einem schweren Anhänger in der Form eines Violinschlüssels hing um seinen Hals. Er schenkte mir ein warmes Lächeln, durch das er mir sofort sympathisch war.

„Guten Morgen, Miss Sunder", sagte er mit freundlicher Stimme.

„Guten Morgen, Mr. Blackridge. Sie können mich Toni nennen. Bitte setzen Sie sich." Ich zeigte auf den Stuhl vor meinem Schreibtisch.

„Dann dürfen Sie mich natürlich auch Aaron nennen." Er nahm Platz und ich tat es ihm gleich.

„Ich bin so froh, dass Sie heute hergekommen sind."

„Meine Freundin hat sie wärmstens empfohlen. Celina könnte nicht glücklicher sein. Sie und Vincent sind perfekt für einander."

„Schön, das zu hören. Ich hoffe, ich kann das Gleiche auch für Sie tun."

„Das hoffe ich auch."

Ich nahm einen der Stifte. „Legen wir los."

In den nächsten Minuten füllte ich sein Anmeldeformular aus und sprach den Vertrag mit ihm durch. Er schien sich überhaupt keine Gedanken über unsere Bedingungen oder die Anzahlung zu machen, was eine willkommene Abwechslung war. Die weniger wohlhabenden Kunden, mit denen wir bisher gearbeitet hatten, hatten sich geweigert, für unsere Dienste zu bezahlen, wenn sie keine Ergebnisse sahen. Kunden wie Celina und Aaron hingegen gaben ständig für weit weniger wichtige Dinge Geld aus. Im Voraus für Liebesglück zu bezahlen, musste ein Kinderspiel sein, wenn man im Privatjet zu Starbucks flog.

Doch ich konnte nicht anders, als mich gierig zu fühlen. Andere verdienten es auch, das Glück mit dem richtigen Partner zu finden, und es war nicht fair, dass sie einsam waren oder den falschen Partner hatten, nur weil sie sich jemanden wie mich nicht leisten konnten. Rosalina und ich mussten Rechnungen bezahlen, uns einkleiden und uns ernähren, also versuchte ich, mir keine Vorwürfe zu machen. Vielleicht könnten wir, wenn die Lage besser wurde und wir unsere Ersparnisse aufstockten und unseren Geschäftskredit abbezahlten, ein wenig ehrenamtlich arbeiten. Das würde mich sicher glücklich machen. Das musste ich auf jeden Fall mit ihr besprechen.

Nachdem Aaron unterschrieben hatte, sammelte ich die Papiere auf und ordnete sie sorgfältig. „Wunderbar. Jetzt, wo wir das hinter uns haben, sollte ich erklären, dass wir für das Aufspüren Ihrer Gefährtin einen Trank brauen müssen, der mir erlaubt, sie zu finden."

„Tatsächlich suchen wir einen *ihn*."

„Oh, ich bitte um Entschuldigung. Ich hätte Sie fragen sollen."

„Ist schon in Ordnung. Es kommt unter Werwölfen nicht häufig vor."

Das wusste ich bereits, doch ich kannte den Grund dafür nicht. Es war nicht gerade ein Thema, das Jake und ich in unserer gemeinsamen Zeit besprochen hatten. Ich war zu sehr damit beschäftigt gewesen, ihn anzuschmachten und vermisste Leute aufzuspüren, um mir über irgendetwas anderes Gedanken zu machen.

Aarons freundlicher Gesichtsausdruck wurde ernst. „Wenn ich kein schwuler Werwolf wäre, hätte ich bereits jemanden. Wir heiraten schon jung, wie Sie vielleicht wissen. Das Erbe fortzuführen ist sehr wichtig."

Ich wusste das nur zu genau. Der Mann, den ich liebte, war der Letzte in der langen Blutlinie der Knight-Werwölfe und sein Erbe war ihm wichtiger als unsere Gefühle füreinander.

„Wie Sie sich vorstellen können, sind meine Eltern sehr enttäuscht. Sie sagen mir immer wieder, dass ich keinen anderen schwulen Werwolf finden werde." Er verzog das Gesicht; offensichtlich hatte er Angst, dass seine Eltern recht hatten. „Deshalb bin ich zu Ihnen gekommen. Sosehr ich mich auch umgeschaut habe, ich habe nie einen getroffen."

„Darf ich fragen, warum es ein Werwolf sein muss, wenn das Kinderkriegen kein Thema ist? Ihr Gefährte könnte ein Fae, ein Mensch oder eine andere Art Wandler sein."

„Ich hoffe, es wirkt nicht so, als würde ich irgendjemanden diskriminieren wollen, aber ich hoffe wirklich, dass Sie einen Werwolf für mich finden können. Ich hoffe, dass wir adoptieren können, und es wäre einfacher, wenn mein Partner unsere Art versteht, und weiß, wie er mit seinen eigenen Kindern umgehen muss. Es gibt viel, das ein junger Werwolf lernen muss."

Zum Beispiel, sich nicht zwangsweise zu verwandeln und seine gesamte Kriminalakte zu ruinieren. Etwas, das ich in diesem Moment unbedingt vermeiden wollte.

„Ich habe noch nie so darüber nachgedacht", sagte ich und fragte mich, ob Mom mich deshalb angelogen hatte – weil sie keine Ahnung hatte, wie sie mich zu einer richtigen Werwölfin erziehen sollte. Ich wusste, dass meine nächste Frage für Aaron komisch klingen würde, aber ich musste sie einfach stellen. „Also ... wie würde jemand, der nicht von Werwolfeltern aufgezogen wurde, die Werwolffähigkeiten erlernen? Es gibt keine ... Schule dafür, oder?"

Aaron lachte, legte eine beringte Hand auf seine Brust und warf den Kopf zurück. „Oh, tut mir leid", sagte er prustend. „Das ist einfach witzig. Nein, von so etwas habe ich noch nie gehört. Es gibt nicht viele Wandler, die ohne diese Art von Führung aufgewachsen sind. Ich vermute, dass es schwer wäre, so zu überleben."

Ich schluckte. „Aber wenn Sie adoptieren wollen, dann muss es ... Kinderheime für Gestaltwandler geben? Und Leute, die ihnen diese Fähigkeiten beibringen."

„Ähm", überlegte er und schürzte die Lippen. „Vielleicht. Warum sind Sie so interessiert? Kennen Sie jemanden, der lernen muss, wie man ein *richtiger Werwolf* wird?"

Ich erstarrte und wusste nicht, was ich sagen sollte.

„Denn wenn es so ist", fuhr Aaron fort, „würde ich sehr gerne helfen. Wenn Sie einen Gefährten für mich finden, würde ich alles für Sie tun, sogar den Boden zu Ihren Füßen küssen."

Ich lachte nervös und Hitze stieg mir in die Wangen.

Aaron kniff die Augen zusammen und irgendetwas sagte mir, dass er mich durchschaute. „Wie auch immer, Sie haben meine Nummer, also rufen Sie mich an, falls Sie mal dringend einen Werwolf-Rat brauchen."

Ich lächelte. „Danke, aber ich war nur neugierig. Entschuldigen Sie, dass ich Sie abgelenkt und so viel Ihrer Zeit in Anspruch genommen habe. Wir sollten uns wieder auf das Wesentliche konzentrieren. Wie gesagt, der erste Schritt ist das Brauen eines Tranks, und dafür brauche ich einige aufrichtige Tränen von Ihnen."

„Ja, Celina hat mich bereits davor gewarnt. Ich bezweifle jedoch, dass ich vor Ihnen weinen kann. Das hat nichts mit Machogehabe zu tun. Ich habe einfach lange nicht mehr geweint. Ich werde einfach einen meiner Kumpel holen, der mir in den Bauch schlägt."

„Entschuldigung, aber wie gesagt, es müssen *aufrichtige* Tränen sein. Tränen wegen physischem Schmerz funktionieren nicht."

Ich nahm eine kleine Phiole aus einer meiner Schreibtischschubladen und reichte sie ihm. „Sie können ins Badezimmer gehen oder später wiederkommen, wenn Sie diese Phiole füllen konnten. Denken Sie nur daran: Je eher ich diese Zutat erhalte, desto eher kann ich den Trank brauen und jemanden für Sie finden."

Er starrte die Phiole stirnrunzelnd an. „Ich werde wahrscheinlich wiederkommen müssen. Zählt Zwiebeln schneiden?" Er lächelte schief.

„Leider nein. Tut mir leid."

„Warum müssen Sie es mir so schwer machen, Toni? Wie steht es mit einem schnulzigen Buch oder Film?"

Ich lächelte. „Auch das geht nicht. Sie müssen tief graben und ihre ehrlichsten Emotionen finden. Das sind die Art Tränen, die ich für den Trank brauche."

„Verdammt!" Er schlug scherzhaft seine Faust in seine Handfläche. „Mein Plan ist dahin."

Wir lachten beide. Er war so unbekümmert. Ich mochte ihn wirklich und würde mein Bestes tun, um einen Partner für ihn zu finden.

KAPITEL 3

Als Aaron gegangen war, reichte ich Rosalina einen saftigen Scheck mit seiner Anzahlung. Ihre Augen wurden so groß wie Tennisbälle, als sie die Summe auf dem Scheck sah.

„Wow, ich hätte nie gedacht, dass wir so viel berechnen könnten", sagte sie. „Noch ein paar Klienten wie er und wir können unseren Kredit abbezahlen."

„Ich weiß. Fühlt sich gut an, oder?"

„Verdammt gut." Sie wedelte mit dem Scheck in der Luft herum. „Gehen wir am Wochenende Shoppen?"

„Gerne, ich habe vor ein paar Tagen Stiefel gesehen, die wie für mich gemacht sind." Wir stießen unsere Fäuste gegeneinander und machten uns fröhlich daran, Anrufe zu beantworten und weitere potenzielle Kunden auszusuchen. Ich hatte sogar etwas Zeit, hoch in das Loft zu gehen und noch ein paar meiner Sachen zu packen. Ich würde den Vertrag am Dienstag unterschreiben und könnte dann in weniger als zwei Wochen in meine neue Wohnung einziehen. Wenn ich daran dachte, wurde mir ganz warm ums Herz, und selbst die jüngsten Ereignisse konnten meine Vorfreude nicht trüben. Nur noch vier Tage, bis ich die Schlüssel für meine erste eigene Wohnung bekommen würde!

Und da nach den Rechnungen noch etwas Geld übrig sein würde, wollte ich am Wochenende Möbel kaufen gehen. Nicht viel, nur ein paar Teile, doch ich freute mich trotzdem. Natürlich würde ich Rosalina vermissen. Die letzten Tage bei ihr zu wohnen war toll gewesen, doch wir brauchten beide unsere Privatsphäre. Und wenn sich herausstellen sollte, dass meine Wölfin haarte, dann ging ich davon aus, dass sie auf die Haare auf ihrem Teppich und Sofa verzichten konnte.

Ich packte immer noch Kisten im Loft, als Rosalina ihren Kopf hereinstreckte. „Hey, Toni. Da ist jemand für dich."

Stirnrunzelnd sah ich sie an.

„Stephen Erickson", sagte sie lautlos.

Verdammt! Ich hatte vergessen, dass ich heute mit ihm zum Mittagessen verabredet war. Ich sprang auf die Füße, klopfte mir den Staub von der Hose und rannte zum Spiegel, um mein Haar und Make-up zu richten.

„Du siehst heiß aus, keine Sorge", flüsterte Rosalina neckend.

Ich legte einen Finger an die Lippen. „Shh."

Ganz ehrlich, was tat ich da eigentlich? Es war egal, wie ich aussah. Außerdem wollte ich nicht, dass Stephen den falschen Eindruck bekam. Ich ging nur mit ihm aus, weil ich nicht hatte ablehnen können, als er fragte. Er hatte in einem Krankenhausbett gelegen und sich von der schrecklichen Tortur erholt, entführt worden zu sein und elf Tage lang in einem dunklen Lieferwagen verbracht zu haben. Wahrscheinlich sehnte er sich nach Normalität. Ich wollte nur einmal mit ihm ausgehen. Kein romantischer Hintergedanke. Ich würde nicht zulassen, dass mich seine schönen blauen Augen noch einmal verzauberten. Auf keinen Fall.

Ich seufzte. Ein Gutes hatte das Ganze: Immerhin verstand ich jetzt die dumme Anziehungskraft, die Werwölfe auf mich hatten.

Ich atmete tief durch und folgte Rosalina nach unten, wobei ich mich nervös fragte, ob Stephen eine Veränderung an mir bemerken würde. Er begutachtete gerade die schwarz-weißen Fotografien an der Wand und das coole Amor-Bild, das den Raum dominierte.

Als er mich sah, erhellte sich sein attraktives Gesicht, und er zog mich in seine Arme, um mir eine feste, herzliche Umarmung zu geben. Er gab keine Anzeichen dafür, dass er nassen Hund an mir roch, und dafür war ich dankbar.

Rosalina ging zu ihrem Schreibtisch und als sie mir über seine Schulter hinweg in die Augen sah, fächelte sie sich Luft zu, als wäre es gerade unerträglich heiß im Raum geworden. Ich rollte mit den Augen und löste mich von Stephen.

„Schön, dich außerhalb eines Krankenhausbettes zu sehen." Ich sah ihn mir von oben bis unten an. Er trug eine graue Stoffhose und ein weißes T-Shirt unter einer angesagten Jacke mit Metallknöpfen. Sein rotes Haar war ziemlich lang und zerzaust – aber auf eine stylische Weise. Er sah noch immer dünner als sonst und etwas blass aus, aber er erholte sich schnell.

„Und ich bin ganz sicher froh, wieder draußen zu sein." Er zeigte auf die Illustration des weiblichen Amors über uns. „Sie sieht aus wie du."

„Findest du?"

„Na ja, die pinken Haarspitzen passen."

„Ich schätze, das heißt eigentlich, dass *ich* aussehe wie *sie*, denn sie war die Inspiration dafür, meine Haare so zu färben."

„Cool." Er nickte anerkennend. „Die Agentur sieht toll aus. Sehr warm und einladend. Und es bringt einen in die richtige, romantische Stimmung." Er zeigte auf das Bild eines Mannes, der seiner Liebsten auf einem Knie einen Antrag machte.

Bei seinen Worten wurde mir *noch* wärmer ums Herz. Rosalina und ich hatten uns viel Mühe mit der Dekoration gegeben und es war schön zu hören, dass sie ihren Zweck erfüllte. Es entging mir nicht, dass Jake nie ein nettes Wort über die Agentur verloren hatte.

Dieser selbstsüchtige Arsch!

„Also, worauf hast du Lust?", fragte Stephen. „Alles, was dein Herz begehrt. Du musst es nur sagen und ich lasse es in Erfüllung gehen."

Hinter Stephen fächerte sich Rosalina noch mehr Luft zu und ließ sich in ihren Stuhl sinken, als würde sie in Ohnmacht fallen. Ich ging an Stephen vorbei auf die Eingangstür zu, wodurch er sich in Rosalinas Richtung drehte. Stephen runzelte die Stirn, als er ihre Darstellung einer schlappen Nudel sah.

Sie reagierte schnell, stieß ein großes, gespieltes Gähnen aus und murmelte: „Ich habe letzte Nacht nicht gut geschlafen. Vielleicht mache ich ein Nickerchen, während ihr zwei zum Mittagessen geht."

Ich lächelte. Diese kleine Hexe! So schnell konnte sie also lügen. Sie hatte selbst eine Verabredung zum Mittagessen mit einem Freund vom

College, der aus Austin kam und dort bei einer großen IT-Firma arbeitete. Sie würde ganz sicher kein Nickerchen machen.

„Um ehrlich zu sein", sagte ich mit einer Grimasse, „hatte ich vergessen, dass du kommst und habe um eins einen Termin mit einem potenziellen Klienten. Wenn wir irgendwo hinfahren, hätten wir nur eine kurze Mittagspause, also könnten wir zu Giovanni's auf der anderen Straßenseite gehen, wenn du einverstanden bist. Dort gibt es die beste Pizza. Du wirst es nicht bereuen."

„Klingt perfekt. Es ist mir egal, wo wir hingehen. Es kommt auf die Gesellschaft an." Er lächelte und zeigte seine schneeweißen Zähne, während seine blauen Augen freudig glänzten.

Dieses Mal fächerte sich Rosalina keine Luft zu; ihre grünen Augen waren ausdrucksstark genug, um mir zu zeigen, dass sie das Gefühl hatte, der Raum stünde in Flammen. Aber nein! Ich würde Feuerwehr spielen, wenn es so schlimm würde.

Stephen öffnete mir die Tür und ich trat auf den Gehweg hinaus. Mein erster Instinkt war, nach vorne zu starren und Jakes Büro zu ignorieren, doch das hätte dreist gewirkt, also deutete ich stattdessen in seine Richtung.

„Sicherlich hast du Jakes Detektei bereits bemerkt."

„Das habe ich. Ich bin froh, dass er es endlich durchzieht. Er redet schon eine ganze Weile davon."

Ich ging in die entgegengesetzte Richtung, zum Restaurant. Als wir die Straße überquerten, kommentierte Stephen einige der anderen Läden und schlug vor, nach dem Mittagessen ein Eis bei Mootown Cones zu essen, was eine tolle Idee war, denn ich liebte das Salzkaramell-Eis.

Das vertraute Brummen eines Motors ertönte und Jake bog mit seiner knallharten Harley um die Ecke, wie immer ohne Helm. Als er vor dem Abbiegen nach links schaute, bemerkte er uns. Ich sah die Überraschung in seinen Augen, die er aber schnell verbarg. Stattdessen setzte er denselben sympathischen Gesichtsausdruck auf, den er auch benutzt hätte, wenn er gerade seiner Oma begegnet wäre.

Ich setzte ebenfalls ein Lächeln auf und winkte ihm zu. Ich hätte diese Peinlichkeit gerne vermieden, doch dafür war es zu spät.

Stephen folgte meinem Blick und strahlte, als er seinen Freund sah. „Jake, Kumpel!", rief er in seiner gewohnt herzlichen Art.

Jake drehte um, lenkte sein Motorrad in unsere Richtung und traf uns auf halbem Weg. Er hielt am Bürgersteig an und streckte eine Hand aus, die Stephen seinerseits mit beiden Händen umfasste.

„Wir gehen Pizza essen, als Dankeschön für meine Rettung." Er lachte über die Situation. „Willst du mitkommen?", fragte er zu meiner Überraschung.

Das war ein gutes Zeichen. Wenn er Jake einlud, bedeutete das, dass er es nicht als Date ansah. Ich spürte, wie sich meine Schultern entspannten, als der Druck von mir abfiel.

„Danke für die Einladung, aber ich muss arbeiten und ich habe mir eben etwas zu Essen bestellt, das jede Minute geliefert werden sollte. Viel Spaß euch."

Er blickte kurz in meine Richtung, lange genug, um mir den Hauch von etwas zu zeigen, das sehr wie Enttäuschung aussah. Dann fuhr er den Rest des Weges, parkte am Bürgersteig vor seinem Büro und ging hinein, ohne sich noch einmal umzublicken.

„Also, was kannst du hier empfehlen?", fragte Stephen, als wir das Restaurant betraten.

Wir setzten uns in eine Sitzecke und innerhalb von Minuten hatten wir unsere Bestellung aufgegeben. Stephen verschränkte die Finger, stützte die Ellbogen auf den Tisch und schaute mich an. Ich bemerkte den Stumpf an seinem Ringfinger. Er sah verheilt aus.

Er lächelte verlegen und schob seine Hände unter den Tisch. „Ich habe tatsächlich jemanden gefunden, der sagt, er kann meinen Finger nachwachsen lassen."

„Wirklich?!" Das war fast unmöglich. Nur eine sehr mächtige Hexe oder ein Magier konnte das. Ah, was Geld nicht alles kaufen konnte.

„Ähm, das ist irgendwie peinlich, aber ich sollte es wohl sagen. Ich habe Jake gefragt, ob es für ihn okay ist, dass wir ... das hier tun." Er zeigte zuerst auf mich und dann auf sich selbst.

Meine Nackenhaare sträubten sich und ich spürte, wie sich ein Knurren in meiner Kehle zusammenbraute. Obwohl sowohl Red als auch ich keine Wahl zu haben schienen, wenn es um Jake ging, glaubte ich gerne, dass ich eine hätte. Ich war kein Gegenstand, den sie einfach so herumreichen konnten. Ich versuchte, Stephen nicht anzublaffen, doch er hatte gerade einen Nerv bei mir getroffen. Ich schaltete auf Zickenmodus.

„Tut mir leid, aber die einzige Erlaubnis, die du brauchst, um *das hier zu tun*, ist meine. Jake hat da nichts mitzureden."

Stephen fuhr sich mit einer Hand durch seine roten Haare und rieb sich verlegen den Nacken.

Ha! Zicken-Toni war meine persönliche Heldin. Ich fragte mich, ob sie wohl Reds Zwilling war. Oder vielleicht waren sie eins und es war immer schon so gewesen.

„Du hast recht", sagte Stephen. „Es tut mir leid. Ich wollte nicht, dass es so rüberkommt. Ich schätze, was ich meinte, war …", stotterte er, weil er jetzt nicht mehr wusste, was er sagen sollte. „Eigentlich hatte meine Frage an ihn nichts mit dir zu tun, sondern damit, meinen Freund nicht zu verärgern."

„Willst du also sagen, dass du nicht hier wärst, wenn Jake dir gesagt hätte, dass er etwas dagegen hat?"

Er hob seine Augenbrauen und überlegte. „Ähm, ich denke schon", antwortete er, doch er klang etwas unsicher.

Ich kicherte und meine Wut verflog. „Ich schätze deine Ehrlichkeit und ich sollte wohl auch ehrlich mit dir sein."

Er zuckte zusammen. „Oh nein, du wirst mir doch nicht sagen, dass es nur ein Mittagessen unter Freunden ist, und kein Date, oder? Denn ich hatte mich wirklich auf Letzteres gefreut, auch wenn wir nur Pizza essen und es nicht das ist, was ich mir vorgestellt hatte." Er streckte eine Hand über den Tisch, nahm meine und sah mich mit einem intensiven Blick an. „Seit ich auf Drängen meines Vaters Schluss gemacht habe, ist kein Tag vergangen, an dem ich es nicht bereut habe, auf ihn gehört zu haben. Ich denke ständig daran, wie es hätte sein können, du und ich, zusammen. Und ich kann nicht anders, als zu denken, dass es toll gelaufen wäre, wenn ich es nicht vermasselt hätte."

Ich biss mir auf die Unterlippe, zog meine Hand aus seinem warmen Griff und schob sie unter den Tisch und weg von seiner elektrisieren-den Berührung. Wir hatten uns schon immer zueinander hingezogen gefühlt, aber leider war das nicht vergleichbar mit dem, was ich für Jake empfand. Das musste etwas mit Werwölfen zu tun haben, aber ich war mir nicht sicher. Wäre ich richtig erzogen worden, hätte ich vielleicht einen Namen dafür, wie er mich beeinflusste, aber ich hatte keine Ahnung, was es war.

„Es tut mir leid, dass es so schwer für dich war", sagte ich und wählte meine Worte mit Bedacht. „Ich habe auch manchmal daran gedacht. Es hätte toll laufen können, wie du schon sagtest, aber das liegt in der Vergangenheit. Ich habe mich verändert. Ich bin nicht mehr die Person, die du damals kennengelernt hast. Ich suche nicht nach einer Beziehung, aber ich schätze deine Freundschaft. Das sollst du wissen."

Er legte seinen Kopf schief und seufzte. „Ich hatte befürchtet, dass du das sagen würdest."

Er beugte sich vor, wobei sein Blick sich wieder in meinen bohrte; so intensiv, dass ich wegsehen musste. Ich sah durch das Fenster, wie ein Auto vorbeifuhr. Im nächsten Moment war es weg und enthüllte einen Mann, der auf der anderen Straßenseite stand. Er starrte uns direkt an, als er seine rot glühenden Hände bewegte, was nur bedeuten konnte, dass er gerade einen Zauber wirkte.

Ich blinzelte panisch und Adrenalin pumpte durch meinen Körper und schoss durch meine Brust. Der Drang wegzurennen überkam mich. Die Magie in den Händen des Mannes wuchs auf die Größe eines Basketballs. Sie knisterte wie Elektrizität und wurde größer und größer. Dann hielt er sie in einer Hand und zog seinen Arm zurück, wie ein Werfer bei einem Spiel der St. Louis Cardinals.

„Pass auf!", brüllte ich.

Ich stürzte nach vorne, packte Stephen an den Schultern und warf ihn zu Boden. Eine Sekunde später explodierte das Fenster und panische Schreie erfüllten das Restaurant.

KAPITEL 4

G lassplitter regneten auf uns herunter wie winzige Messer und schnitten unsere Haut auf.

In meinen Ohren klingelte es und meine linke Seite schmerzte, als hätte jemand Säure darauf gekippt. Stephen wand sich unter mir, richtete sich auf und sah sich um. Ich rollte mich zusammen und versuchte, den Schmerz auszuhalten. Weiße Lichter flackerten vor meinen Augen und ich hatte Mühe, mich zu konzentrieren. Ich blinzelte und starrte auf meinen Arm, um zu sehen, was diesen schrecklichen Schmerz auslöste. Als ich endlich etwas sehen konnte, überkam mich blankes Entsetzen.

Die Haut von meinem Handgelenk bis zu meinem Ellbogen sah aus wie wütende, rote Luftpolsterfolie. Aus angeschwollenen, aufgeplatzten Blasen sickerte Blut. Ich knurrte vor Schmerz, fletschte die Zähne und mein Magen drehte sich bei diesem Anblick um. Panische Schreie der anderen Kunden erfüllten den Raum.

„Jemand muss die Polizei rufen", schrie eine Kellnerin.

Stephen drehte sich zu mir um und als er meinen Arm sah, zuckte er zusammen. „Oh, Toni. Das hättest du nicht tun sollen. Alles wird wieder gut. Das verspreche ich."

Er kam auf die Füße, blieb jedoch unten, als er mich durch den Raum zu einer sicheren Ecke hinter einem leeren Tisch zog. Ich biss die Zähne zusammen, während ich gegen den Schmerz ankämpfte, der über meine linke Seite verlief. Ich traute mich nicht, den Rest meines Körpers zu untersuchen, doch durch das Gefühl malte sich meine Fantasie einen Haufen Hackfleisch aus.

Stephen wandte sich von mir ab und seine Augen funkelten und sein Körper bebte, als er sich dazu bereit machte, sich zu verwandeln. „Bleib hier."

Als ob ich irgendwo hingehen konnte.

Es ertönte ein lauter Knall, gefolgt von einem Krachen. Ich spähte hinter dem Tisch hervor, um zu sehen, wie unser Angreifer durch die Tür stürmte. Die Gäste kreischten und zogen sich in ihre Verstecke zurück.

„Verdammte Schräge!", rief ein Mann zu meiner Rechten, als er sein Handy herauszog, wahrscheinlich, um den Notruf zu wählen. Er warf mir einen schmutzigen Blick zu, während er auf eine Antwort wartete. Ich hätte ihm den Mittelfinger gezeigt, wenn mein Körper nicht so sehr geschmerzt hätte. Ein Schräger sollte alle anderen nicht ins schlechte Licht rücken.

Wenn ich alle Faden nach Jeffrey Dahmer beurteilen würde, wo blieben sie dann?

Mein Blick richtete sich wieder auf Stephen, als er ein kehliges Knurren ausstieß. Der Rücken seiner Jacke und seines Hemdes riss in der Mitte entzwei und gab den Blick auf seine kräftigen, felligen Schultern frei. Seine Hose war als Nächstes dran, und als er seine zerfetzte Kleidung abschüttelte, blieb ein wunderschöner brauner Wolf zurück. Er hatte sich so schnell und so anmutig verwandelt, dass ich kaum bemerkt hatte, wie seine Glieder vom Mensch zum Tier geworden waren. Die Kreatur war riesig, fast so groß wie Jakes Wolf.

Er knurrte den Magier an, der in der Tür stand. Unser Angreifer bewegte wieder die Hände und machte einen weiteren zischenden Zauber bereit. Er hatte stacheliges rotes Haar. Seine Augen leuchteten blau, was ihn als Magier der mittleren Stufe kennzeichnete. Ich erkannte ihn sofort. Es war der Magier, der mich in Elf-hame angegriffen hatte.

Ohne auf eine weitere Attacke zu warten, senkte der Wolf seinen Kopf, stürmte auf den Magier zu und war mit einigen weiten Sprüngen bei ihm. Ich hielt den Atem an, als Stephen durch die Luft flog. Obwohl ein verdammt großer Wolf auf ihn zusprang, blieb der Magier ohne mit der Wimper zu zucken stehen, und in letzter Sekunde ließ er eine erneute magische Attacke los, die Stephen direkt in die Brust traf.

„Nein!", schrie ich, als der Zauber ihn traf und er auf einen Tisch krachte. Sein Fell war bis auf die Haut weggebrannt und setzte einen beißenden Geruch frei, der schnell die Luft erfüllte und den Duft von Gewürzen und Tomatensoße überlagerte.

Stephen wimmerte und zitterte, rutschte vom Tisch und schlug mit einem dumpfen Schlag auf dem Boden auf. Seine Gliedmaßen und sein Schwanz zuckten, als er dort liegen blieb, und seine nun nackte Haut begann Blasen zu bilden.

Oh Gott.

Ich wünschte, ich hätte meine Pistole, damit ich auf diesen Magier-Bastard schießen könnte, doch sie lag in einer Schublade in meinem Büro, da ich gehofft hatte, sie nie wieder benutzen zu müssen. Das war wohl Wunschdenken gewesen. Es schien, als wären Stephens Entführer noch nicht mit ihm fertig, und jetzt hatten sie jemanden geschickt, um ihn zu töten.

Lächelnd ging der Magier auf Stephen zu und schleuderte Tische und Stühle mit nur einer Handbewegung aus dem Weg. Er warf dem zuckenden Wolf einen verächtlichen Blick zu und formte einen weiteren Zauber mit seinen Händen – den Todesstoß.

Ich sah auf meine Hände hinunter und wünschte mir, Krallen würden an die Oberfläche kommen. Wenn ich mich jetzt verwandeln könnte, würde ich Stephen helfen können. Doch trotz meiner Wut und Frustration passierte nichts.

Ernsthaft, Red? Den ganzen Morgen wolltest du unbedingt herauskommen und jetzt machst du einen Rückzieher? Warum?!

Der Mund des Magiers verzog sich vergnügt, als er dazu ansetzte, Stephen den Garaus zu machen.

Ich kämpfte mich mit zusammengebissenen Zähnen auf die Füße und humpelte aus meinem Versteck.

„Lass ihn in Ruhe, du Feigling", rief ich.

Er schien genervt, als er mich begutachtete. „Die Schwachen haben kein Recht dazu, das Wort Feigling für jemanden zu benutzen, der stark ist", sagte er.

Offensichtlich hatte er die Tracht Prügel vergessen, die ich ihm in Elf-hame verpasst hatte. Ich war überrascht, dass er kein Sopran war, nachdem ich ihm seine Eier bis in die Kehle geschlagen hatte.

Er zog seine knisternde Hand zurück und mit einer schnellen Bewegung setzte er die Magie frei, die für Stephen gedacht war, und schleuderte sie in meine Richtung.

Schreie ertönten um mich herum. Die Zeit schien sich zu verlangsamen, während ich mit großen Augen den feurigen, magischen Ball anstarrte, der auf mich zuflog.

Das ist mein Tod.

Das war der einzige Gedanke, der mir durch den Kopf schoss, doch meine Instinkte setzten wie von selbst ein und ich duckte mich aus dem Weg, wobei ich den Blick nicht von der wirbelnden Energie abwandte.

Ich starrte sie verblüfft an, als sie nur einige Zentimeter über meinen Kopf hinwegschoss. Die Magie prallte gegen die Wand und zerstörte ein Bild von saftigen Tomaten auf einem Schneidebrett. Ich stolperte zur Seite und hielt mich an einem Tisch fest, als Splitter des hölzernen Rahmens durch den Raum schossen.

Mein Kopf drehte sich wieder zu dem Magier um. Seine Miene verriet mir, wie wütend er war, auch wenn er nicht überrascht darüber wirkte, dass ich seinem Angriff ausgewichen war. Ich hingegen stand schockiert und mit offenem Mund da. Wie zum Teufel hatte ich mich so schnell bewegt?

Mit einem abschätzigen Grummeln richtete der Magier seine Aufmerksamkeit wieder auf Stephen und bereitete eine brandneue Attacke vor.

„Nein!", schrie ich, als er sie losließ.

Aus dem Nichts prallte eine Gestalt gegen den Magier, warf ihn zu Boden und lenkte die feurige Magie in eine andere Richtung, wo sie die Kasse traf und sie in Brand setzte.

Zwei Gestalten kämpften auf dem Boden. Ich humpelte näher heran, um besser sehen zu können, und fand Jake auf dem Magier vor, der seine mit scharfen Krallen versehene Hand um die Kehle des Magiers gelegt hatte.

Mit einem raubtierhaften Grollen in der Kehle sagte er: „Wenn du meine Geschwindigkeit mit deiner messen willst, nur zu. Ich werde dir bei der kleinsten Provokation gerne die Kehle aufreißen."

Erleichterung durchflutete mich und vernichtete das Adrenalin, das mich durchströmt und aufrecht gehalten hatte. Plötzlich verließen mich meine Kräfte und ich sackte auf die Knie. Meine Sicht verschwamm und meine Wirbelsäule kribbelte vor Schmerz. Schwach kroch ich auf Stephen zu und legte eine Hand an seinen pelzigen Hals.

„Hey", krächzte ich, während ich seinen Puls fühlte. Als ich ihn spürte, stieß ich endlich den Atem aus, den ich angehalten hatte. Ich sah in Jakes Richtung, nickte ihm beruhigend zu, dann sackte ich neben dem braunen Wolf zusammen, weil der Schmerz meiner Verbrennungen mich übermannte.

In der Ferne hörte ich Sirenen näherkommen. Die Polizei würde bald hier sein und hoffentlich auch ein Krankenwagen mit einem Heiler.

„Toni", rief Jake.

Ich konnte ihn nicht sehen, als ich dort lag, denn mein Blick war auf die Beine eines umgeworfenen Stuhls gerichtet.

„Hey, Toni, rede mit mir", sagte er mit sorgenvoller Stimme.

„Ich bin am Leben", murmelte ich unverständlich, doch es schien genug zu sein, um ihn zu beruhigen.

Vor dem Restaurant quietschten Reifen, dann kam das Geräusch von rufenden und rennenden Menschen, die Befehle erteilten.

„Hände hoch", dröhnte eine Stimme.

Die Gäste schrien auf und jammerten, doch sie taten, was ihnen gesagt wurde.

Immer mehr Menschen stürmten in das Restaurant und ein Paar polierte Schuhe erschien in meinem Blickfeld.

„Ich sagte, Hände hoch", dröhnte die Stimme wieder.

„Ich werde ihn loslassen", sagte Jake klar und deutlich, „und dann werde ich meine Hände ganz langsam hochnehmen. Doch dieser Mann hier ist ein Magier und er ist verantwortlich für den Angriff auf dieses Restaurant."

„Das ist wahr", versuchte ich zu sagen, doch meine Stimme war nicht stark genug, um gehört zu werden.

Zum Glück erhoben andere ihre Stimmen, um dasselbe zu sagen, darunter auch der Besitzer hinter dem Tresen. Ich entspannte mich und war mir sicher, dass die Polizei nicht versuchen würde, Jake zu verhaften.

Ich dachte darüber nach, mich aufzusetzen, doch neben Stephens warmem Körper zu liegen war so bequem und ich war so müde. Irgendetwas berührte meinen Arm. Ich schlug die Augen auf und sah das fremde Gesicht einer Frau.

„Hey, Liebes", sagte sie und als sie mich begutachtete, hielt ihr Lächeln trotz des unschönen Anblicks meines verbrannten Arms an. „Ich bin Sanitäterin. Mein Name ist Lola. Ich werde dir jetzt einen Teil dieses Schmerzes nehmen. Okay?"

Sie legte eine kühle Hand auf meine Stirn und meine Augenlider flatterten vor Erleichterung. Ihre Lippen bewegten sich schnell, während sie etwas murmelte, das zweifellos ein Zauber sein musste. Sofort breitete sich ein kribbelndes Gefühl von meiner Stirn über meinen ganzen Körper aus und ich atmete erleichtert auf, bereit, hier auf dem Boden zu zerfließen.

Als sie einen Moment später ihre Hand wegnahm, lag ein Lächeln auf meinen Lippen. „Lola, du bist so schön. Hast du einen Freund? Ich kann dir einen Freund suchen."

Sie kicherte und schüttelte den Kopf. Ein weiterer Sanitäter trat hinter sie. Er hatte einen Heiligenschein. Ich starrte ihn fasziniert an. „Ein Engel. Ich habe noch nie einen Engel gesehen."

„Siehst du, Lola", sagte er. „Ich sage dir schon so lange, dass ich ein Engel bin, aber du wolltest es mir nie glauben."

Lola tätschelte meinen Arm. „Du wirst dich eine Zeit lang etwas benommen fühlen. Das ist nur die Wirkung des Schmerzzaubers. Er trübt die Sinne."

Ich grinste und kuschelte mich an Stephen. „Gefällt euch mein Teddybär?"

„Er ist kein Teddybär", sagte Lola. „Das ist ein großer, böser Wolf." Sie sah zu ihrem Partner auf. „Randall, kannst du sie mitnehmen, damit ich mich um den anderen Kerl kümmern kann?"

„Mache ich." Ihr Partner streckte seine Hände in meine Richtung aus, konzentrierte sich und als ob ich auf einem unsichtbaren Brett liegen würde, fing ich steif an zu schweben.

Ich grinste die Tische und Stühle an, die unter mir vorbeizogen. „Juhuuu, ich fliege. Ich bin Superwoman."

Jake – der mit erhobenen Händen an der Seite stand – sah zu mir herüber, als ich auf dem Weg zur Tür an ihm vorbeischwebte. Er musterte mich von Kopf bis Fuß, wobei ein tiefes Runzeln seine Stirn zeichnete.

„Hey du", sagte ich. „Also, das ist ein großer, böser Wolf, nicht der andere."

Seine Augen verengten sich, als er den Sanitäter ansah, der mich wegbrachte. „Wird sie wieder?"

„Ja, auf jeden Fall, Mann."

Ein Polizist ging auf Jake zu. „Sie können Ihre Hände runternehmen. Wir müssen Ihre Aussage aufnehmen."

Ich sah zu der Stelle hinüber, wo der Magier gewesen war, doch er war schon weg. Ich hatte einen letzten, ernüchternden Gedanken, bevor sie mich in einen Krankenwagen steckten und mich wegfuhren.

Ich hoffe, dieser Magier-Bastard verrottet im Knast.

KAPITEL 5

U m 17 Uhr an diesem Nachmittag saß ich mit Stephen gegenüber von Detective Tom Freeman auf der Polizeiwache. Er hatte sich komplett von der Donut-Explosion erholt und ließ sich sogar sein Markenzeichen nachwachsen, den ergrauten Ziegenbart, den er sich wegen der zahlreichen Operationen, die er hatte über sich ergehen lassen, abrasiert hatte. Scheinbar war er der Sauerstoffmaske in die Quere gekommen.

Nachdem uns dieser verrückte Magier angegriffen hatte, waren Stephen und ich beide ins Krankenhaus gebracht und von erfahrenen Händen geheilt worden. Da die Verletzungen durch Magie entstanden waren, konnten die Heiler die Effekte ganz einfach wieder umkehren. Schäden durch natürliche Ursachen waren viel schwieriger zu heilen, und gute Heiler kannten Gegenzauber für alle Arten von magischen Angriffen.

Ich starrte immer wieder meinen Arm an und musste daran denken, wie er ausgesehen hatte – mit Flüssigkeit gefüllte Blasen und entzündetes, rohes Fleisch. Mein Magen drehte sich um und ließ mich vergessen, wie hungrig ich war. Wir hatten noch nicht zu Mittag gegessen, und so wie es aussah, würde das Abendessen noch ein paar Stunden auf sich warten lassen.

„Konntest du den Angreifer gut erkennen?", fragte Tom Stephen.

Stephen schüttelte den Kopf. „Nicht wirklich. Toni hat ihn zuerst bemerkt. Durch das Fenster, glaube ich. Sie hat mich aus der Sitzecke gezogen. Eigentlich hat sie mich gerettet." Er sah mich von der Seite an, mit sanften, dankbaren blauen Augen. „Dann war ich mit der Verwandlung beschäftigt und als ich ihn angreifen wollte, traf er mich sofort."

Tom wandte sich an mich. „Was ist mit dir?"

„Ich habe ihn gesehen und wiedererkannt. Es war derselbe Magier, er versucht hat, mich in Elf-hame zu entführen."

Er nickte anerkennend. „Meinst du, du könntest ihn bei einer Gegenüberstellung identifizieren?"

„Natürlich."

„Gut. Dann lass uns gehen." Er drehte sich zu Stephen um. „Warte hier."

Wir verließen den Raum und der Detective schloss die Tür hinter uns. Auf dem Flur hielt er mich mit einer schweren Hand auf meiner Schulter an und drehte mich sanft zu ihm um.

„Geht es dir gut?", fragte er in seinem väterlichen Ton.

„Ja." Ich setzte ein Lächeln auf und log ihn an. Körperlich war ich ausreichend geheilt worden, doch emotional konnte ich die schreckliche Vorstellung nicht vergessen, dass eine Sekunde über Leben und Tod entschieden hatte, und dass, wenn ich mich nicht umgedreht hätte, um aus dem Fenster zu schauen, meine Familie einen schrecklichen Anruf erhalten hätte und ich gestorben wäre, während ich noch wütend auf meine Mutter war.

Ich wusste nicht, was ich darüber denken sollte. Einerseits konnte ich nicht *nicht mehr* wütend wegen dem sein, was sie getan hatte, doch andererseits wäre es schrecklich, zu sterben, und ungelöste Probleme zu hinterlassen. Wahrscheinlich bedeutete das, dass ich Mom vergeben musste, aber wie? Allein der Gedanke an ihre Lügen machte mich so wütend, dass ich mich verwandeln wollte.

Tom stieß ein schweres Seufzen aus und Emotionen glänzten in seinen Augen. „Toni, ich mache mir Sorgen um dich. In letzter Zeit ist dein Leben ziemlich gefährlich geworden."

Ich senkte meinen Blick und sah seine polierten Schuhe an. Seine Fürsorge erinnerte mich an meinen Vater und ein schmerzhaftes Stechen durchfuhr meine Brust. Und die Erkenntnis, dass es da draußen noch jemanden gab, den ich „Vater" nennen konnte – und sei es auch nur wegen seines Beitrags zu meiner DNA – lenkte mich von dem ab, was Tom mir sagen wollte. Ich wollte nicht wissen, wer dieser Mann war. Es fühlte sich wie ein schrecklicher Verrat an Dad an.

Tom fuhr fort, ohne meinen inneren Kampf zu bemerken. „Ich kann nicht anders, als Jake und jetzt auch Stephen Erickson für diese unglückliche Wendung verantwortlich zu machen."

Das konnte ich nicht abstreiten, doch ich hatte trotzdem nichts dazu zu sagen und konnte nur zusammenzucken.

„Du bist ein cleveres Mädchen, Toni, und wenn du weißt, was gut für dich ist, hältst du dich von den beiden fern."

„Ich habe nicht nach ihnen gesucht, Tom", sagte ich leise.

Tom schnaubte. „Das ist alles, was ich dazu sagen werde. Du bist die Kapitänin deines Schiffs. Jetzt komm."

Er marschierte den Flur hinunter, klopfte kurz an der nächsten Tür an, und öffnete sie, ohne auf eine Reaktion zu warten. Im Inneren war es dunkel und an der Seite stand ein Mann mit verschränkten Armen.

„Toni, das ist Detective Frank Archer. Er ist mein neuer Partner."

„Nett, Sie kennenzulernen, Miss Sunder", sagte er und neigte leicht den Kopf. Er war ein riesiger Mann, wahrscheinlich 1,80 m oder größer. Sein Haar war im Militärstil kurz geschnitten, was ihm ein kantiges Aussehen verlieh, fast so wie Rosalinas Scion. Er trug kurze Ärmel und eine dünne schwarze Krawatte. Seine Nase war breit und leicht schief, als ob sie mal gebrochen gewesen wäre. Ich konnte ihn mir durchaus in Schlägereien vorstellen, aber ich konnte mir nicht vorstellen, was für ein Kerl ihn verletzen könnte. Vielleicht hatte er mit dem Hulk gekämpft. Ja, das würde es erklären.

Wir standen vor einem breiten Fenster, das in einen hell erleuchteten Raum blickte, mit einem kleinen Podest und schwarzen Linien und großen Zahlen an der Wand.

Tom drückte auf einen Knopf auf der Konsole und sagte: „Okay, wir sind bereit."

Eine Tür an der Seite des Raumes öffnete sich und fünf Männer in lässiger, sauberer Kleidung traten ein und stellten sich unter den Nummern auf. Sie alle trugen Handschellen, auf denen ein Zauber lag, der Magie blockierte.

Ich erkannte den Angreifer sofort und fing fast an, auf ihn zu zeigen, doch ich rührte mich nicht. Die Männer drehten sich mit ausdruckslosen Gesichtern in unsere Richtung. Tom drückte einen weiteren Knopf und einer nach dem anderen wurde gebeten, vorzutreten, damit ich ihre Gesichter ansehen konnte.

Zwei der Männer hatten dieselbe Größe und Haarfarbe wie der Magier, doch die anderen beiden waren blond und größer. Ich fragte mich kurz, unter welchen Kriterien sie diese Gruppe ausgewählt hatten. Waren sie alle Kriminelle?

Als Nummer Vier nach vorne trat, musste ich meine Hände zu Fäusten ballen und gegen den Drang ankämpfen, sie gegen das Fenster zu schlagen und ihm einige wilde Beleidigungen zuzurufen.

Er hatte einen genau so zufriedenen Gesichtsausdruck, als sei er gerade von einem Ausflug zum Strand zurückgekehrt. *Dieser Bastard.* Er war selbstgefällig, wie jemand, der sich um nichts auf der Welt Gedanken machte, jemand, der erwartete, in der nächsten Minute hier raus zu sein. Ich kochte, und ein imaginäres, brennendes Gefühl stieg meine Seite hinauf. Am liebsten hätte ich das Arschloch von Magier auf den Grill geworfen, damit er zu spüren bekam, wie es sich anfühlte.

Nachdem alle Männer einen Schritt nach vorne getreten waren, drehte sich Tom zu mir um. „Ist der Angreifer unter diesen Männern?"

„Das ist er", sagte ich durch zusammengebissene Zähne.

„Unter welcher Nummer steht er?"

„Vier", sagte ich, ohne zu zögern.

„Sehr gut."

Dicht gefolgt von Detective Archer verließen wir den Raum, der Tom einen der fünf Ordner reichte, die er in seinen großen Händen hielt.

„Hier, sein Name ist Jenson Boyle. Er hat eine Vorstrafe."

„Natürlich hat er das." Tom öffnete den Ordner. Ein Bild des Magiers war mit einer Büroklammer daran befestigt worden. Tom blätterte den Rest schnell durch und sein Stirnrunzeln wurde stärker und stärker, je mehr er las.

„Was ist los?", fragte ich, als ein beunruhigtes Kribbeln meinen Rücken hinaufstieg. Meine Haut fing überall an zu jucken.

Nein, nein, nein. Nicht jetzt, Red!

Ich holte tief Luft, um mich zu beruhigen. Nach allem, was ich heute erlebt hatte – fast in ein Stück knusprigen Speck verwandelt zu werden – kam dieser blöde Drang, mich zu verwandeln, jetzt wieder?! Wie nutzlos! Ich musste mich zwingen, noch ein paar Mal tief durchzuatmen, bis das Jucken aufhörte.

Tom schloss die Akte. „Stephen kann es vielleicht besser erklären. Lass uns wieder zu ihm gehen."

Was? Warum?

Wir kehrten in den Raum zurück, in dem wir Stephen gelassen hatten. Er saß wartend da und hatte seine verschränkten Hände auf den Tisch vor sich gelegt. Als wir eintraten, sah er mit einem besorgten Stirnrunzeln auf.

Ich nahm den Stuhl neben Stephen und Tom setzte sich gegenüber von uns hin, öffnete den Ordner und nahm das Bild heraus.

„Sein Name ist Jenson Boyle." Er schob das Foto in Stephens Richtung. Der Magier hatte auf dem Bild einen rasierten Schädel, doch sein selbstzufriedenes Gesicht war unverwechselbar.

Stephen erstarrte und stieß den Atem aus, den er angehalten hatte. Er leckte sich über die Lippen und begann, den Kopf zu schütteln, doch erstarrte wieder, und seine Miene wurde ausdruckslos.

Schließlich sagte er: „Ich kenne diesen Mann."

„Wirklich?!", platzte ich heraus.

Tom beugte sich nach vorne. „Kannst du uns etwas über ihn erzählen?"

„Er arbeitet für meinen Vater."

Ich keuchte und die Information wirbelte in meinem Kopf umher.

Tom blätterte durch die Dokumente und seine forschenden dunklen Augen scannten das Material mit methodischer Sorgfalt. „Hast du irgendeine Idee, wieso er dich töten wollen würde? Gibt es ein persönliches Problem zwischen euch beiden?"

Stephen schüttelte den Kopf. „Nein. Ich kenne ihn kaum. Wir haben uns nie über einen einfachen Gruß hinaus unterhalten."

„Weißt du, was für Arbeit er für deinen Vater erledigt?"

„Nein. Ich habe ihn ein paar Mal im Büro meines Vaters gesehen, aber nur im Vorbeigehen."

„Ich stelle die nächste Frage nicht gern, Stephen, aber ich muss." Er hielt inne. „Denkst du, dass dein Vater etwas mit dem Angriff zu tun hat?"

Stephen schüttelte entschieden den Kopf. „Nein. Nein. Nein."

Die Tatsache, dass er es dreimal gesagt hatte, machte es nicht besser. Einmal hätte genug sein sollen, wenn er wirklich daran glaubte. Ich dachte an den Manschettenknopf, den Ulfen mir gegeben hatte, um Stephen aufzuspüren. Er hatte gesagt, dass er ihn nach Stephens Entführung in seinem Auto gefunden hatte, und dass er abgefallen sein musste, als Stephen sich gewehrt hatte. Doch als ich ihn Stephen im Krankenhaus wiedergab, war er überrascht gewesen, ihn zu sehen, und wollte wissen, wo ich ihn herhatte. Seiner Erinnerung nach hatte er beide Manschettenknöpfe im Lieferwagen bei sich gehabt. Doch er zweifelte wegen des Missbrauchs, den er während seiner Gefangenschaft erlebt hatte, an seinem eigenen Gedächtnis. Sie hatten ihm auf den Kopf geschlagen und seitdem hatte er Schwierigkeiten, klar zu denken.

Und jetzt das? Das waren zu viele belastende Beweise, die auf Ulfen deuteten.

Ich berührte Stephens Arm, um seine Aufmerksamkeit zu erregen und fing seinen Blick. Ich sah bedeutungsvoll auf sein Handgelenk und versuchte ihn an den Manschettenknopf zu erinnern. Er verstand mich. Ich sah es an seinem ungläubigen Gesichtsausdruck und an der Art, wie er den Kopf schüttelte und weiterhin zu leugnen versuchte, was von Minute zu Minute deutlicher zu werden schien.

„Gibt es etwas, das ihr zwei mir nicht sagt?", fragte Tom, dem nichts entging.

Ich presste meine Lippen aufeinander. Mir lag nichts an Ulfen und ich hätte Tom gern meinen Verdacht geschildert, doch das war nicht meine Aufgabe. Nicht jetzt. Vielleicht später, falls Stephen es nicht verriet. Erst einmal musste ich ihm die Gelegenheit dazu geben.

Einen langen Moment starrte Stephen das Foto des Magiers an und ich fragte mich, ob er beschließen würde, seinen Vater zu decken, doch schließlich erzählte er Tom von dem Manschettenknopf.

„Warum hat das keiner von euch erwähnt?", fragte Tom, sichtlich verärgert.

„Ich habe es vergessen", sagte ich, was die Wahrheit war.

In den letzten Tagen war so viel Mist passiert. Ich hatte ihm zumindest von Bernadetta Fiores Chauffeur erzählt und hatte mir Zeit genommen, mit einem Phantombildzeichner an einer Skizze der Fae-Fahrerin zu arbeiten, und das alles, während ich mit Moms tollen Neuigkeiten umzugehen versuchte. Was erwartete er noch von mir? Dass ich ihm mein Erstgeborenes versprach?

„Du hast es vergessen", wiederholte Tom, als würde er kein Wort davon glauben. „Und was ist mit dir, Stephen?"

„Die Entführer haben mich übel zugerichtet. Ich kann meinen Erinnerungen nicht trauen – schon gar nicht bei so etwas Unbedeutendem wie einem Manschettenknopf. Trotzdem, das macht alles keinen Sinn. Mein Vater würde mich nicht versuchen umzubringen. Er wollte mich davon überzeugen, mich mehr im Familienunternehmen zu engagieren und meine Verantwortung ernster zu nehmen. Warum sollte er das tun, wenn er meinen Tod will?"

Tom neigte seinen Kopf zur Seite. „Aber du hast nicht auf deinen Vater gehört, oder?"

„Schon länger nicht mehr", stimmte Stephen zu. „Aber seit der Entführung sehe ich einiges anders. Er und ich hatten einige bedeutsame Gespräche. Unsere Beziehung verändert sich. Ich sehe jetzt seine Sicht der Dinge und er ist verständnisvoller."

Tom und ich schnaubten gleichzeitig.

Stephens Blick wanderte von Tom zu mir und wieder zurück. „Es ist wahr. Das ergibt keinen Sinn. Es muss etwas anderes dahinterstecken. Vielleicht hat Fiore Boyle engagiert." Er stach seinen Finger gegen das Foto des Magiers.

Tom lehnte sich mit skeptischer Miene zurück.

„Fiore hat schon Schlimmeres getan." Stephens Stimme wurde etwas lauter. „Und wir wissen alle, dass der Chauffeur an meiner Entführung beteiligt war. Er war dort."

„Woher weißt du das?" Tom sah mich an. Ich hatte unter vier Augen ausgesagt und Tom hatte mich gebeten, niemandem zu erzählen, was ich gesehen hatte. Er wollte solche Informationen nicht in den Nachrichten sehen, da die Öffentlichkeit die Polizeiarbeiten immer erschwerte.

Ich schüttelte leicht den Kopf, um ihn wissen zu lassen, dass ich nichts weitererzählt hatte.

INGRID SEYMOUR

„Ich habe meine Quellen und ich weiß, dass auch eine Fae damit zu tun hat", sagte Stephen, stand abrupt auf und zeigte mit dem Finger auf Toms Gesicht. „Bevor Sie also versuchen, einem Mann den Versuch vorzuwerfen, seinen eigenen Sohn umzubringen, sollten Sie Fiores Machenschaften untersuchen."

Ohne ein weiteres Wort drehte Stephen auf dem Absatz um und stürmte aus dem Zimmer. Tom und ich starrten die Tür an, als sie gegen den Rahmen krachte und die Wände um uns erzittern ließ.

„Verdammt", sagte ich.

Ein Muskel in Toms Kiefer zuckte. „Das gefällt mir nicht. Du musst dich von der Erickson-Familie fernhalten und Jake dürfen wir auch nicht vergessen."

Das wollte ich, doch es war einfacher gesagt als getan. Ich hatte das alles weder geplant noch gewollt. Meine Vergangenheit war aus dem Nichts aufgetaucht und geradewegs in mein Leben gekracht. Und es ging dabei um mehr als nur Jake und Stephen. Mein ganzes verdammtes Leben war seit meiner Geburt eine Lüge gewesen. Jetzt stellte sich heraus, dass ich eine Werwölfin war – eine inkompetente, die sich nicht verwandeln konnte, wenn ihr Leben davon abhing – aber trotzdem eine Werwölfin. Und vielleicht, wenn ich versuchte, vor all diesen Dingen davonzulaufen, die ich anzog, als wäre ich ein verdammter Magnet, würde ich ihnen trotzdem nicht entkommen können. Den Kopf in den Sand zu stecken würde nicht helfen, nicht, wenn meine Knochen sich sogar in diesem Moment anfühlten, als würden sie sich zu einer Form verdrehen, die jedes Outfit in meinem Schrank komplett überflüssig machte.

„Klar, ich versuche, mich von ihnen fernzuhalten", sagte ich, um Tom zu beruhigen.

Mein Leben hatte sich zu einem Wirbelsturm des Unglücks verwandelt und irgendwie hatte ich das Gefühl, dass es erst schlimmer werden würde, bevor es besser wurde.

KAPITEL 6

Als ich aus der Polizeiwache trat, stürmten Jake und Rosalina in meine Richtung. Sie hatten an ihrem Auto gewartet und lösten sich davon, sobald sie mich sahen.

„Toni!" Rosalina schlang ihre Arme um mich und beäugte mich von oben bis unten. „Jake hat gesagt, du seist verletzt."

„Mir geht es wieder gut", sagte ich. „Sie haben mich geheilt. Es hat gar nicht lange gedauert. Siehst du?" Ich breitete die Arme aus, um ihr zu zeigen, dass ich putzmunter war. Ich wollte nicht, dass sie sich sorgte. Ich konnte mich ganz einfach in ihre Lage versetzen. Wenn ihr etwas zustoßen würde ... ich wollte gar nicht daran denken.

„Wie ist es da drin gelaufen?", fragte Jake.

„Ich habe den Täter bei einer Gegenüberstellung identifiziert. Das war nicht schwer."

Jake hob eine buschige Augenbraue und wartete darauf, dass ich mehr sagte, aber ich hatte keine Ahnung, ob ich weitersprechen sollte, da es ihn in Gefahr bringen konnte. Ulfen mochte ihn ohnehin nicht. Er fand, dass Jake ein schlechter Einfluss auf seinen Sohn war und gab ihm die Schuld an Stephens Umzug nach New Orleans. Wenn Ulfen allerdings wirklich versuchte, seinem Sohn zu schaden, mochte er Jake vielleicht aus anderen Gründen nicht.

Aber wäre es nicht besser, Stephen in New Orleans oder wo auch immer er mit Jake hingehen wollte, allein zu lassen, als zu versuchen, ihn zu töten? Wenn es das war, was hier vor sich ging. Ich wusste es ehrlich gesagt nicht. Stephen hatte seinen Vater hartnäckig verteidigt, und er war nicht der Typ, der sich leicht täuschen ließ. Zumindest glaubte ich das nicht. Nur Gott wusste, wie tief dieses Kaninchenloch führte und welche Überraschungen darin begraben lagen. Und ich wollte ganz sicher nicht diejenige sein, die diesen Schatz barg.

Tom hatte recht. Ich musste mich von Stephen fernhalten, und auch von Jake, wenn ich vermeiden wollte, dass mein Leben wieder auf den Kopf gestellt wurde. Dank meines Werwolfsdaseins war es das bereits passiert. Vielleicht konnten die Jungs es also wieder richtig herum drehen, vorausgesetzt, minus und minus ergab plus. Wenn es nur so wäre.

„Wie auch immer", sagte ich und ignorierte Jakes Bedürfnis nach mehr Informationen. „Ich bin müde. Ich möchte nach Hause."

Rosalina nahm meine Hand und zog mich in Richtung Auto. „Dann fahren wir nach Hause."

Plötzlich packte Jake meine andere Hand und begann eine Runde Tauziehen mit Rosalina. Ich sah zwischen ihnen hin und her und war zu fassungslos, um etwas zu sagen. Das war mir seit der Grundschule nicht mehr passiert, als ich zum Mittagessen einen laibgroßen Twinkie mitbrachte.

Als er merkte, wie lächerlich die Situation war, ließ Jake mich los und sagte schnell: „Toni, hast du einen Moment Zeit für mich?"

Rosalina sah mich fragend an und ich nickte, um ihr zu signalisieren, dass es in Ordnung war. Sie rollte mit den Augen und setzte sich ins Auto, um dort auf mich zu warten.

„Was ist los?" Ich stellte mich zu Jake auf den Bürgersteig.

„Ich kenne den Mann, der Stephen angegriffen hat", sagte er und überraschte mich damit. Ich hatte nicht erwartet, dass er das sagen würde.

Er schaute mich auf seltsame Weise an. Seine Nasenlöcher weiteten sich und er schnupperte. „Bist du sicher, dass es dir gut geht?", fragte er.

„Ähm ..." Ich fühlte mich unbehaglich und schlang die Arme um meinen Oberkörper. „Ja, mir geht es sehr gut. Warum?"

„Ich weiß nicht." Er hielt inne. „Du kommst mir ... verändert vor."

Mist! Roch er meine innere Wölfin? Ich drehte den Kopf zur Seite und versuchte heimlich, an mir zu riechen, doch ich konnte keinen Unterschied feststellen.

„Vielleicht ist es die ... Heilungsmagie, die sie im Krankenhaus benutzt haben", sagte ich schnell.

Er dachte stirnrunzelnd darüber nach. „Ja, vielleicht." Er klang nicht überzeugt, aber es war besser als nichts.

Gott, ich musste einen Weg finden, dieses Geheimnis vor ihm zu verbergen. Ich war noch nicht bereit dafür, dass jemand erfuhr, was ich war – nicht einmal Rosalina. Bei ihr hatte ich allerdings keine Wahl. Ich konnte meine Geschäftspartnerin und Mitbewohnerin nicht belügen. Das wäre einfach nur falsch.

Er schüttelte den Kopf. „Wie auch immer, dieser Magier arbeitet für Ulfen."

„Das wissen wir. Stephen konnte ihn im Restaurant nicht richtig sehen, aber er erkannte ihn, sobald Tom ihm ein Foto zeigte. Er fragte Stephen, ob er denkt, dass sein Vater den Magier geschickt hat. Das hat Stephen gar nicht gefallen. Er ist hinausgestürmt. Hast du ihn nicht gehen sehen?"

„Nein. Ich bin reingegangen, um aufs Klo zu gehen. Er muss gegangen sein, als ich da drin war. Verdammt, das ist übel. Er ist eindeutig in Gefahr."

„Ja. Vielleicht sollte er St. Louis wieder verlassen."

„Das wird nicht passieren. Er ist entschlossen, zu bleiben."

„Dann bleibt er auf eigenes Risiko."

Jake hielt meinen Blick für einen langen Moment, ohne etwas zu sagen. Meine Haut kribbelte, als ob seine Augen die Macht der Berührung hätten und mich streicheln würden, während sein Blick über mich wanderte.

„Tja, ich sollte ..." Ich machte einen Schritt auf Rosalinas Auto zu, doch Jake legte eine Hand auf meine Taille und hielt mich fest.

Sein Blick hatte meinen Körper aufgeweckt, doch seine Berührung ließ mich sofort in Flammen aufgehen. Hitze stieg meinen Hals hinauf und in mein Gesicht. Er kam noch näher und sein silberner Blick war wie eine Fessel, die mich bewegungsunfähig machte.

„Ich musste mich zurückhalten, um dem Magier nicht die Kehle rauszureißen", sagte er.

„Ähm, ich bin froh, dass du das getan hast. Sonst wärst du in einer Gefängniszelle gelandet."

„Als ich ins Restaurant rannte und dich ... verletzt sah, bin ich fast durchgedreht."

Meine Brust wurde von einer Flut verwirrender Gefühle so eng, dass ich nichts sagen konnte. Was war das? Er hatte mir gesagt, warum er nicht mit mir zusammen sein konnte, und jetzt tat er ... was genau?

„Wenn dir etwas zustoßen würde—"

Ich trat zurück, weg von seiner Berührung, weg von seinen Worten. „Was tust du?"

Er schien einen Moment lang ratlos zu sein, dann senkte er verlegen den Blick. „Es tut mir leid." Er ballte die Fäuste und seine Verlegenheit verwandelte sich in Frustration. „Es ist nicht leicht für mich, Toni."

„Dann hör auf, es schwieriger zu machen."

„Du hast recht. Du hast recht." Er hielt inne, dann sprach er mit zunehmend distanzierter Haltung weiter. „Ich bin froh, dass du in Sicherheit bist. Das wollte ich damit sagen."

„Danke, und danke dafür, dass du mich und Stephen gerettet hast."

„Versteh es nicht falsch, aber vielleicht wäre es besser, wenn du nicht mehr mit Stephen ausgehen würdest."

Ich blinzelte ihn ungläubig an und Wut ersetzte jede andere Emotion, die in mir herumwirbelte. „Das ist dein Rat?"

Bei meiner Frage runzelte er die Stirn.

„Dann kommt hier meiner: Vielleicht wäre es besser, wenn du deine Nase nicht mehr in meine Angelegenheiten steckst und aufhörst, so zu tun, als wäre ich dir wichtig."

Ich stieg in Rosalinas Auto, schlug die Tür zu und starrte auf das Armaturenbrett. Ich wusste, dass es unfair war, was ich gerade gesagt hatte, doch das Letzte, was ich wollte, war, mir von Jake Knight sagen zu lassen, was ich tun sollte.

Rosalina ließ den Wagen an und innerhalb von wenigen Sekunden waren wir auf der Straße. Sie sagte nichts, bis wir schon fast zu Hause angekommen waren, und ich war froh, dass sie von der Arbeit sprach, statt von Jake.

„Ich habe die Termine für heute Nachmittag abgesagt und den Kunden gesagt, dass wir sie nachholen, sobald wir wissen, ob du Zeit hast."

„Danke. Es tut mir leid, dass es in letzter Zeit so ... unberechenbar war."

„Das ist nicht deine Schuld, und keine Sorge, Tiger-Toni, wir nehmen die Dinge, wie sie kommen."

„Ich sollte wohl meine Mitgliedschaft beim Kickboxen kündigen. Ich bin nicht dazu gekommen, hinzugehen. Schon wieder."

Doch das war die kleinste meiner Sorgen. Die Welt, die ich mir so mühsam aufgebaut hatte, seit Jake mich verließ, zerbrach in Einzelteile. Ich ballte meine Hände auf dem Schoß zu Fäusten, als die Haut an meinen Fingern begann, sich zu eng anzufühlen. Ich atmete mehrmals tief durch, schloss die Augen und rollte meine Schultern zurück.

„Alles in Ordnung?", fragte sie.

„Nicht wirklich. Ich muss dir etwas sagen."

„Ist es das, wovon wir heute Morgen gesprochen haben?", fragte sie mit leiser Stimme.

Ich nickte. „Ich fürchte, es macht alles nur noch schlimmer."

Sie seufzte. „Was auch immer es ist, wir werden damit umgehen, wie wir es immer tun. Zusammen."

Ein warmes Gefühl breitete sich in mir aus und beruhigte mich sofort. Der Druck in meinen Fingerspitzen verschwand und ich konnte leichter atmen. Ich konnte mir keine bessere Freundin wünschen.

„Lass uns nach Hause fahren", sagte sie. „Wir essen zu Abend und dann unterhalten wir uns bei einer Tasse Tee, wie klingt das?"

„Das klingt toll."

Auf dem Rest der Heimfahrt und während wir zu Abend aßen, war ich ganz ruhig und hatte das Gefühl, Rosalina mein Geheimnis erzählen zu können, ohne die Fassung zu verlieren. Doch als wir uns mit zwei Tassen Tee ins Wohnzimmer setzten – Rosalina saß auf dem Sofa und ich im Sessel zu ihrer Rechten – fing mein Herz an zu hämmern und dieses schreckliche Jucken setzte wieder ein.

„Okay. Ich bin ganz Ohr", sagte Rosalina, nahm einen Schluck von ihrem Kamillentee und stellte die Tasse auf dem Couchtisch ab.

Sie hatte sich eine bequeme Flanellhose angezogen und ihr schwarzes Haar zu einem unordentlichen Knoten zusammengebunden. Ihr sanftes

Lächeln sagte mir, dass sie zu einhundert Prozent hinter mir stehen würde, egal, was ich ihr jetzt sagte. Ich hatte keine Ahnung, was sie sich ausmalte, doch eins war klar: auf keinen Fall entsprachen ihre Vorstellungen auch nur annähernd der Wahrheit.

„Ähm, du weißt ja, dass ich gestern bei meiner Mutter war", begann ich.

Sie nickte.

„Und wie dringend sie mich einladen wollte?"

Ein weiteres Nicken, dann rutschte sie auf die Kante des Sofas, stützte ihre Ellbogen auf die Knie und lehnte sich aufmerksam vor.

Der Druck in meinen Fingerspitzen kam abrupt zurück, als hätte jemand einen Schalter umgelegt. Ich sprang auf die Füße und stellte mich hinter den Sessel. Ich hielt mich an der Kopfstütze fest und starrte auf meine Freundin hinunter, in deren grünen Augen Sorge funkelte.

„Ist schon gut", sagte sie. „Du kannst mir alles sagen."

Mein Herz hämmerte, als sich die Worte in meinem Mund bildeten. Ich wollte alles ganz ruhig von Anfang an erklären, doch mein Vokabular schien plötzlich nur auf einen Satz reduziert zu sein.

Ich bin eine Werwölfin.

Ich suchte in meinem verwirrten Hirn nach mehr, aber es war leer.

Meine Hände klammerten sich an die Kopfstütze und meine Arme zitterten, als ich meine Finger in das Polster grub. Es gab mehrere Knackgeräusche, als der Stoff unter dem Druck meiner Nägel zerriss. Rosalina blinzelte überrascht und schaute stirnrunzelnd auf meine Hände.

„Hast du gerade ...?"

Ich schluckte.

Verdammt, ich hatte gerade ihren neuen Sessel ruiniert.

„Oh mein Gott! Es tut mir leid", platzte ich heraus und zog meine Finger aus den Löchern, die ich verursacht hatte. Einer nach dem anderen kam heraus und watteartige Stoffstreifen klebten an meinen knorrigen, widerlichen Krallen.

„Oh nein!", rief ich erschrocken. Ich sah zu Rosalina auf und fühlte mich verloren und hilflos.

„Ähm, was sind das für Klauen?", fragte sie mit zitternder Stimme. „Ist das eine Art Fae-Verzauberung, die du von Yalgrun hast?"

„Nein, Rosalina. Es ist keine Verzauberung. Die Sache ist die ... ich bin eine Werwölfin."

KAPITEL 7

„Du wurdest bei dem Angriff am Kopf getroffen, richtig?", fragte Rosalina und starrte mich an, als sei ich unzurechnungsfähig geworden.

„Nein."

Jetzt, wo das Geheimnis gelüftet war, entspannten sich meine Schultern und meine Verzweiflung und meine Angst verschwanden gemeinsam mit der Gefahr, mich zu verwandeln. Ich stieß ein erleichtertes Seufzen aus und ließ mich wieder in den Sessel sinken.

„Das mit dem Sessel tut mir so leid, Rosalina", sagte ich. „Ich besorge dir einen neuen."

„Wen interessiert der verdammte Sessel? Du musst zu einem Psychiater. Vielleicht muss man dich sogar in die Geschlossene bringen oder so etwas. Toni, du bist keine Werwölfin. Ja, irgendetwas richtig Schräges passiert hier ..."

Sie zeigte in Richtung meiner Hände, die jetzt ganz normal aussahen, nur ein bisschen fusselig, und an den Fingernägeln hingen noch Watteflocken. Ich fing an, die letzten Reste abzupflücken, was mich entspannte. Da Rosalina an der Reihe war, auszuflippen, konnte ich offenbar ruhig bleiben.

„... Aber die Tatsache, dass du Klauen hast", fuhr sie fort, „macht dich nicht zur Werwölfin. Vielleicht ist das eine Art Scherz, oder ein Zauber, den dir irgendein Verrückter während des Angriffs auferlegt hat. Oder vielleicht eine Nebenwirkung von dem Angriff und der Heilungsmagie zusammen. Oder vielleicht—"

Ich sah zu Rosalina auf und unterbrach sie. „Du redest wirres Zeug." Sie schnaubte und ließ sich aufs Sofa sinken, die Arme schlaff, als wäre sie erschöpft. „Warte, ich hab's kapiert. Das ist doch nur ein Scherz", sagte sie und setzte sich wieder auf.

„Ich wünschte, das wäre alles, aber das ist es nicht. Gestern hat mir meine Mutter keine Tortellini aufgetischt. Im Gegenteil. Sie hat mir gesagt, dass mein Vater nicht mein Vater ist." Als ich diesen letzten Satz aussprach, überkam mich eine schreckliche Traurigkeit, die alles um mich herum sinnlos erscheinen ließ.

Dad, es tut mir leid. Es spielt keine Rolle, was sie sagt, du wirst immer mein Vater sein.

Immer.

„Du machst keine Witze, oder?"

„Nicht im Geringsten. Stell dir vor ... in der Küche wartete ein Magier auf mich. Derselbe Magier, der mich seit meiner Geburt mit einem Zauber belegt hat, damit ich mich nicht verwandeln kann. Nur, dass ich mich in der Nacht, in der wir Stephen fanden, verwandelt habe. Ich weiß es nicht mehr, aber da sind mehrere Stunden, an die ich mich nicht erinnern kann. Ich hatte ein Blackout und im nächsten Moment wachte ich splitterfasernackt auf dem Dach unseres Gebäudes auf. Du erinnerst dich sicher an diese schöne Situation."

„Oh mein Gott. Oh mein Gott, du sagst die Wahrheit."

„Ja, das tue ich."

„Du bist eine verdammte Werwölfin. Eine *Werwölfin*." Sie stand auf und fing an, vor dem Sofa auf und ab zu gehen.

Ich folgte ihr mit meinem Blick und mein Herz fing wieder an zu rasen. „Ich glaube, du solltest dich besser beruhigen. Du fängst an, mich nervös zu machen, und Nervosität ist gerade nicht gut für mich." Ich sah auf meine Hände hinunter, dann auf die Löcher in der Rückenlehne des Sessels.

„Beruhigen? Beruhigen?! Wie kannst du von mir verlangen, dass ich mich beruhige? Du bist ... eine ... Werwölfin. Macht dir das keine Angst?"

„Natürlich tut es das. Ich habe den ganzen Tag versucht, zu verhindern, dass ich mich verwandle. Ich weiß noch nicht, wie man es kontrolliert, also brauche ich *Ruhe*. Kannst du dich für mich beruhigen? Ich meine, wenn du verhindern willst, dass dein schönes Ledersofa als Nächstes dran ist."

Das schien sie zu ernüchtern. Sie setzte sich wieder auf besagtes Sofa, legte ihre Wange an die Rückenlehne und streichelte darüber. „Hör nicht auf den großen, bösen Wolf. Alles wird gut. Das verspreche ich. Ich kann mich beruhigen. Nur für dich."

Ich sah sie ungläubig an. „Wer ist jetzt die Verrückte?"

„Tut mir leid. Es fällt mir nur sehr schwer, das alles zu verarbeiten." Sie setzte sich gerade hin und ihre Miene wurde ernst. „Wie geht es dir damit?", fragte sie mit lieber Stimme.

Und das war alles, was es brauchte, damit ich die Fassung verlor. Ich fing an zu weinen wie ein Baby, schluchzte und heulte und erlaubte mir zum ersten Mal, den Schmerz über den Verlust meines Vaters zu fühlen. Mein Vater. Mein lieber, süßer Vater. Das war es, was am meisten schmerzte. Nicht, dass Mom mich belogen hatte, sondern dass mir von nun an jedes Mal, wenn ich an Dad dachte, auch dieser andere Mann in den Sinn kommen würde.

Und meine Schwestern und mein Bruder, was war mit ihnen? Was, wenn sie mich anders betrachten würden? Als würden wir nicht mehr zusammengehören? *Eins dieser Dinge passt nicht zu den anderen.* Und worum handelte es sich dabei wohl? *Um mich!*

Verdammt! Ich sollte nicht so denken. Ich würde sie alle drei lieben, egal, was passierte. Sie würden immer meine Geschwister sein, zu einhundert Prozent, doch ich konnte nicht verhindern, dass mir diese dummen Gedanken durch den Kopf schossen.

Als ich endlich aufhörte zu weinen, fand ich mich mit Rosalina auf dem Sofa wieder, umgeben von ihrer warmen Umarmung, während sie sanft über mein Haar streichelte. Sie reichte mir meine Teetasse, die meinen kratzigen Hals beruhigte und meine Atmung so weit verlangsamte, dass das Schluchzen nachließ.

Danach erzählte ich ihr alles im Detail. Sie hörte mir aufmerksam zu, während ihr Verstand hinter ihren scharfen grünen Augen arbeitete. Sie war eine Frau, die, wenn sie mit einem Problem konfrontiert wurde, sofort an Lösungen dachte. Vielleicht hatte sie am Anfang einen kleinen Nervenzusammenbruch, aber am Ende hatte sie immer einen guten Rat.

Als ich fertig war, stellte ich die unvermeidliche Frage. „Was denkst du, soll ich tun?"

„Eins ist sicher, du kannst das nicht mit dir allein ausmachen. Du brauchst Hilfe."

Ich wollte keine Hilfe. Ich wollte auf keinen Fall etwas mit Damien Ward zu tun haben, und die einzigen Werwölfe, die ich kannte, waren nicht die, von denen ich Ratschläge annehmen wollte.

„Ich weiß, dass dir diese Idee wahrscheinlich nicht gefallen wird", sagte Rosalina. „Mir würde es auch nicht gefallen, wenn man bedenkt, was er getan hat, aber ich finde, du solltest mit dem Kupfermagier reden."

Ich schüttelte entschieden den Kopf. „Nein. Ich will nichts mit diesem Widerling zu tun haben. Denn er muss ein Widerling sein, oder? Nur ein Widerling kann das tun, was er getan hat. Zwanzig Jahre, Rosalina. So lange treibt er schon sein Unwesen mit ..." Ich fuchtelte mit den Händen um meinen Körper und meinen Kopf herum, weil ich nicht wusste, an welchem Teil von mir er herumgepfuscht hatte.

„Ja, aber er ist der Einzige, der dir alle deine Fragen beantworten kann."

Dem konnte ich nicht widersprechen. Er war der Einzige, der genau wusste, was der Zauber mit mir gemacht hatte. Und vielleicht wusste er auch etwas, das mir helfen konnte, den willkürlichen Drang, mich zu verwandeln, zu kontrollieren.

„Ich gehe mit dir", bot sie an. „Du musst das nicht allein machen. Ich werde alles tun, was ich kann, um dir zu helfen."

„Ich habe Angst, Rosalina. Was, wenn ich dir wehtue?"

„Das wirst du nicht."

„Wie kannst du so sicher sein? Meine Wölfin ... sie ist ungezähmt und ich weiß nicht einmal, was ich tue, wenn ich mich verwandle. Ich hatte seit dieser Nacht einige seltsame Träume. Es sind nur aufblitzende Bilder von Reißzähnen und Blut, aber ich habe das Gefühl, dass sie echt sind. In dieser Nacht ist etwas passiert. Etwas Schlimmes, und ich kann mich nicht daran erinnern."

„Wenn das so ist, gibt es noch mehr Gründe, mit dem Magier zu reden und dir deine Fragen beantworten zu lassen. Du hast es heute geschafft, dich trotz allem, was passiert ist, nicht zu verwandeln. Du bist stark. Du wirst das schon hinkriegen. Ich weiß, dass du das wirst, aber du brauchst Hilfe."

Ich nickte und versuchte, ihre positiven, unterstützenden Worte zu verinnerlichen. Es wäre nicht gut, sich in negativen Gedanken zu suhlen. Ich musste das in den Griff bekommen. Es gab keine Alternative.

„Okay", sagte ich. „Ich rufe Damien Ward an."

KAPITEL 8

A m nächsten Morgen um 7 Uhr fanden Rosalina und ich uns in der Innenstadt unter einem grauen, wolkenverhangenen Himmel wieder. Wir hatten versucht, Damien Ward dazu zu bringen, sich mit uns an einem öffentlichen Ort zu treffen, doch er hatte sich geweigert. Es war interessant, dass er sein Zuhause nicht verlassen wollte und dass ich zu ihm kommen musste, wenn ich ihn sehen wollte. Laut dem gruseligen Magier hatte er schon genug für mich und meine Mutter getan. Ich hätte ihm fast gesagt, er solle zur Hölle fahren, doch Rosalina hatte mir das Telefon abgenommen und einen Termin ausgemacht.

Sein „Haus" stellte sich als fünfstöckiges Eckgebäude in der Olive Street heraus. Es bestand aus dunklem Backstein mit geäderten Marmorbögen, die vom Erdgeschoss bis zum dritten Stockwerk reichen. Das Dach war flach und zwei echte Wasserspeier flankierten seine Ecken. Es sah aus, als wäre es im 19. Jahrhundert erbaut worden, und es hatte etwas Gruseliges an sich, das mich an Spukhäuser und alte Horrorfilme erinnerte. Es sah brüchig aus, als ob es jeden Moment in sich zusammenfallen könnte.

Als ich meinen Camaro auf der gegenüberliegenden Straßenseite parkte, klingelte mein Handy. Es war Mom. Ich ignorierte den Angriff und gab mein Bestes, nicht wütend zu werden.

„Früher oder später wirst du mit ihr reden müssen, Toni", sagte Rosalina. „Du kannst sie nicht für immer ignorieren."

„Bist du dir da sicher? Ich kann sie genauso gut blockieren."

Sie schüttelte den Kopf. Ich wusste, dass sie recht hatte, doch ich war noch nicht bereit, mit meiner Mutter zu sprechen, und ich hatte keine Ahnung, wann ich es sein würde.

Rosalina und ich stiegen aus dem Auto und gingen Schulter an Schulter auf die Eingangstür zu. Sie hielt meine Hand, was mir sagte, dass auch sie ein merkwürdiges Gefühl bei dem Haus hatte. Ich spürte die Symptome der Verwandlung, sobald ich den Ort erblickte, und sie wurden stärker, je näher wir kamen. Ich musste anhalten und ein paar Mal tief durchatmen, bevor wir die Tür erreichten.

Langsam hob ich die Hand, um anzuklopfen, aber bevor ich es tun konnte, glitt die Tür auf und Damien Ward erschien auf der anderen Seite.

„Hallo", sagte er grinsend und seine Tintenfleck-Pupillen schrumpften mit dem Sonnenlicht. „Ich freue mich, dass du pünktlich bist. Ich hasse Unpünktlichkeit."

Ich starrte ihn mit offenem Mund an. Er trug eine Jeans, ein T-Shirt und eine Kochschürze mit Flecken, die sehr nach Tomatensoße aussahen. Er trug nicht seine dunkle Brille, seinen lächerlichen Zylinder oder seinen Umhang, und wären seine kupferfarbenen Augen nicht gewesen, hätte er ausgesehen, wie jeder andere Kerl im Glück vom Eigenheim.

„Folgt mir", sagte er, drehte sich auf dem Absatz um und ging durch ein üppiges Foyer, das absolut nicht zum Äußeren des Hauses passte.

Rosalina und ich traten ein und die Tür schloss sich automatisch hinter uns, was wir kaum bemerkten, da wir uns mit offenem Mund umsahen. Das Innere war der Inbegriff von Modernität. Die Einrichtung, die verwendeten Materialien, die Möbel, alles schrie nach reichem Arschloch. Die Wände waren in einem hellen Grau gestrichen und mit weißen Zierleisten versehen. Die Möbel waren kantig, mit geraden Linien und Metallakzenten. Die Kunst an den Wänden war modern und steckte in einfachen schwarzen Rahmen. Die riesige Marmortreppe, die zu einem umlaufenden Treppenabsatz führte, war verschnörkelt und stammte aus einer anderen Epoche und hätte eigentlich mit dem Rest

der Einrichtung kollidieren müssen, aber sie schien perfekt hineinzu-
passen.

Was zur Hölle? Dieser Magier war verwirrend; ein wandelnder kleiner
Widerspruch.

„Was ist mit seinen Pupillen los?", fragte Rosalina an meinem Ohr.

„Keine Ahnung", flüsterte ich.

„Kommt ihr nun mit oder nicht?" Seine Stimme kam tief aus dem
Korridor, durch den er verschwunden war.

Während wir dem Geräusch folgten, starrten wir weiterhin alles verwirrt an. Als wir an einer gewölbten Tür vorbeikamen, sahen wir eine
riesige, industriell aussehende Küche, die unsere Verwirrung nur noch
vergrößerte.

Von der hohen Decke hingen Lampen in Metallfassungen, die eine
breite Insel mit polierter Betonarbeitsplatte beleuchteten. Die Schränke
waren schlicht, grau gestrichen und hatten keine Griffe. Über einem
stählernen Waschbecken, das so groß wie eine Badewanne war, befand
sich ein großes Fenster. Auf der Oberfläche des Fensters schimmerten
die Bilder eines Feenwaldes, sicher eine Art Fata Morgana-Zauber. Offene Regale an der Wand waren mit Utensilien gefüllt, die aussahen, als
gehörten sie in ein Labor und nicht in eine Küche.

„Nehmt Platz, wo immer ihr wollt", sagte Damien von seinem Platz
an einem riesigen Edelstahl-Gasherd, der für Restaurants gedacht sein
musste.

Wir wählten die hohen Hocker vor der breiten Insel, an der es ein
Waschbecken in Normalgröße und ein eingelassenes Schneidebrett gab.

„Schön haben Sie es hier", sagte ich und sah zu, wie er die Zutaten in
einem Topf zusammenrührte, der so groß war wie ein Kleinkind.

Er brummte als Antwort, denn er war zu sehr mit dem Kochen
beschäftigt, um mich zu beachten. Wenn es seine Absicht war, mich
mit seiner Häuslichkeit zu beruhigen, hatte er sein Ziel erreicht. Es war
wirklich ein genialer Plan, denn ich konnte keine Angst vor einem Mann
haben, der einen Kochlöffel schwang und eine schmutzige Schürze trug.

Meine Nase zuckte, als ich versuchte, herauszufinden, was er kochte,
aber es lagen keine Gerüche in der Luft. Seltsam.

„So", sagte er und machte einen Höllenlärm, als er seine Schöpfkelle
auf dem Rand des Topfes platzierte. „Jetzt muss es nur noch eine Weile

köcheln." Er legte den Deckel auf den Topf, reduzierte die Hitze und drehte sich schließlich zu uns um.

Seine Kupferaugen blickten Rosalina an. Er hob eine dünne Augenbraue und ich bemerkte zum ersten Mal, dass sie komplett weiß war, genau wie sein Haar.

„Ähm, das ist meine Freundin, Rosalina", sagte ich.

Er zog schnell seine Schürze aus, hing sie an einen Haken neben dem Herd und kam um die Insel herum. Wir mussten uns auf unseren Hockern drehen, um ihn anzusehen.

Mit einem Lächeln streckte er eine Hand nach meiner Freundin aus. „Es freut mich, dich kennenzulernen, Rosalina." Kein Schmunzeln, keine Selbstgefälligkeit, nur echtes Interesse.

Sie hob zögerlich ihre Hand, als ob sie fürchtete, dass Damien sie gleich abbeißen würde. Doch er drückte sie nur sanft und platzierte einen langsamen Kuss auf ihren Knöcheln, wobei er den Blick nie von ihren Augen abwandte. Ihre Wangen erröteten, als sie eine Antwort murmelte.

Ernsthaft? Dieser Widerling flirtete mit meiner besten Freundin. Was zur Hölle war hier los? Vielleicht war es gar nicht so abwegig, sich zu verwandeln und jemanden zu töten.

„Darf ich euch etwas zu trinken anbieten?", fragte er, nachdem er Rosalinas Hand losgelassen hatte.

„Nein, danke", sagten wir beide unisono. Wir hatten uns darauf geeinigt, nichts zu trinken oder zu essen, was er uns anbieten würde. Magier konnten sehr trickreich sein und wir wussten bereits, dass man diesem Mann nicht trauen konnte.

„Hmm." Er betrachtete uns aufmerksam, bewertend; er verstand die Bedeutung unserer Antwort.

Ich rutschte unbehaglich auf meinem Hocker herum. Wir beschuldigten ihn praktisch, uns in Kröten verwandeln zu wollen – oder was auch immer böse Magier mit ihren ahnungslosen Opfern anstellten.

Zu meiner Erleichterung zuckte er nur die Schultern und sagte: „Selbst schuld." Er ging auf eine edle Espressomaschine zu und begann, köstlich riechenden Kaffee zu mahlen. „Ich dachte mir schon, dass du irgendwann kommen würdest. Dich unfreiwillig zu verwandeln, wenn du es am wenigsten erwartest, kann keinen Spaß machen."

„Ich habe mich nicht noch einmal verwandelt. Nur das eine Mal",
sagte ich.

Damien wandte sich von der Maschine ab und sah mich an. „Das hast
du nicht?"

Ich schüttelte den Kopf.

„Das ist ... interessant." Er betonte das Wort *interessant*, als ob er
eigentlich „seltsam" meinte.

Wir saßen einen Moment lang schweigend da, während er nachdachte,
und nur das Blubbern des Topfes erfüllte die Stille.

„Was meinen Sie damit?", fragte Rosalina schließlich.

Damiens Aufmerksamkeit richtete sich auf sie, und seine kupferfarbenen Augen schienen zu funkeln und wurden immer lebendiger.
„Man braucht schon eine gehörige Portion Kraft, um ein wildes Tier zu
besiegen, das zwanzig Jahre lang eingesperrt war. Mein Zauber hat noch
nicht ganz nachgelassen und hält die Wölfin immer noch einigermaßen
in Schach. Aber ich würde lügen, wenn ich nicht erwartet hätte, heute
Morgen in der Zeitung von einem furchtbaren Massaker zu lesen."

„Was?!", rief ich entrüstet. „Sie meinen, ich hätte einfach so randalieren können und Sie haben mich einfach gehen lassen, als ob ...",
sagte ich entrüstet. Ich fuchtelte ratlos mit den Armen herum und
wandte mich dann an Rosalina. „Was ist nur los mit diesem Kerl?"

„Normalerweise mische ich mich nicht in Werwolfangelegenheiten
ein", sagte Damien. „Ich habe es nur getan, um deiner Mutter zu helfen.
Weißt du, sie und ich hatten damals im College etwas am Laufen und—"

Ich hielt eine Hand hoch. „Halt. Davon möchte ich nichts hören."

Das war einfach verstörend, vor allem, weil ich immer wieder vergaß,
dass er und Mom zusammen auf dem College gewesen waren. Trotz
seiner weißen Haare sah er nicht einen Tag älter als dreißig aus. Ich fragte
mich allerdings, wie alt er wirklich war und wie viele Zaubersprüche es
brauchte, um so jung auszusehen.

„Na schön", sagte er und rollte mit den Augen, dann wandte er sich
wieder seiner Kaffeemaschine zu und drückte einige Knöpfe. Bald erfüllte der unverwechselbare Duft von Kaffee die Küche.

Als hätte er vergessen, dass wir da waren, lief Damien in der Küche
herum und nahm sich Teller und Besteck, dann zog er mehrere Behälter

aus dem zwei Meter breiten Kühlschrank und fing an, sich Frühstück zu machen.

Beim Anblick der Bagels, des Frischkäses und der Marmelade knurrte mein Magen. Ich hatte schon gefrühstückt, doch in letzter Zeit überkam mich der Hunger noch öfter als zuvor. Meistens hatte ich allerdings Hunger auf Fleisch und es schien, als könnte ich nicht genug davon bekommen. Ich hatte heute Morgen ein ganzes Paket Speck verdrückt, während Rosalina mich über den Rand ihrer Tasse beobachtete.

Er steckte einen Bagel in den Toaster und verschränkte seine Arme, während er wartete.

Rosalina stieß mich mit dem Ellbogen an und nickte in Richtung des Magiers, um mich zu ermutigen, meine Fragen zu stellen. Sein Kommentar darüber, dass er erwartet hatte, in der Zeitung von einem Massaker zu lesen, schwirrte mir immer noch im Kopf herum. Ich glaubte nicht, dass ich mich noch viel länger davon abhalten könnte, mich zu verwandeln. Meine Wölfin fühlte sich wie eine tickende Zeitbombe an und die Explosion würde nicht schön werden.

Ich legte den Kopf schief und tippte mir ans Kinn, während ich den Magier anstarrte. Wenn ich randalieren wollte, wäre es vielleicht keine schlechte Idee, hier anzufangen. Das würde ihm eine Lektion dafür erteilen, dass er Menschen unnatürliche Dinge antat. Oder zumindest könnte ich ihn dazu bringen, mich mit einem tödlichen Zauber zu erledigen und mich von meinem Elend zu erlösen.

„Gibt es keine Möglichkeit, ihr zu helfen?", fragte Rosalina, da ich mich mit der Idee anfreundete, meine Krallen in Damiens dünnem Hintern zu versenken.

„Ich fürchte nicht, Liebes", sagte er.

„Jedes Jahr", fuhr er fort, ohne sich vom Herd abzuwenden, „in dem ich meinen Zauber auf Toni anwandte, wurde es immer schwerer. Amalia sollte ihre Tochter gut im Auge behalten, um Symptome zu erkennen, die darauf hindeuten, dass die Magie nachlässt. Ich habe sie davor gewarnt, dass es mit der Heimlichtuerei vorbei wäre, wenn Toni sich verwandelt. Wisst ihr, der Zauber hat die Wölfin verwirrt. Hm, wie kann ich es erklären?"

Schließlich drehte er sich doch zu uns um und wedelte mit einer Hand in der Luft, als könnte er die Erklärung aus dem Nichts herbeizaubern.

„Die Wölfin war in einem Labyrinth eingesperrt, in dem sie keinen Ausgang sehen konnte, kein Licht. Jedes Mal, wenn sie nahe dran war, schaffte der Zauber eine Ablenkung und führte sie davon weg. Doch jetzt, wo die Wölfin den Ausgang gefunden und Freiheit gekostet hat, kann sie nichts mehr aufhalten. Nichts wird sie mehr lange in ihrem Käfig halten. Außer natürlich, du lernst, wie du die Verwandlung kontrollierst, Toni, was in einem solchen Fall eine besonders große Herausforderung darstellt. Wenn du nicht bald etwas unternimmst, könnte es kritisch werden."

„Wie kann sie lernen, es zu kontrollieren?", fragte Rosalina, während ich noch versuchte, alles zu verarbeiten, was er gesagt hatte.

„Das habe ich ihr bereits gesagt. Sie muss jemanden ihrer Art finden, der es ihr beibringen kann. Jemand, der bereit ist, diese Tortur auf sich zu nehmen."

„Die Tortur auf sich nehmen?", wiederholte ich.

„Oh, ja. Es wird nicht einfach. Es könnte Wochen oder sogar Monate dauern."

„Monate?! Dafür habe ich keine Zeit. Ich habe ein Leben und ein Geschäft zu führen."

„Mach das mit deiner Mutter aus, Liebes. Ich habe keine Schuld daran."

Ich stand abrupt auf und schlug meine Hände auf die Arbeitsplatte. Der Hocker kratzte über den Boden und schwankte, doch er fiel nicht um.

„Das ist Bockmist", brummte ich. „Sie sind genauso schuldig wie meine Mutter. Sie haben ihr die Möglichkeit gegeben und ihr erlaubt, mich und meinen Vater anzulügen. Sie hätten Nein sagen sollen."

Er zuckte mit den Schultern. „Sie war ziemlich überzeugend."

Er nahm den Bagel aus dem Toaster und schmierte dann, nachdem er sich wieder zu uns umgedreht und sein Frühstück auf die Kücheninsel gestellt hatte, eine dicke Schicht Frischkäse auf beide Hälften, gefolgt von der Marmelade. Dann nahm er einen großen Bissen. Er würde mir überhaupt nichts sagen.

„Warum zur Hölle haben Sie mir Ihre Karte gegeben, wenn Sie nicht mit mir reden wollen?"

„Ähm", er hob seinen Zeigefinger, während er langsam kaute. „Einen Moment", murmelte er, nahm ein Einmachglas aus einem der offenen Regale und ging zu dem Topf auf dem Herd.

Mit der Schöpfkelle füllte er etwas von dem, was er gerade kochte, in das Glas. Eine braune, klumpige Flüssigkeit spritzte hinein. Als er fertig war, trug er das heiße Glas behutsam zur Insel und stellte es vor mir ab.

„Das wird dir helfen", sagte er.

Ich starrte auf den dampfenden Inhalt und rümpfte die Nase. Ein furchtbarer Geruch strömte aus dem Glas und erfüllte schnell den Raum.

Rosalina beugte sich vor, um einen Blick darauf zu werfen. „Was ist das? Es riecht köstlich, und es sieht so schön aus."

Was? Sie warf ihr einen langen Seitenblick zu. War ihre Nase kaputt? Es roch wie Mist. Buchstäblich. Und so sah es auch aus.

Sie hüpfte von ihrem Hocker herunter und trat näher, dann griff sie nach dem Glas. Ich packte ihr Handgelenk und hielt sie zurück.

„Aussehen *und* Geruch können trügerisch sein", sagte ich mit einem strengen Blick.

Rosalina riss ihre Hand zurück und sah erschrocken aus. „Ich bin so dumm!", platzte sie heraus und richtete einen tödlichen Blick auf den Magier.

Er schenkte ihr ein entwaffnendes Lächeln, bei dem sich ihre Miene erhellte. *Oh Gott.* Das war nicht gut. Meine Freundin durfte nicht auf die Masche dieses Kerls hereinfallen.

Ich verdrängte diese Gedanken und konzentrierte mich auf Damien.

„Warum geben Sie mir ... Dung?", wollte ich wissen.

Damien legte eine Hand auf seine Brust, als sei er verletzt. „Das, junger Köter, ist ein mächtiger Trank."

Junger Köter?!

Das war's! Wut entflammte in mir wie Feuer und im nächsten Moment durchbrachen Krallen meine Haut. Ich knurrte und spürte, wie meine innere Wölfin vor Zufriedenheit platzte. Ich würde den verdammten Magier in Stücke reißen.

KAPITEL 9

Z um ersten Mal war ich dankbar für meine Reißzähne und Klauen. Magier hin oder her, ich würde ihn ausweiden und seine Eingeweide wie eine Weihnachtsgirlande um seinen Hals hängen. Ich leckte mir genüsslich über die Lippen.

Ähm, Moment mal! Was ist los mit mir?

Nichts. Überhaupt nichts, gab der wilde Teil von mir zurück.

Bei dem blutigen Bild, das sich in meinem Kopf abspielte, drehte sich mir der Magen um. Ich hatte mir noch nie in meinem ganzen Leben gewünscht, jemanden umzubringen, schon gar nicht auf so grausame Weise. Ich trat einen Schritt zurück und fasste mir mit meinen zu Klauen gewordenen Händen an den Kopf. Die Toni, die ich immer gewesen war, kämpfte gegen dieses neue Ich, das mich auslöschen wollte.

„Toni, was ist los?" Rosalina streckte eine Hand in meine Richtung, doch ich schlug sie weg. Sie zog sie wieder an ihre Brust und sah verletzt und ängstlich aus.

Ich verlor die Kontrolle und dieses Mal würde ich es nicht schaffen, die Verwandlung zu stoppen. Ich musste hier raus, bevor ich jemandem wehtat. Mein Kopf schnellte von einer Seite zur anderen, während ich nach einem Ausgang suchte. Ich fühlte mich eingesperrt und als stünde ich kurz vor dem Explodieren.

Mit einem verärgerten Seufzen kam Damien um die Kücheninsel herum und marschierte auf mich zu.

„Halten Sie sich von mir fern." Meine Stimme war das tiefe Grollen eines behaarten Kerls, der drei Packungen am Tag rauchte.

Trotz meiner beängstigenden Stimme blieb Damien nicht stehen und kam weiter entschlossen auf mich zu.

Ich ging in die Hocke, bereit, ihn aufzuschlitzen und ihn in eine grausame Weihnachtsdekoration zu verwandeln. Er blieb ein paar Schritte von mir entfernt stehen und schüttelte mitleidig den Kopf. Meine Wut wurde noch größer.

„Oh, Gott!", rief Rosalina aus, wobei ihre Stimme vor Angst und Entsetzen kaum noch zu erkennen war.

Mein Instinkt übernahm die Kontrolle und ich sprang auf seinen Bauch zu. In meinem Kopf war es fast so, als würden sich meine Krallen in ihn graben und seine Haut und Organe durchtrennen, doch es war nur Wunschdenken, denn er bewegte sich mit Leichtigkeit aus dem Weg, schneller, als ich reagieren konnte, und schlug mir so fest gegen den Kiefer, dass mein Kopf nach hinten flog. Mein Nacken knackte und Schmerz schoss mir die Wirbelsäule hinunter. Ich schrie auf, mein Gesicht pochte und meine Ohren dröhnten.

„Sie Biest", schrie Rosalina, trat hinter mich und hielt mich fest, als ich zu Boden sank. Sie fing meinen Sturz ab und legte mich auf den kalten Boden.

Weiße Sterne tanzten um meinen Kopf herum.

„Warum haben Sie sie geschlagen?", wollte sie wissen und strich mir das Haar aus dem Gesicht. Als sie zu mir heruntersah, waren ihre grünen Augen voller Sorge; nichts von dem Entsetzen, das ich in ihrer Stimme gehört hatte, war verschwunden.

„Sie ist wieder sie selbst, oder nicht?" Damien ging lässig davon und strich sich sein T-Shirt glatt.

Ich hob meine Hände und starrte sie an. Die Klauen waren verschwunden und mit ihnen das Gefühl, dass mir ein Pelzmantel wuchs. Ich rieb mir den Kiefer und bewegte ihn. Er schmerzte, jedoch nicht so sehr, wie er sollte. Das Klingeln in meinen Ohren verflüchtigte sich schnell, genau wie der Schmerz in meinem Rücken.

Rosalina half mir aufzustehen und klopfte mir wie eine Glucke den Rücken ab, als wäre ich ein Kleinkind, das auf dem Spielplatz hingefallen war. Verlegen schenkte ich ihr ein dankbares Lächeln, als mich die Scham überkam. Sie hatte sich vor mir gefürchtet. Was, wenn ich ihr wehgetan hätte? Ich konnte sie nicht weiter in Gefahr bringen.

„Danke." Ich trat zurück und entfernte mich ein Stück von ihr, dann drehte ich mich zu Damien um.

Bevor ich ihn irgendetwas fragen konnte, sprach er. „Schmerz macht dich menschlich. Denk daran."

Schmerz?!

Natürlich. Das war der Grund, warum ich mich im Restaurant trotz der Wut nicht hatte verwandeln können.

„Das sollte funktionieren", sagte Damien. „Meistens jedenfalls. Hoffentlich."

„Das ist nicht sehr hilfreich", sagte Rosalina.

„Besser als nichts, Liebes. Wie auch immer, ihr zwei habt heute schon genug meiner Zeit verschwendet, und ich habe Dinge zu erledigen."

Er hielt inne und schien darüber nachzudenken, was er als Nächstes sagen sollte. Nachdem er einen Moment konzentriert nachgedacht hatte, seufzte er, öffnete eine Schublade und nahm zwei Umschläge heraus. Einen davon behielt er selbst und den anderen legte er neben das stinkende Glas.

„Das ist eine Einladung zu einer sehr exklusiven Party heute Abend. Zu eurem Glück habe ich zwei davon, also kannst du die andere haben."

Er fächelte sich mit dem Umschlag zu und zwinkerte Rosalina zu, die ihn gleichzeitig böse ansah und rot anlief.

Ich wollte mit den Augen rollen, doch ich musste mir um Wichtigeres Gedanken machen. „Bitte erklären Sie mir, warum zum Teufel Sie mir ein Glas mit Mist und eine Einladung zu einer Party geben, wenn ich Hilfe dabei brauche, mich *nicht* in ein unberechenbares Tier zu verwandeln?"

Damien schnaubte. „*Mondfabel*", er deutete auf das Gefäß, „ist dafür gedacht, dass du unter Werwölfen als Mensch durchgehst. Es wird deinen Werwolfsgestank überdecken, ohne deinen menschlichen Geruch zu beeinträchtigen, genauso wie es mein Zauber bisher getan hat.

Trage einfach jeden Morgen ein wenig davon wie Parfüm auf, dann bist du sicher."

„Sicher?", wiederholten Rosalina und ich gleichzeitig.

Stellten die anderen Werwölfe eine Gefahr für mich dar?

„Ja, sobald die Wirkung meines Zaubers nachlässt, werden die anderen Werwölfe deinen Geruch riechen können und wissen, dass du ein Schwächling bist. Wahrscheinlich ein Omega, da du so unerfahren bist. Das wäre sehr schlecht. Ein Rudel könnte dich aufgreifen und ... na ja, sagen wir, schwachen Wandlern ergeht es nicht gut. Jeder, der stärker ist als du, was im Moment so ziemlich jeder sein sollte, wird dich dazu bringen, alles zu tun, was er will. Da draußen fressen sie sich gegenseitig auf."

„Wie schön." Ich schluckte schwer und zog das Glas beherzt zu mir heran. Es schien, als sei der wertvolle Dung jetzt in meinem Besitz.

Damien machte ein zufriedenes Geräusch, als wäre er froh, dass ich ihn verstand. Ich wusste nicht viel über Gestaltwandler und ihre Gebräuche – sie waren sehr verschwiegen –, doch jeder verstand, was einem Kümmerling zustoßen konnte.

„Was die Einladung angeht", sagte Damien. „Der Werwolf, der die Party schmeißt, ist ein Bekannter von mir. Schuldet mir einen großen Gefallen. Ich werde heute Abend dort auftauchen und ihn bitten, dir zu helfen, dir zu zeigen, wie du die Verwandlung kontrollieren kannst und dich hoffentlich vor dem lebenslangen Tragen von *Dung-Parfüm* zu retten, wie du es nennen würdest."

Ich war sprachlos. Er hatte beschlossen, mir zu helfen? Nach all seinem Getue? Ich hatte wirklich gedacht, er würde sich in dieser Sache die Hände reinwaschen, doch er hatte mir gerade die beiden Dinge gegeben, die ich im Moment am dringendsten brauchte.

Als mir das klar wurde, warf ich einen Blick in seine Richtung. Er stand hochmütig da, mit hochgerecktem Kinn und einer hochgezogenen weißen Augenbraue. Doch ich durchschaute sein aufgeblasenes Äußeres.

„Sie fühlen sich doch schuldig", sagte ich.

„Pah!", rief er, wandte sich zum Herd um und drehte den Knopf bis zur Aus-Position. „Ich habe mich im Leben noch nie wegen irgendetwas schuldig gefühlt. Ich tue, was getan werden muss. Das ist alles. Jetzt geht. Wie gesagt, ich habe zu tun."

Rosalina und ich tauschten misstrauische Blicke. Wir mussten mehr wissen. Ich war sicher, dass mir Damien Ward viel sagen könnte, doch ich wollte mein Glück nicht überstrapazieren – die Mondfabel und das Versprechen, einen Werwolf zu bitten, mir zu helfen, war mehr, als ich von ihm erwartet hatte. Also beschloss ich, es als Erfolg zu werten, und machte mich auf den Weg nach draußen. Rosalina folgte mir, doch bevor wir die Küche verließen, räusperte sich Damien. Wir drehten uns um und sahen ihn direkt hinter uns stehen.

Er schnappte sich Rosalinas Hand und neigte den Kopf. „Ich werde dich um neun abholen", sagte er mit einem sexy Lächeln, bei dem ich zweimal hinsehen musste und das Rosalina erneut erröten ließ. „Wie gesagt, ich habe zwei Einladungen, und ich würde gerne einen schönen Abend mit dir verbringen."

Ich öffnete und schloss meinen Mund einige Male, bevor ich schließlich sagte: „Auf keinen Fall!"

Im selben Moment sagte Rosalina: „Es wäre mir eine Freude."

„Ausgezeichnet." Damien richtete sich auf, machte auf dem Absatz kehrt und wandte sich wieder seinem Bagel zu.

Rosalina hakte ihren Arm unter meinen und führte mich eilig hinaus. Als wir vor der Tür ankamen, blinzelte ich verwirrt in das Sonnenlicht. Die Wolken hatten sich verzogen.

Wir stiegen in meinen Camaro und ich platzierte meinen Trank fest zwischen meinen Beinen. Ich ließ den Motor an und während er zum Leben erwachte, fragte ich: „Was ist los mit dir? Warum hast du zugestimmt, mit ihm auszugehen?"

„Auf gar keinen Fall lasse ich dich allein zu dieser Party gehen", antwortete sie in rechtschaffendem und beschützendem Ton.

Doch ich wusste, dass mehr dahintersteckte. Sie mochte Damien Ward und freute sich darauf, mit ihm auszugehen.

KAPITEL 10

A ls wir später an diesem Morgen an der Agentur ankamen, eilte ich mit meinem Dung-Parfüm in die Tranknische und trug es großzügig auf meinem Hals, meinen Handgelenken und in meinen Arm- und Kniebeugen auf. Der Gestank, der von dem Glas ausging, brachte mich ein paar Mal zum Würgen, doch ich schaffte es, mein Frühstück bei mir zu behalten. Als ich fertig war, schraubte ich den Deckel auf das Glas und war mir sicher, dass ich stank wie die gesamte verdammte Kanalisation, doch nachdem ich ein paar Minuten lang geröchelt und gehustet hatte, verschwand der schreckliche Gestank.

Ich atmete erleichtert aus, ging wieder hinaus und stellte mich direkt neben Rosalinas Stuhl, während sie eine E-Mail an ihrem Laptop tippte. Nach ein paar Sekunden sah sie über ihre Schulter.

„Was?", fragte sie.

Ich zuckte mit einer Schulter.

Ihre Nase zuckte. „Wow, du riechst gut. Meinst du, dass Mondfabel Faden etwas anhaben kann? Ich hätte auch gern etwas davon."

Sie hatte eine Vorliebe für Schönheitsprodukte, aber das ging über ihre Leidenschaft fürs Schminken hinaus. Sie war völlig außer sich.

„Glaub mir, wenn du wüsstest, wie das Zeug wirklich riecht, würdest du nicht fragen."

Sie wollte gerade antworten, als sich ihr Blick auf die Eingangstür richtete. Ich sah gerade in diese Richtung, als sich die Tür öffnete und die Glocke läutete.

Daniella, meine ältere, und Lucia, meine jüngere Schwester, kamen herein, was nur eins bedeuten konnte: Mom hatte ihnen die Wahrheit über mich verraten. Mein erster Impuls war hoch auf ins Loft zu rennen und mich unter dem Bett zu verstecken. Ich war nicht bereit, mich ihnen zu stellen, oder der Tatsache, dass die Bindung zwischen uns nicht so stark war, wie wir angenommen hatten.

Ich war nicht einmal eine Sunder.

Diese Hälfte meiner Identität war gestohlen worden und hinterließ ein riesiges Fragezeichen.

Ein Kloß bildete sich in meinem Hals und Tränen brannten in meinen Augenwinkeln.

„Hey Toni", sagte Daniella.

Lucia trat von einem Fuß auf den anderen und steckte die Hände in die große Tasche ihres Hoodies. „Wie geht's, Schwesterherz?", fragte sie und sah mich nur flüchtig an.

„Was für eine ... Überraschung", sagte ich.

Das letzte Mal waren sie an dem Abend vor unserer Eröffnung hier gewesen. Wir hatten eine kleine Einweihungsparty veranstaltet und ich hatte nur unsere engsten Freunde und Familie eingeladen. Sie waren seitdem noch ein paar Mal vorbeigekommen, aber nicht zusammen.

Sie standen Schulter an Schulter, beide mit ihrem langen, braunen Haar und den dunklen Augen. Niemand konnte leugnen, dass wir Schwestern waren. Wir sahen alle wie Mom aus. Zu meiner Überraschung war Lucia etwas größer als Daniella, was bedeutete, dass sie auch größer war als ich, da Dani und ich beide 1,70 m groß waren. Ich hatte keine Ahnung, wann das passiert war. Sie war innerhalb eines Wimpernschlags gewachsen.

Daniella trug eine beige Stoffhose, einen schwarzen Pullover mit Glitzerdetails am Kragen und flache rote Schuhe. Ich konnte mir vorstellen, wie sie ihren Heilerkittel über dem süßen Outfit trug, mit einem Stethoskop um den Hals und einem Namensschild des Kinderkrankenhauses, das den Look vervollständigte. Im Gegensatz dazu trug Lucia eine zerrissene Jeans, einen Tie-Dye-Kapuzenpulli und Skaterschuhe.

„Schön, dich zu sehen, Rosalina", sagte Daniella.

Rosalina lächelte. „Gleichfalls."

Lucia nickte meiner Freundin zu. Manchmal konnte sie so eloquent sein.

„Wir wollten mit dir sprechen ..." Daniella sah vorsichtig zu Rosalina hinüber.

„Keine Sorge. Rosalina weiß es." Ich hielt einen Moment lang inne, dann platzte ich damit heraus: „Hat Mom euch geschickt?"

„Nein", sagte Daniella, „aber sie hat gestern mit uns gesprochen und uns alles erzählt."

„Alles?", fragte ich.

Sie nickten.

„Auch die Werwolf-Sache?"

Daniella nickte. „Ja."

„Ziemliche Überraschung, oder?" Meine Stimme triefte vor Sarkasmus.

Daniella trat einen Schritt vor. „Geht es dir gut, Toni?"

„Klar, alles in Ordnung."

Ein weiterer Schritt. „Bist du sicher?"

Ihre braunen Augen waren sanft und besorgt. Sie konnte uns immer gut trösten – sie war sehr fürsorglich und liebevoll. Ich erinnere mich noch gut daran, wie sie die kleine Lucia herumgetragen, ihr die Windeln gewechselt und sie mit viel Geduld gefüttert hatte.

Ich zerschmolz unter ihrem Blick und all meine Emotionen zeigten sich plötzlich. Bevor die erste Träne meine Wange berührte, zog mich Daniella in eine feste Umarmung und drückte mich so sehr, dass ich Schluckauf bekam. Lucia eilte herüber und kuschelte sich an uns.

„Ihr macht mich fertig", sagte Rosalina und schloss sich der Umarmung an.

Sie hielten mich fest, bis ich aufhörte zu weinen. Beschämt löste ich mich von ihnen und trocknete meine Tränen.

„Wir sind so sauer auf Mom", sagte Lucia.

„Ich kann nicht glauben, dass sie dich so belogen hat." Daniella schüttelte den Kopf. „All die Jahre."

Lucia schniefte. „Sie sollte sich von nun an besser nicht mehr so scheinheilig aufführen. Wenn du es willst, werden wir ihr das nie verzeihen." Sie klang so ernst, dass ich lachen musste.

„Ihr müsst nicht meinetwegen wütend auf sie sein", sagte ich.

„Ich war sowieso schon wütend auf sie. Sie hat mir mein Handy weggenommen", sagte Lucia.

Daniella und ich tauschten einen Blick. Lucia hatte immer Ärger wegen ihres Handys und ihrer Aktivität in den sozialen Medien.

Meine ältere Schwester ergriff das Wort. „Ich glaube nicht, dass ich es sagen muss, aber ich werde es trotzdem tun. Wir sind die Sunder-Schwestern und nichts wird das je ändern."

„Danke, Dani", sagte ich.

„Ich bin sicher, dass Dad das auch so sehen würde", warf Lucia ein und sobald sie das sagte, wusste ich, dass sie recht hatte. Es hätte Dad nichts ausgemacht. Er hätte mich genauso geliebt, und auch wenn sich alles andere veränderte, diese eine Wahrheit würde immer bleiben.

Ich war Peter Sunders Tochter.

KAPITEL 11

S päter an diesem Abend saßen Rosalina und ich vor dem Schmink-
tisch in ihrem Schlafzimmer und machten uns für Damiens Party
zurecht. Sie trat mit einer winzigen Bürste in der Hand von mir zurück
und ließ ihren Blick über mein Gesicht schweifen, als sei ich eine Lein-
wand.

„Ja, jetzt ist es perfekt."

Sie war nicht zufrieden damit gewesen, wie ich mich selbst geschminkt
hatte. Ich fand, dass ich es ganz gut gemacht hatte, aber nach ihrem
Empfinden war es nicht genug. Ich drehte mich zum Spiegel um – ein
großes, rechteckiges Teil mit winzigen Glühbirnen, die um den Rahmen
verliefen – und starrte mich überrascht an.

Ich sah *unglaublich* aus! Mir fiel die Kinnlade herunter.

„Siehst du?" Rosalina schob eine Schulter vor und setzte eine selbst-
gefällige Miene auf. „So muss man sich schminken."

Sie hatte fünf Minuten gebraucht, um das, was ich aufgetragen hatte, zu entfernen, und fünfzehn weitere, um alles von Grund auf neu
aufzutragen. Ich musste zugeben, dass meine Fähigkeiten, die ich in der
Highschool während einer kurzen Unterweisung von Daniella erworben
hatte, sehr zu wünschen übrig ließen.

Rosalina hatte eine Grundierung, Foundation, Concealer, Rouge,
Lidschatten, Eyeliner, falsche Wimpern, Puder und wer weiß was noch

aufgetragen. Sie hatte mir eine Zusammenfassung gegeben, während sie arbeitete, aber es war so viel, dass ich den Überblick verloren hatte. Ich hatte Angst, dass es zu viel sein würde; dass ich unnatürlich aussehen würde, aber sie hatte meine Gesichtszüge einfach betont. Nicht mehr und nicht weniger.

Ich sah blinzelnd in den Spiegel und drehte meinen Kopf in die eine, dann in die andere Richtung, während ich ihr Talent bestaunte. „Verdammt, Rosalina, du könntest wahrscheinlich am Broadway oder in Hollywood oder so arbeiten."

„Ja, wenn unsere Agentur nicht funktioniert, ist das mein Plan", scherzte sie.

Sie öffnete die Schublade zu meiner Linken. Darin klirrte Glas. Das Fach war bis zum Rand mit Parfümflaschen in verschiedenen Farben gefüllt und erinnerte mich an eine Piratenschatztruhe voller glitzernder Juwelen. Sie fuhr mit ihren Fingern darüber, nahm eine rote Flasche und besprühte sich großzügig.

„Ich ziehe mich besser um. Damien wird bald hier sein", sagte sie, ging zu ihrem Bett hinüber und nahm das Kleid, das sie ausgewählt hatte.

Ich ging in mein Zimmer, um mich ebenfalls umzuziehen. Es war acht Uhr fünfundvierzig und meine Nervosität war an ihrem Höhepunkt. Ich fühlte mich wie eine junge Teenagerin, die zu ihrer ersten Feier geht. Ich war noch nie auf einer Werwolfparty gewesen. Ich feierte lieber mit Faden an harmlosen, öffentlichen Orten. In The Scourge – dem Partyviertel der Schrägen – war ich noch nie gewesen, denn ich wusste, dass es dort für Leute ohne besondere Stärke gefährlich sein konnte. Wandler, Vampire, mächtige Magier und Hexen feierten auf einem ganz anderen Level, das nicht sicher für Fade oder Schräge wie mich war. Ich war überhaupt nicht in der Stimmung, hinzugehen, doch ich hatte keine Wahl, wenn ich Red schnellstmöglich zähmen wollte. Noch dazu musste ich mich um Rosalina sorgen und hoffte, dass Damien sie beschützen würde.

Ich schlüpfte in mein Kleid – ein schulterfreies, knielanges Teil mit Schlitzen, die an beiden Beinen verliefen. Der Stoff war fließend und pflaumenfarbend, mit ein wenig Glitzer. Nachdem ich in ein Paar Riemchenschuhe geschlüpft war, verließ ich das Schlafzimmer, setzte mich auf die Kante der Couch und trommelte mit den Fingern auf meinem nackten Knie herum.

Mein Rücken begann zu jucken. Ich kniff mir so fest ich konnte in den Arm.

„Autsch!"

Ich hasse dich, knurrte Red.

Das Jucken verschwand. Es war keine angenehme Methode, doch sie war effektiv.

Einen Moment später kam Rosalina aus ihrem Zimmer und füllte ihr Kleid aus, wie es nur eine kurvige Frau konnte. Sie sah in ihrem körperbetonten Kleid umwerfend aus. Es war hellblau und hatte einen tiefen Ausschnitt. Ihr langes schwarzes Haar fiel ihr in perfekten Locken um die Schultern und ihre trainierten, nackten Arme glitzerten leicht, als wäre sie eine Art Wassernymphe.

Das war offensichtlich der Grund, warum Damien Ward ein Auge auf sie geworfen hatte, aber es gefiel mir nicht, besonders, weil es schon eine Weile her war, dass ich Rosalina voller Vorfreude auf ein Date erlebt hatte. Sie waren keine Seltenheit für sie und meistens hatte sie keine großen Erwartungen daran. Heute Abend hatte sie jedoch ein Glänzen in den Augen, das mir Angst machte. Ich wollte nicht, dass sie sich mit einem Schrägen einließ – schon gar nicht mit einem wie Damien Ward. Dieser Kerl hatte zwanzig Jahre lang an mir herumgepfuscht, was nicht gerade für seine Moral sprach. Wenn er das getan hatte, wozu war er dann sonst noch fähig?

Als sich Rosalina neben mir auf das Sofa setzte, nahm ich ihre Hand und drückte sie fest. „Ich wünschte, du würdest hierbleiben."

„Ich habe dir doch schon gesagt, dass ich dich nicht allein gehen lasse."

„Ich sehe, dass du ihn magst, Rosalina, also tu nicht so, als wäre das der einzige Grund, warum du mitkommen willst."

Sie versuchte nicht, es abzustreiten. Sie zuckte nur die Schultern.

„Ich vertraue ihm nicht und das solltest du auch nicht tun."

„Wer sagt, dass ich das tue? Ich bin nicht dumm. Ich mag keine Schräge sein, aber ich bin ihnen auch nicht fremd. Das weißt du."

Es stimmte. Rosalina stammte aus einer Mischfamilie. Ihre Abuela Esperanza war eine Hexe, die sich in ihrer Jugend auf Dämonenaustreibung spezialisiert hatte. Rosalinas Mutter hatte ihre Fähigkeiten nicht geerbt, und da sie einen Faden geheiratet hatte, hatten auch Rosalina und ihre Schwester keine Fähigkeiten. Allerdings hatten sie einige ihrer Onkel, Tanten und Cousins und Cousinen.

„Keine Sorge." Sie drückte ebenfalls meine Hand. „Ich habe ein paar Zauberformeln in meiner Tasche. Du weißt, dass ich sie immer bei mir trage, und ich werde nirgendwo mit ihm hingehen. Das haben wir doch schon abgemacht."

Wir würden getrennt hinfahren – ich würde Damien in meinem Camaro folgen –, doch der Plan war, dass Rosalina danach mit mir zurückkommen würde.

Als es an der Tür klopfte, erschreckte ich mich so sehr, dass mein Herz anfing zu rasen. Rosalina ging ganz ruhig zur Tür.

„Au!", rief ich, bevor sie sie öffnete.

Sie sah sich über die Schulter. „Was?"

„Nichts." Ich lächelte und rieb mir die Stelle an meinem Arm, an der ich mich erneut gekniffen hatte. Wahrscheinlich würde ich am Ende des Abends einen blauen Fleck haben.

Sie zog die Tür auf und Damien Ward stand auf der anderen Seite. Die scharfen, grünen Augen meiner Freundin musterten ihn. Er trug einen dreiteiligen Anzug. Die Jacke hatte Samtaufschläge und ein aufgesticktes goldenes Muster. Die Weste darunter lag eng um seine schlanke Mitte und das Hemd war am Kragen geöffnet und enthüllte seine glatte Brust. Er sah im Grunde aus wie ein Weltklassemodel. Alles an ihm war absolut perfekt. Sein fachmännisch gestutztes weißes Haar, sein glatter Kiefer, der Schnitt seines Anzugs, die leicht geneigte Schulter, als er lässig lächelnd dastand. Seine kupferfarbenen Augen blitzten auf.

„Ich wusste, dass du so bezaubernd aussehen würdest", sagte er. „Darf ich reinkommen?"

Er wartete nicht auf eine Antwort und trat einen Schritt vor.

Rosalina und ich hoben beide die Hände und winkten ihn zurück, doch es war zu spät. Er traf den Schutzzauber meiner Mutter, der knisterte und zischte, sobald er über die Schwelle treten wollte. Erstaunt japste er und sprang zurück.

Als er fluchte und sehr langsam blinzelte, sah er wütend auf sich selbst aus. „Man sollte denken, dass ich es besser wüsste. Natürlich beschützt Amalia ihre Tochter mit ihren besten Zaubern. Sie war immer gut darin, sie unauffällig zu machen." Er blinzelte uns an. „Jetzt sitzt nicht so herum und starrt mich an. Lasst uns gehen."

Ich traf Rosalina an der Tür.

„Er ist ziemlich launisch, oder?", sagte sie und ein leichtes Lächeln legte sich auf ihre Lippen. Sie mochte sture und temperamentvolle Männer – ihre Worte, nicht meine.

Männer wie er waren eine Herausforderung für sie. Jemand, den sie zähmen musste und der ihr Interesse nicht verlor. Meistens hatte sie kein zweites Date mit den Männern, mit denen sie ausging. Sie langweilten sie so schnell. Ich vermutete, dass dies einer der Gründe war, warum sie nicht wollte, dass ich ihren Gefährten suchte. Sie hatte Angst, dass er ein ruhiger Mann sein würde, mit dem man sich zufriedengab, weil er ein guter, fügsamer Ehemann sein würde. Und sie war nicht bereit, sesshaft zu werden. Bei Weitem nicht.

Oh, das verheißt nichts Gutes.

Wir folgten Damien zu seinem Auto, das sich als schwarzer Mercedes mit zwei Sitzen entpuppte. Offensichtlich hatte er nicht geplant, mich mitzunehmen.

Ich zerrte an Rosalinas Arm und flüsterte ihr ins Ohr. „Vielleicht solltest du mit mir fahren."

„Ist schon gut. So habe ich die Gelegenheit, mich mit ihm zu unterhalten und mehr über diese Party zu erfahren."

Sie konnte mich nicht täuschen. Sie brannte darauf, mit Damien allein zu sein. Warum hatten gefährliche Männer nur diese Wirkung auf Frauen? Ich dachte an meinen eigenen gefährlichen Mann und fragte mich, was er wohl tat. Red meldete sich, als ich an Jake dachte. Meine Wölfin stand definitiv auch auf ihn. Das war keine Überraschung.

Als der Magier Rosalina die Beifahrertür öffnete, eilte ich zu meinem Camaro und ließ ihn an. Der Motor heulte auf. Ich klopfte auf das Armaturenbrett. „Gut, Baby."

Er lief immer noch tipptopp. Dad und ich hatten wirklich tolle Arbeit daran geleistet. Trotzdem sollte ich ihn bald für eine Inspektion in die Werkstatt bringen. Alte Autos brauchen eine Extraportion Pflege, damit sie so gut laufen.

Damien raste vom Parkplatz, als seien ihm Höllenhunde auf den Fersen. Ich trat aufs Gas und holte ihn ein, entschlossen, mich nicht von ihm abhängen zu lassen, falls das seine Intention war. Dreißig Minuten später kamen wir an der Adresse an, die auf der Einladung stand, in einer wohlhabenden Nachbarschaft in Ballwin.

Das Anwesen war eins der modernsten, die ich je gesehen hatte. Es war zwei Stockwerke hoch, bestand aus Beton und Glas und sah mehr aus wie ein Bürogebäude als jemandes Zuhause. Die Party fand im ersten Stock statt, wie man an den violetten Strobolichtern erkennen konnte, die durch die Glaswände drangen. Dunkle, tanzende Silhouetten blitzten im Licht auf.

Wir parkten in der riesigen, runden Auffahrt und gingen auf die Stufen zur Eingangstür zu. Sie führten an der Seite des Hauses entlang, flankiert von Betonkübeln mit gepflegten Blumen und Sträuchern, und dann hoch zum ersten Stock und einer dicken Glastür, die sich öffnete, als wir vor ihr standen.

Ein grimmig aussehender Kerl mit einer Brust, die so breit war wie Damiens Kühlschrank, nahm unsere Einladungen und untersuchte sie genau. Nachdem er sie unter ein UV-Lesegerät gehalten hatte, musterte er uns von Kopf bis Fuß und gab mir das Gefühl, er könne durch unsere Kleidung hindurchsehen. Ich trat unbehaglich von einem Fuß auf den anderen und biss mir auf die Unterlippe. Bei seinen forschenden Augen in Verbindung mit der lauten Musik und den flackernden Lichtern fühlte ich mich wie ein überfüllter Wasserballon kurz vor dem Platzen.

Damien schien verärgert über den prüfenden Blick des Mannes, doch er wartete, bis der Türsteher uns grünes Licht gab, dann schritt er vorwärts, wobei er Rosalinas Arm unter seinen hakte. Ängstlich, wie ich war, folgte ich ihnen zögerlich.

Wir gingen an einer langen Wand entlang, an der abstrakte Kunst in dunklen Metallrahmen hing, und kamen an der anderen Seite an einem großen Raum heraus, der auf drei Seiten von Glaswänden umgeben war. Das Zimmer war eher aufgemacht wie ein Club statt einem Zuhause. In der Mitte des Raumes zog eine Tanzfläche voller Menschen meine Aufmerksamkeit auf sich. Sie war schwer zu übersehen, wenn man die große Diskokugel bedachte, die sich darüber drehte, und die Scheinwerfer, die unregelmäßige Muster an die Wände warfen. Der Bass der Clubmusik wummerte in meiner Brust.

Paare in allen Stadien der Ekstase und mit ziemlich wenig Kleidung tanzten auf anzügliche Weise, bewegten ihre Hüften gegeneinander und machten rum, als wäre es das Ende der Welt und sie müssten die Zeit nutzen, um den letzten Spaß ihres Lebens zu haben. Hitze wärmte meine Wangen, als ich ein sexy Pärchen ansah, das sich an den Intimsten stellen anfasste.

Ich richtete meinen Blick auf die Bar am Ende des Raumes. Die Theke schien aus Eis zu bestehen. Im Inneren leuchtete blaues Licht und sie hatte geschnitzte Enden in Form von Schwänen. Regale voller Flaschen säumten die hintere Wand. Ich fing an, mich in diese Richtung zu bewegen, weil ich sie berühren und mir natürlich ein Getränk besorgen wollte, da legte mir Damien eine Hand auf die Schulter und flüsterte mir ins Ohr.

„Ich rede mit meinem Freund, dann werde ich ihn dir vorstellen."

Ich nickte und sah mich nervös um, während ich mich fragte, wer dieser mysteriöse Freund wohl sein konnte, doch ich hatte keine Ahnung, da Damien sich bedeckt hielt. In jedem Fall brauchte ich einen starken Drink gegen die Nervosität und den würde ich mir holen.

Ich rollte meine Schultern zurück, als würde ich in den Kampf ziehen, und ging auf die Bar zu. Während ich lief, erregte ich die Aufmerksamkeit von zwei Männern mit Whiskey in den Händen, die sich mit dem Rücken an die Theke lehnten. Ich hielt einen Moment lang ihre Blicke, wobei ich mich viel selbstbewusster gab, als ich es eigentlich war. Sie waren Werwölfe, das erkannte ich an ihrem Moschusgeruch und ein Instinkt sagte es mir, den ich zuvor noch nicht gehabt hatte.

Da mein neuer Duft verborgen war, würden sie annehmen, dass ich eine Fade war, was wahrscheinlich genauso schlimm war, als wüssten sie, dass ich ein Jungtier war. Ich versuchte, ihnen so viele „Bleib weg von mir"-Zeichen zu geben, wie ich konnte, und suchte mir einen Platz weit weg von ihnen an der Bar.

Ich legte meine Hände auf die durchsichtige Theke und erwartete, dass sie kalt sein würde, doch sie bestand nicht aus Eis. Es war Glas. Ich hatte keine Ahnung, wie so etwas hergestellt wurde. Es war beeindruckend. Ich fuhr mit den Händen über die glatte Oberfläche und den aufwändigen Rand, der aussah wie eine Blumenkette. Ich hatte noch nie etwas Vergleichbares gesehen.

Ich winkte eine Barkeeperin heran. Drei Mitarbeiter arbeiteten eifrig und wuselten hin und her, während sie mit ihrer supernatürlichen Geschwindigkeit Getränke zubereiteten. Als sie mich bemerkte, eilte sie auf mich zu.

„Was hätten Sie gerne?", fragte sie und entblößte ihre spitzen Fangzähne, die mit winzigen Diamanten verziert waren. Schöne Vampir-Barkeeperinnen gab es häufig. Sie waren schön anzusehen und arbeiteten schnell.

„Einen Whiskey Sour, bitte." Ich wollte etwas Starkes, das meine geschärften Sinne schnell betäuben würde.

Das Getränk tauchte innerhalb von fünf Sekunden vor mir auf, dann war die Vampirin verschwunden, um den nächsten Kunden zu bedienen. Verdammt, sie war effizient. Das Schlimme war, dass die Schrägen die Drinks genauso schnell austranken, wie sie sie zubereitete, besonders die Werwölfe, die Alkohol beinahe so gut vertrugen wie Wasser.

Oh, verdammt!

Mit finsterer Miene starrte ich meinen Drink an. Waren die Tage, in denen ich mich betrinken konnte, etwa schon vorbei? Ich war noch nicht einmal einundzwanzig. Großartig! Ich nahm einen Schluck von meinem Drink. Er brannte in meinem Hals und ich zuckte zusammen, als ich die Wärme in meiner Brust und meinem Bauch spürte. Ich wandte mich der Menge zu und hoffte, ich würde den Alkohol bald spüren.

Eine Vampirin in einem Schlauchkleid, in dem strategisch platzierte Löcher prangten, torkelte in Richtung der Bar und kam neben mir zum Stehen. So wie sie taumelte, war sie definitiv betrunken oder high. Ich hob meine Augenbrauen, als ich den benommenen Ausdruck auf ihrem Gesicht musterte.

Was auch immer sie trank, ich musste es haben. Ein seltsam saurer Geruch ging von ihr aus. Es machte meinem Dung-Parfüm Konkurrenz. Ich rümpfte die Nase.

Dieselbe Barkeeperin, die mir mein Getränk gebracht hatte, kam auf sie zu. Sie sah ihre neue Kundin mit finsterer Miene an, sichtlich verärgert. Diesen Gesichtsausdruck hatte ich schon oft bei Barkeepern gesehen. Diese Vampirin war als potenzielle Unruhestifterin bekannt und stand wahrscheinlich kurz davor, das Recht zu verlieren, an dieser Bar Drinks zu bestellen.

„Noch einen *Raybow*", sagte sie. „Positiv."

Raybow? Wie wäre es mit Rainbow? Was zur Hölle war das?

Die Barkeeperin seufzte schwer. „Das ist dein Letzter", sagte sie, dann schwirrte sie davon.

„Ähm, hi!", sagte ich.

Die Vampirin drehte ihren Kopf wie in Zeitlupe in meine Richtung. Sie blinzelte einige Male, als sie versuchte, sich zu konzentrieren. „Kenne ich dich?", lallte sie.

„Noch nicht." Ich hielt ihr meine Hand hin. „Ich bin Toni Sunder."

Sie senkte ihr Kinn, als wäre ihr Kopf zu schwer und starrte auf meine Hand, doch sie machte keine Anstalten, sie zu schütteln. Ich zuckte mit den Schultern und zog sie zurück.

„Also ... was ist ein *Raybow*?", fragte ich.

Sie lachte übermütig und legte den Kopf in den Nacken. „Es ist das Beste, das mir je passiert ist. Das ist es."

Ich betrachtete sie interessiert, als die Barkeeperin mit einem Shotglas zurückkam, in dem eine grüne Flüssigkeit schimmerte. Oh, also war es eine Art magischer Drink in den Farben des Regenbogens. Schrägen-Barkeeper dachten sich immer wieder neue, interessante Kombinationen aus, die irgendwie funktionierten, doch ich hatte noch nie etwas gesehen, das einen solchen Effekt auf einen Vampir hatte. Sie war wirklich high.

Die Vampirin schnappte sich das Glas, nachdem sie es bei ihrem ersten Versuch verfehlt hatte, und umklammerte es fest, während sie es langsam an den Mund hob, als hätte sie Angst, auch nur einen Tropfen zu verschütten. Als sie ihren Mund erreichte, trank sie es in einem Zug aus, wobei sie voller Ekstase ihren Kopf zurücklegte und ein Stöhnen ausstieß, als würde sie gerade einen Höhepunkt erreichen.

„Wow, das ist heiß", sagte ich ohne nachzudenken.

Die Barkeeperin schnaubte. „Nein, ist es nicht. Es ist widerlich."

Überrascht von ihrem Kommentar drehte ich mich zu ihr um, doch sie verschwand wieder, wobei ihr rasanter Abgang meine Haare aufwirbelte.

Einen Moment später taumelte die berauschte Vampirin von der Bar weg, wobei ihre High Heels sich bei jedem ungeschickten Schritt nach innen bogen. Ich runzelte hoch interessiert die Stirn. Ein Getränk, das

Vampire wirklich betrunken machen konnte und eine Barkeeperin, der das nicht gefiel.

Ich starrte auf meinen Drink hinunter und erkannte, dass ich keinerlei Wirkung davon spürte. Kein Bisschen. Verdammt!

„Das macht keinen Spaß", murmelte ich, dann trank ich den Rest aus dem Glas aus. Der Raybow klang immer verlockender. Ich hob meine Hand, um die Barkeeperin auf mich aufmerksam zu machen.

Sie kam zurück und schenkte mir ein Lächeln. „Noch einen Whiskey Sour?"

„Das reicht mir heute Abend nicht. Wie wäre es mit einem Raybow?"

Ihr Lächeln verschwand sofort. „Auf keinen Fall. Die sind nur für Vampire."

„Hm?" Wie blöd. „Warum?"

„Weil es dich töten würde, wenn du es trinkst."

Ich blinzelte und starrte sie mit großen Augen an. „Du machst Scherze, oder?"

„Nein." Sie eilte davon und einen Moment später kam sie mit einem weiteren Whiskey Sour zurück, den sie auf die Theke knallte. „Raybow ist Gift. Solltest du Vampirfreunde haben, sag ihnen, sie sollen es nicht anrühren", warnte sie, dann war sie wieder verschwunden.

Die Fragen in meinem Kopf vervielfachten sich explosionsartig. Die Partyszene hatte sich wirklich verändert. Ich war so sehr in meine Arbeit vertieft gewesen, dass ich es nicht gemerkt hatte. Ich fragte mich, ob Damien davon wusste.

Ich drehte mich wieder zu der Menge um und meine Augen suchten nach dem weißhaarigen Magier, doch stattdessen entdeckte ich die letzte Person, die ich hier erwartet hätte.

Jake Knight.

KAPITEL 12

J ake stand auf der linken Seite an eine der Glaswände gelehnt und unterhielt sich mit einer Blondine in Schuhen mit Absätzen so dünn wie Bleistifte. Sie war mittelgroß, sah aber fit aus, und ihr blondes Haar fiel über ihren Rücken wie ein glattes, seidenes Tuch. Sie trug ein knallrotes Kleid, das knapp unter ihrem Po aufhörte und ihren Rücken frei ließ.

Die Blondine sprach angeregt, ihre Hände bewegten sich vor ihr wie unberechenbare Vögel, während Jake mit einem halben Lächeln zuhörte. Er hielt ein Bier in der Hand und nahm unaufmerksam kleine Schlucke. Nachdem sie etwas gesagt und gelacht hatte, wurde sein Lächeln breiter, doch es erreichte nicht ganz seine Augen.

Eifersucht brannte in mir wie Säure. Meine Hand umklammerte mein Glas fester und ich stellte es vorsichtig auf der Theke ab, aus Angst, es zu zerbrechen. Mein ganzer Körper wurde von einem Schauer erschüttert. Ein tiefes Knurren baute sich in meiner Brust auf und Bilder von Büscheln blonder Haare, die durch den Raum flogen, erfüllten meine Sicht. Ich grub meine Fingernägel in meine Handflächen und sah in die andere Richtung, um meine schwere Atmung zu beruhigen.

In meiner Brust schwoll die Wut. Die Emotion war intensiver als alles, was ich seit Langem gespürt hatte. Ich kniff die Augen zu.

Verdammter Mist! Ich musste hier raus, bevor ich explodierte wie eine Atombombe.

„Toni?" Die Stimme schnitt durch meine Wut und ließ sie sofort verblassen.

Ich riss die Augen auf und sah Jake mit einem tiefen Stirnrunzeln vor mir stehen.

„Was machst du hier?", fragte er in kritischem Tonfall.

Ich konnte nicht antworten. Ich bemühte mich, ihn nicht zu ohrfeigen und zu fragen, was *er* mit dieser Blondine hier tat.

Er nahm mein Glas von der Bar und roch am Inhalt. „Whiskey Sour", sagte er erleichtert. Er beugte sich näher an mich heran. „Bist du allein hier?" Er sah sich im Raum um. „Ist Stephen bei dir?"

„Nein, ich bin nicht allein hier", sagte ich, als ich endlich meine Stimme fand, oder immerhin eine ziemlich verärgerte Version davon.

„Mit wem bist du hergekommen?"

„Das geht dich nichts an."

Er knackte mit dem Nacken und blinzelte langsam, als ob er sich so beruhigen wollte. Dann, als er offensichtlich scheiterte, packte er mich am Arm und schob mich auf die hinterste Ecke des Raumes zu. „Du solltest nicht hier sein. Solche Partys sind nichts für ..." Er suchte nach dem passenden Ausdruck.

„Schwache Schräge", sagte ich in spöttischem Ton.

„Genau."

Ich wand mich aus seinem Griff, während ich weiterhin meine Fingernägel in meine Handflächen grub. „Ich habe es dir schon einmal gesagt, Jake, hör auf, so zu tun, als wäre ich dir wichtig. Es wird langsam nervig."

„Verdammt, Toni. Bist du lebensmüde?"

„Vielleicht bin ich das."

„Sei nicht dumm."

„Und du solltest kein Arschloch sein, doch scheinbar kannst du nichts dagegen tun."

Er kam einen Schritt näher und es blieb kaum noch ein Zentimeter zwischen uns Platz. Meine Schultern stießen gegen die Wand, als ich zurückweichen wollte, doch ich konnte nirgendwohin. Er beugte sich weiter vor, seine Nase berührte beinahe meine und sein Atem war heiß auf meinen Lippen. Ich spürte, wie meine Wut dahinschmolz und sich schnell in etwas anderes verwandelte.

„Lass mich in Ruhe", sagte ich, doch meine Worte hatten keinerlei Überzeugungskraft.

„Das sollte ich."

„Geh zurück zu deiner Blondine." Ich hasste es, ihm meine Eifersucht zu zeigen, aber ich konnte nicht anders.

„Grün steht dir", sagte er mit seinem typischen schiefen Grinsen.

„Du solltest zum Augenarzt gehen. Mein Kleid ist pflaumenfarbend." Auf keinen Fall würde ich zugeben, dass ich auf diese käsige Blondine eifersüchtig war.

„Mit meinen Augen ist alles vollkommen in Ordnung." Seine starke Hand schlang sich um meine Taille und zog mich an ihn.

Seine Stärke fühlte sich göttlich an, als sich mein Oberkörper an seinen schmiegte wie ein Puzzleteil, das sein Gegenstück fand. Er vergrub seine Nase an meinem Hals und atmete tief ein. „Was machst du mit mir?", knurrte er an meiner Haut. „Ich kann nicht aufhören, an dich zu denken."

Mein ganzer Körper füllte sich mit Schmetterlingen und dieses schreckliche Gefühl, kurz davor zu sein, die Welt zu verwüsten, verschwand. An seiner Stelle baute sich Hitze und Verlangen auf, und bevor ich es selbst wusste, lagen meine Hände an seiner Brust, erkundeten, genossen das Gefühl seines perfekten Körpers.

Er atmete scharf ein, als ich ihn berührte, und ließ seine Lippen an meinem Kiefer entlanggleiten, während er seine andere Hand in meinen Nacken legte und mich so festhielt.

Lust durchströmte mich, als ich zurücktrat, sein Gesicht in beide Hände nahm und ihn zu mir heranzog, um ihn zu küssen. Unsere Lippen berührten sich. Ein Hitzegefühl schoss durch mein Innerstes. Seine samtige Zunge glitt in meinen Mund, drängend und besitzergreifend. Seine starken Arme legten sich um mich und drückten mich an ihn.

Wir können *zusammen sein, Jake. Ich bin nicht das, was du denkst. Ich bin das, was du brauchst.*

Die Worte schossen mir unaufgefordert durch den Kopf. Ich könnte ihm sagen, was ich war, und wir würden nicht mehr dagegen ankämpfen müssen. Wir könnten eine Zukunft zusammen haben. Ich könnte diejenige sein, die ihm dabei half, sein Versprechen an seinen Vater einzuhalten. Ich könnte diejenige sein, die ihm half, sein Vermächtnis fortzuführen.

Die Anziehung, die wir füreinander spürten, war unbestreitbar. Das war sie immer gewesen. Vielleicht hatte er irgendwie gewusst, was ich war. Und vielleicht hatte ich das auch.

Seine rechte Hand fand den Schlitz in meinem Kleid und streichelte die Innenseite meines Schenkels. Ich stöhnte unwillkürlich auf. Er legte seine Hand an mein Bein, zog es bis zu seiner Taille und positionierte sich zwischen meinen Beinen. Er vertiefte seinen Kuss, kostete mich, ließ seinem eigenen Verlangen freien Lauf und erwiderte schnell meines.

Dann unterbrach er den Kuss plötzlich. „Ich sollte besser aufhören." Atemlos legte er seine Stirn an meine. Seine Oberlippe erzitterte.

Ich öffnete meinen Mund und irrationale Worte lagen mir auf der Zunge, die ihm mitteilen würden, was ich für ihn empfand, doch ich vergaß sie so schnell sie gekommen waren, als ich die Blondine sah, die hinter ihm stand. Verärgert tippte sie ihm auf die Schulter.

Jake trat einen Schritt zurück und sah zu ihr hinüber. Sie legte eine Hand an ihre Taille und streckte ihre Hüfte heraus, wodurch sie ihm nur mit ihrer Pose zeigte, dass sie eine Erklärung erwartete. Ich erkannte sofort, dass sie eine Werwölfin war.

Seine Miene verriet nichts. Er sah nicht überrascht oder schuldig aus.

„Du musst zugeben, dass unser Date nicht gerade gut lief", sagte er. *Wirklich? Oh mein Gott. Was für ein Arsch.*

Warum hatte ich mich in diesen Mann verliebt? Er hatte sie nicht gerade erst getroffen. Er hatte hier ein Date mit ihr und behandelte sie so?

Die Blondine starrte mich sprachlos an. Sie schien nicht wütend auf mich zu sein, was auch richtig so war. Sie hatte kein Date mit *mir*, also schuldete ich ihr keine Entschuldigung, doch Jake tat es, was ihn zu einem riesigen Mistkerl machte.

„Kannst du das glauben?", fragte sie mich und sah ehrlich enttäuscht aus, als hätte sie mehr erwartet und stattdessen eine negative Erfahrung gemacht.

Ich schüttelte den Kopf. Auch ich hatte mehr von Jake erwartet. Mich hatte er besser behandelt, zumindest in den Monaten, in denen wir nach meinem Schulabschluss zusammen gewesen waren. Doch vielleicht war dies der Jake, vor dem mich am Anfang alle gewarnt hatten. Was hielt ihn davon ab, mich eines Tages so zu behandeln? Nein, er hatte mich bereits wie Müll behandelt. Er hatte mich belogen und verlassen. Mich wieder auf ihn einzulassen, war, als würde ich mir selbst mit einer Bazooka in den Fuß schießen.

„Viel Glück", sagte die Blondine und schien erleichtert, sein Mistkerlverhalten rechtzeitig durchschaut zu haben. Anmutig drehte sie sich auf ihren spitzen Absätzen um und ging davon.

Jake rieb sich sein Gesicht und wirkte erschöpft.

Ich wollte etwas Schnippisches und Verletzendes sagen, doch in Jakes Nähe zu sein, brachte mich komplett durcheinander. In seiner Nähe verlor ich den Verstand – Beweisstück A: Ich hatte gerade mit ihm herumgemacht und alle Versprechen in den Wind geschossen, die ich mir selbst gegeben hatte. Das Beste, was ich tun konnte, war, ihm aus dem Weg zu gehen, also schritt ich um ihn herum und entfernte mich ebenfalls von ihm.

„Toni, das war nicht meine Absicht." Er wollte meine Hand nehmen, doch ich zog sie weg.

„Bleib weg von mir, Jake."

„Ich—"

Ich hob eine Hand, um ihn daran zu hindern, weiterzusprechen. „Du hast mir bereits gesagt, dass *das hier*", ich zeigte auf ihn und dann auf mich selbst, „nicht möglich ist, also musst du aufhören, dich so zu benehmen."

Meine Worte waren so falsch. Die Gründe, die eine Beziehung zwischen uns unmöglich machten, waren verschwunden, und ich musste ihm nur die Wahrheit sagen. Das, was er als Hindernis angesehen hatte, existierte nicht mehr. Tatsächlich hatte es das nie. Doch jetzt hatte ich mehr als je zuvor das Gefühl, mich ihm nicht öffnen zu können. Jake hatte mein Vertrauen zerstört und er bemühte sich nicht, es wieder aufzubauen. Im Gegenteil, sein Verhalten war nichts als ein blinkendes Warnschild für mich.

Und nicht nur das. Es gab zu viel, dass ich noch lernen musste. Ich kannte *mich* nicht mehr, ich kannte meine Grenzen nicht, meine Stärke, meinen Charakter. Alles veränderte sich, wie konnte ich also mit jemandem zusammen sein, wenn ich nicht einmal mich selbst kannte? Ich würde nicht aus Bequemlichkeit mit jemandem zusammenkommen. Ich würde mein Schicksal nicht mit dem von jemand anderem verbinden, ohne die Konsequenzen zu verstehen.

Brauchte ich ein Rudel? Würde mit Jake zusammenzukommen bedeuten, dass ich mich einem anschloss? Er war ein einsamer Wolf gewesen, als ich ihn traf, doch jetzt sprach er davon, sein Erbe aufzubauen. Ich verstand nicht genug davon, ein Werwolf zu sein, und ich musste meinen Kopf frei bekommen, um die bestmögliche Entscheidung zu treffen. Das bedeutete definitiv, dass ich mich so weit wie möglich von Jacob Knight fernhalten musste.

„Ich habe sowieso schon genug Probleme", sagte ich. „Bitte gib mir nicht noch mehr. Meinst du, das bekommst du hin? Ich kann dir nämlich ganz sicher mit deinem Versprechen und der Sache mit deinem Vermächtnis helfen. Ich versuche, dich loszulassen, damit du weitermachen kannst." Ich schwenkte meine Hand und deutete auf die Party. „Siehst du, ich versuche es. Steh mir dabei nicht im Weg."

Ich wartete auf eine Antwort, doch er stand nur da und starrte mich an, mit seinen dunklen Augen und seiner unleserlichen Miene. Ich fühlte, was er fühlte, das konnte ich deutlich in seinem Gesicht sehen. Er teilte meinen Schmerz und mein Herz schmerzte. Doch ich musste stark sein. Ich musste an morgen denken. Er und ich konnten keine gemeinsame Zukunft haben, wenn wir uns nicht vertrauten.

Schließlich sprach er. „Du hast recht." Er trat einen Schritt näher und senkte die Stimme. „Ich versuche es, aber es ist nicht einfach. Du hast eine Wirkung auf mich, die ich nicht verstehe. Es ist, als ob ..." Er schüttelte seinen Kopf und presste seine Lippen aufeinander, als wollte er nicht aussprechen, was er dachte. „Ich weiß, dass du das Gleiche fühlst. So ist es schon seit dem ersten Mal."

Ich hielt seinen Blick, unfähig, irgendetwas davon abzustreiten. Wir waren wie zwei offene Bücher füreinander. Diese Anziehungskraft spürten wir beide. Wir waren beide Narren, die nicht mehr klar denken konnten, wenn wir uns auf hundert Meter näherten. Gott, vielleicht hatte Rosalina recht mit der Idee, nach China zu ziehen.

„Warum kannst du nicht verstehen, dass ich nur will, dass du in Sicherheit bist", fuhr er fort. „Wenn dir etwas zustoßen würde ..."

Ich nahm eine seiner großen Hände in meine und drückte sie. „Du musst mich gehen lassen, Jake."

„Haben Freunde nicht das Recht, sich umeinander zu sorgen?"

„Wir können nie Freunde sein. Das weißt du." Ich ließ seine Hand los und entfernte mich einen Schritt weit. „Freunde tun nicht ..." Ich gestikulierte zu der Ecke, in der wir gerade herumgemacht hatten.

„Dann sollten wir vielleicht ..." Er sprach nicht weiter und warf mir einen vielsagenden Blick zu.

Moment mal. Versuchte er zu sagen, dass ich seine Liebhaberin sein könnte, während er sich eine andere suchte, die seine restlichen Bedürfnisse stillen konnte?

Ich verengte die Augen und starrte ihn an. „Wage es dich nicht, das zu sagen, was ich denke, das du sagen wirst."

„Es tut mir leid. Ich wollte dich nicht beleidigen. Ich schätze, ich kann manchmal ein egoistischer Arsch sein." Er hielt inne und dachte einen Moment lang nach, dann fügte er hinzu: „Für mich würde es auch nicht reichen. Ich möchte dir alles geben."

Meine Brust schnürte sich schmerzhaft zusammen. Ich wollte auch alles mit ihm. Gott, das war so verletzend. Meine Augen brannten und ich wandte mich ab, bevor er mich weinen sehen konnte.

„Da bist du ja!" Rosalina rannte auf mich zu. „Damiens Freund möchte dich jetzt treffen." Als sie bemerkte, dass Jake hinter mir stand, blieb sie abrupt stehen und sah überrascht aus.

„Hi Jake." Sie winkte ihm leicht zu.

„Hallo", sagte er.

Ihr plötzliches Auftauchen hielt die nahenden Tränen auf, wofür ich mehr als dankbar war.

„Oh, gut", sagte ich und bemühte mich um einen freudigen Tonfall. „Ich fing mich gerade an zu langweilen. Gehen wir."

Als Nächstes tauchte Damien auf, der sich durch die Menge drängte. „Komm schon. Eric Lone wartet auf niemanden. Beeil dich!"

Was? Eric Lone? Er war Damiens Freund?

Eric Cross – oder Eric Lone, wie man ihn in St. Louis nannte – war ein bekannter Werwolf, der fast schon zu einer Art Stadtlegende geworden war. Es kursierte das Gerücht, dass seine Frau und seine Tochter vor fünfzehn Jahren von dem Anführer eines rivalisierenden Rudels getötet worden waren. Man sagte sich, dass ihn die Trauer überkommen habe, als er davon erfuhr, und dass er sich versucht habe, das Leben zu nehmen. Sein Rudel hielt ihn auf und als der gröbste Schmerz vergangen war, schwor er, seine Lieben zu rächen.

Er trennte sich von seinem Rudel, wurde ein einsamer Wolf und ein Jahr später war jede Spur seiner Feinde wie ausgelöscht. Eric Cross hatte jeden einzelnen von ihnen ermordet, bis zu ihren letzten Nachkommen, und hatte ihre gesamte Blutlinie für immer vernichtet. Seitdem kannte ihn jeder als Eric Lone und sein Name erregte in allen Schrägen-Kreisen sowohl Furcht als auch Neugierde.

Ich erschauderte bei dem Gedanken daran, eine solche Legende zu treffen. Und nicht nur das, Damien hatte vor, ihn dazu zu bringen, mir beizubringen, eine Werwölfin zu sein. Das kam mir ganz und gar nicht wie eine gute Idee vor.

„Also", sagte Damien, „willst du einfach da rumstehen und unsere Zeit verschwenden?"

Automatisch machte ich einen Schritt nach vorne.

„Warte, Toni." Jake legte eine Hand auf meine Schulter.

Damien musterte Jake mit einem Stirnrunzeln.

„Was hast du mit Eric Cross zu tun?", fragte Jake.

Ernsthaft? Wir hatten gerade darüber gesprochen.

Er war so ein starrköpfiger, besitzergreifender, überbesorgter, unwiderstehlicher Idiot!

Das Traurige daran war, dass ich, wenn er nichts gesagt hätte, wahrscheinlich noch einmal darüber nachgedacht hätte, ob ich mich mit Eric Lone einlassen sollte, doch da Jake etwas dagegen hatte, würde ich mich hineinstürzen. Und wo ich gerade dabei war, würde ich alles lernen, was Eric mir beibringen konnte, sogar, wie man ganze Rudel auslöschte.

Ich holte tief Luft und sprach in lässigem Ton. „Wir haben doch gerade besprochen, dass meine Angelegenheiten nicht deine Angelegenheiten sind, also bitte, halte dich da raus."

„Cross ist gefährlich", sagte er. „Willst du dich unbedingt töten lassen? Worum geht es hier?"

„Es geht dich nichts an und ich schwöre, wenn du dich nicht aus meinem Leben raushältst, zeige ich dich an. Tom kann dafür sorgen, dass du dich daran hältst."

„Das würdest du nicht tun."

„Wenn es eine einstweilige Verfügung braucht, damit du dich von mir fernhältst, schwöre ich, dass ich eine besorge." Ich biss die Zähne zusammen, drehte mich um und ging davon, entschlossen, ein für alle Mal über ihn hinwegzukommen.

Ich würde nicht zulassen, dass Jake oder irgendwer sonst mich daran hinderte, was ich erreichen musste. Ich würde meine Wölfin zähmen.

KAPITEL 13

M it wütenden, stampfenden Schritten schob ich mich durch die Partygäste und folgte Damien um die Bar herum, zu einer Tür am anderen Ende. Ich widerstand dem Drang, mich zu Jake umzudrehen und drückte Rosalinas Hand fest, als sie nach meiner griff. Wie immer wusste sie, dass ich ihre Unterstützung brauchte, und ich war froh, dass sie bei mir war, denn ich brauchte ihre Stärke. Außerdem half sie mir dabei, mich auf das Ziel zu konzentrieren, und nicht darauf, was in meiner Vergangenheit hätte bleiben sollen.

Ein weiterer schwarzgekleideter Mann wartete an der Tür. Er öffnete sie für uns, als er Damien bemerkte, und ließ uns durch, dann schloss er sie sofort hinter uns.

Damien führte uns einen breiten Flur hinunter, der spärlich mit denselben abstrakten Gemälden geschmückt war wie der Eingangsbereich. Nachdem wir ein paar Mal abgebogen waren, wodurch wir weiter ins Haus eindrangen und uns von der dröhnenden Musik entfernten, erreichten wir eine Mahagonitür, die im Kontrast zur restlichen Dekoration zu stehen schien.

Der Magier klopfte und ohne auf eine Antwort zu warten, trat er ein. Ich drückte Rosalinas Hand stärker und biss mir so hart auf die Wange, dass ich Blut schmeckte. Die schwere Tür schloss sich sanft hinter uns und der Lärm der Party war nicht mehr zu hören.

Rosalina und ich sahen uns in dem Raum um, dann tauschten wir einen perplexen Blick. Die Holztür hatte deplatziert gewirkt, doch dieser Raum schien in ein ganz anderes Haus zu gehören, ein Haus aus einer anderen Zeit.

Wir befanden uns in einem Studierzimmer oder einer Bibliothek, die auf allen Seiten von Regalen mit hunderten, wenn nicht sogar tausenden, von Büchern gesäumt wurde. Abgenutzte Perserteppiche lagen übereinander und gaben kaum den Blick auf das Parkett darunter frei. Eine Sitzecke mit ledernen Sofas bildete ein Rechteck um einen runden Couchtisch, auf dem sich aufgeschlagene Bücher türmten.

In der Mitte der rechten Wand gab es einen Kamin, der mich an Winterabende erinnerte, an denen ich am warmen Feuer gelesen hatte. Ein schönes Ölporträt einer statuesken Frau und eines kleinen Mädchens, das auf ihrem Schoß saß, hing über dem Sims. Ich hielt die Luft an, als ich erkannte, wer sie sein mussten, und ich hätte weiter gestarrt, wenn Damien mich nicht gedrängt hätte, weiter in den Raum zu gehen.

Ich ließ Rosalinas Hand los und schlurfte lautlos über die Teppiche auf einen riesigen, geschnitzten Schreibtisch zu, wie ein ungezogenes kleines Mädchen, das bestraft werden sollte. Der Bürostuhl mit der hohen Lehne war umgedreht und verdeckte denjenigen, der darauf saß, komplett.

Damien räusperte sich und schob mich vor. Ich stolperte auf den Schreibtisch zu, bis ich nur Zentimeter davon entfernt war, und erstarrte. Der Stuhl bewegte sich langsam. Ich hielt den Atem an und kniff mir in den Arm, da ich Mühe hatte, ruhig zu bleiben.

Als mich Eric Cross ansah, fielen mir zuerst seine intensiven blauen Augen auf. Sie fixierten mich und schienen tausende stille Worte zu sprechen.

Du bist nichts. Du bist schwach. Du gehörst nicht hierher.

Meine Schultern sackten zusammen, doch ich blieb standhaft, auch wenn ich wegrennen wollte. Fühlte es sich so an, ein Omega zu sein?

Er stand langsam auf und legte eine Hand auf den Schreibtisch, als er mich ansprach. Ein großer silberner Ring in Form eines Wolfskopfes bedeckte seinen halben Zeigefinger. Ich starrte die blauen Augen des mit Juwelen besetzten, winzigen Wolfs an und vermied so Eric Cross' eigenen Saphirblick. Einen kurzen Moment später schnaubte er, als ob er mich in jeder Hinsicht für unzulänglich hielt.

Wut flammte in mir auf. Ich sah ihm trotzig in die Augen. Für wen hielt er sich? Er selbst war gar nicht so beeindruckend. Er war nicht größer als 1,75 m und schlank, fast schon drahtig. Er hatte eine schiefe Nase mit breiten Nasenlöchern, die zuckten, wie es meine oft taten. Nicht gerade hässlich, doch auch nicht attraktiv. Sein Resting Bitch Face half ganz sicher nicht.

„Du schuldest mir etwas, Eric", sagte Damien, als der Werwolf sein Gesicht verzog.

„Und damit sind wir quitt? Für immer?", fragte Eric durch zusammengebissene Zähne.

„Für immer", antwortete der Magier.

Eric stieß ein schweres Seufzen aus und rieb sich das Kinn, während er darüber nachdachte, und sah dabei aus, als würde jemand von ihm verlangen, sich mit nacktem Hintern auf heiße Kohlen zu setzen.

Schließlich hob er eine Hand in die Luft und sagte: „Okay, ich mach's." Er sah mich mit zusammengekniffenen Augen an. „Sei am Donnerstagmorgen um 4 Uhr hier. Wir werden drei Stunden lang trainieren. Wenn ich in drei Tagen keine Fortschritte sehe, höre ich auf."

4 UHR MORGENS?! Was für eine Art von Folter war das?

Ich öffnete meinen Mund, um zu protestieren, aber er fuhr fort.

„Wenn sie frech wird, höre ich auf. Wenn sie zu spät kommt, höre ich auf. Wenn sie sich nicht genug anstrengt, höre ich auf. Es könnte ein Leben lang dauern, ihr beizubringen, was es heißt, ein Werwolf zu sein, aber ich gebe ihr nur fünf Tage."

„Fünf Tage?!", sagte Damien ungläubig. „Das ist kaum genug. Das scheint kein fairer Tausch zu sein, wenn man bedenkt, was du mir schuldest."

„So oder gar nicht."

Damien seufzte. „Na schön."

„Gut. Und jetzt geh." Eric machte eine abweisende Geste in Richtung Tür.

Ich stand regungslos da und fühlte mich wie ein billiges Schmuckstück, das jeder auf dem Flohmarkt übersehen hatte. Ich wollte ihm ins Gesicht spucken, während ich ihn anstarrte, und der Hass in mir wuchs in Rekordgeschwindigkeit. Ehrlich gesagt hatte ich noch nie jemanden von jetzt auf gleich so sehr gehasst.

Meine Krallen fuhren sich aus, und ich machte einen Schritt auf den einsamen Wolf zu. Ehe ich mich versah, hatte er mich an der Kehle gepackt, und seine eigenen Krallen gruben sich in meine Haut. Er knurrte, entblößte scharfe Reißzähne und ließ seinen heißen Atem direkt in mein Gesicht strömen. Seine blauen Augen funkelten und starrten in meine, wobei sein Blick einen tierischen Instinkt weckten, von dem ich nicht wusste, dass ich ihn besaß.

Angst und Unterwerfung breiteten sich in mir aus. Ich verspürte das Bedürfnis, mich auf dem Boden zusammenzurollen und zu wimmern. Meine Schultern zitterten leicht, aber ich kämpfte gegen den Drang an, mich zu ducken, und ließ stattdessen ein kleines Knurren hören.

Erics Augen weiteten sich vor Überraschung, dann grub er seine Krallen tiefer in meine Kehle und knurrte erneut, diesmal lauter.

Meine Krallen glitten von selbst zurück. Im Handumdrehen waren sie verschwunden. Ich krümmte mich innerlich zusammen und schlang meine Arme um meinen Bauch. Er ließ mich los, und ich taumelte rückwärts in Rosalinas Arme, die mich schützend an ihren Körper drückte und mir das Haar streichelte.

„Geh", wiederholte Eric.

Damien und Rosalina halfen mir aus dem Zimmer.

Erst zehn Minuten später richtete ich mich aus meiner unterwürfigen Position auf. Die ganze Zeit über beruhigte mich Rosalina, und Damien schritt ungeduldig im Flur auf und ab und murmelte vor sich hin. Schließlich verließen wir die Party, und die Zeit zwischen meinem kurzen Treffen mit Eric Cross und Rosalina, die mir ins Bett half, schien wie im Flug zu vergehen.

Ich fühlte mich schwach und erschöpft, als wäre ich gerade aus einer Trance erwacht, und schlief zitternd ein, trotz der vielen Decken, die Rosalina über mich gelegt hatte. Die ganze Nacht träumte ich von knurrenden Gesichtern und zitterte vor Angst.

KAPITEL 14

A m Samstagmorgen wachte ich spät auf und schleppte mich aus dem Bett. Ich fütterte Amor und schlurfte dann in die Küche. Als eine starke Tasse kolumbianischen Kaffees mich nicht aufweckte, nahm ich eine kalte Dusche. Ich fröstelte die ganze Zeit und war danach froh, am Leben zu sein, was eine große Verbesserung war.

„Hast du immer noch Lust, in die Stadt zu gehen?", fragte Rosalina, als ich aus dem Bad kam und mein nasses Haar mit einem Handtuch abtrocknete.

Wir hatten vor, Möbel für meine neue Wohnung zu kaufen, und da Aaron Blackridge im Büro vorbeigekommen war, um die Tränen abzugeben, und ich mit seinem Zaubertrank begonnen hatte, sollten wir auch bei der Agentur vorbeifahren, um ihn abzuholen. Wir hatten beschlossen, die Aufspür-Trance morgen zu machen, damit wir DJ Slice auf seinen Weg zur Glückseligkeit bringen konnten. Aber allein der Gedanke, in die Trance zu tauchen, erschöpfte mich bis auf die Knochen. Wenn ich nur die Partner der Leute aufspüren könnte, indem ich ihre Chips oder so verschlang, würde ich es jeden Tag tun.

Wir hatten uns darauf gefreut, Möbel für meine Wohnung auszusuchen, und obwohl ich mich am liebsten auf dem Sofa zusammengerollt hätte, um Netflix zu schauen oder ein Nickerchen zu machen, setzte ich ein Lächeln auf und sagte mir, dass es mir guttun würde, rauszugehen.

„Ja, ich brauche eine Ablenkung", sagte ich und klang dabei so fröhlich wie möglich. „Außerdem brauche ich zumindest ein Bett und ein Sofa, bevor ich einziehe. Ich unterschreibe am Freitag, und die Schlüssel bekomme ich sofort."

Rosalina erwiderte mein Lächeln und sah erleichtert aus, als sie meine Begeisterung bemerkte. Ich wollte nicht, dass sie sich Sorgen um mich und meine bevorstehende Verabredung mit dem Werwolf aus der Hölle, Mr. Eric Cross, machte. Er schien seinem herzlosen Ruf gerecht zu werden, aber er hatte sich bereit erklärt, mir das beizubringen, was ich wissen musste, und es war nicht so, dass ich viele Möglichkeiten hatte. Ich musste das durchziehen.

Gerade als wir gehen wollten, klopfte es an der Tür. Als ich durch das Guckloch schaute, sah ich meine Mutter. Meine Wut sprudelte wie ein Springbrunnen in mir.

Ich wandte mich an Rosalina. „Sag ihr, ich will nicht mit ihr reden."

„Wer ist es?"

„Meine Mutter."

Rosalina legte den Kopf schief und warf mir einen besorgten Blick zu. „Ich tue es, aber bist du sicher?"

„Ja. Ich brauche etwas Luft zum Atmen. Ich kann mich jetzt nicht mit ihr befassen." Tränen stiegen mir in die Augen.

„In Ordnung." Ich ging in mein Schlafzimmer und wartete, wo ich mich unruhig auf das Bett setzte.

Rosalina steckte nach ein paar Minuten ihren Kopf herein. „Jetzt ist sie weg."

Ich nickte. „Ich danke dir. Es tut mir leid, dass ich ..."

Sie winkte ab. „Nicht nötig. Ich verstehe das. Du brauchst Zeit, um das zu verarbeiten. Also ...", sie zeigte mit dem Daumen über ihre Schulter. „Was hältst du davon, wenn wir jetzt abhauen?"

Ich hüpfte auf meine Füße. „Lass uns gehen!"

Ich fuhr den Camaro mit offenem Verdeck und genoss die kühle Aprilbrise. Bald würde die Sommerhitze kommen, und unsere Gehirne würden wie Eier braten, wenn wir so weitermachten, also mussten wir das Wetter genießen, solange wir konnten.

Unsere erste Station war eine Möbelhauskette, wo ich neue Möbel zu einem guten Preis fand. Mein Bett und mein Sofa würden neu sein, aber für den Rest meiner Möbel wollte ich in Antiquitäten- und Secondhandläden nach billigeren Optionen suchen. Die Stücke würden Charakter haben und ich könnte sie bei Bedarf restaurieren. Ich hatte keine Scheu, mir die Hände schmutzig zu machen. Dad hatte mir sein handwerkliches Geschick in die Wiege gelegt.

Nach ein paar Stunden Stöbern entschieden Rosalina und ich uns für ein Schlafzimmer- und ein Wohnzimmerset. Sie waren nicht gerade umwerfend, aber ich konnte mich nicht beschweren. Das Bett war besser als das auf dem Dachboden, das nun in das Gästezimmer umziehen würde – ich freute mich darauf, Rosalina ab und zu bei mir zu haben, so wie ich jetzt bei ihr übernachtete.

Auf dem Weg ins Büro holten wir uns Burger und aßen sie an Rosalinas Schreibtisch. Als wir fertig waren, packte ich Aarons Zaubertrank in ein dichtes Gefäß, und wir machten uns auf den Weg zurück zu Rosalinas Wohnung. Erst auf dem Weg dorthin brachte sie das Thema meines Werwolflehrers zur Sprache.

„Eric Cross", sie sprach den Namen wie ein Schimpfwort aus. „Glaubst du, es ist klug, sich mit ihm einzulassen?"

Ich glaubte nicht, dass es das war, aber ich sah keine andere Möglichkeit. „Ich werde vorsichtig sein."

„Er ist ein Monster. Die Dinge, die er getan haben soll, und die Art und Weise, wie er dich angefasst hat. Hast du keine Angst?"

Ich nickte. „Natürlich habe ich Angst. Ich fürchte mich vor ihm, aber ich fürchte mich auch davor, mich nicht beherrschen zu können und dir oder meinen Schwestern oder sonst jemandem weh zu tun. Das ist ein furchtbares Gefühl." Wir hielten an einer roten Ampel an, als sich ein Wirrwarr von Gefühlen in meiner Brust entlud. „Es gibt eine ganze Nacht, an die ich mich nicht erinnern kann. Ich weiß nicht, was ich getan habe. Ich habe nur Erinnerungsblitze an schreckliche Dinge. In fünf Tagen werde ich so viel wie möglich von Cross erfahren, und dann ist es vorbei. Ich glaube nicht, dass er mir wehtun wird. Er zahlt Damien einen Gefallen zurück, das heißt, er hat ein gewisses Maß an Ehre."

Rosalina verdrehte die Augen, als ich auf das Gaspedal trat und die Kreuzung überquerte. „Ehre." Sie lachte. „Er hat ein ganzes Rudel getötet."

„Wir wissen nicht, ob das wahr ist. Sie konnten nie etwas beweisen."

„Ich weiß, dass du dich entschieden hast. Sei nur vorsichtig, Toni. Werwölfe sind seltsame Kreaturen."

„Ähm, danke."

Wir lachten beide.

„Du weißt, was ich meine", fügte sie hinzu.

Ich wusste es, und der Gedanke, dass Rosalina mich im verwandelten Zustand genauso seltsam fand wie die anderen, machte mir mehr als alles andere Angst. Was, wenn sie am Ende nichts mehr mit mir zu tun haben wollte? Was, wenn *ich* nichts mit ihr zu tun haben wollte? Was, wenn mein Leben in einem Jahr nicht mehr so war, wie ich es mir erträumt hatte? Ich wollte mich nicht in einem Rudel verlieren, meine Unabhängigkeit nicht aufgeben. Würde das bedeuten, dass ich eine einsame Wölfin sein musste? War das eine Garantie für ein miserables Leben? Ich hatte keine Ahnung, hoffentlich würde ich es in einer Woche besser wissen.

An diesem Nachmittag machte ich ein kurzes Nickerchen und ging auf Rosalinas Drängen hin früh ins Bett. Der Plan war, die Trance am nächsten Tag früh zu machen, und wenn man bedachte, wie erschöpft ich danach immer war, war Ruhe gar keine schlechte Idee.

Am Sonntagmorgen briet ich für Rosalina und mich Käseomeletts, und wir aßen vor dem Fernseher und schauten alte Cartoons wie zwei kleine Mädchen. Meine Lieblingsserie war Looney Tunes, und Rosalinas war Daffy Duck. Es liefen zwar nur Wiederholungen von Bugs Bunny, aber wir lachten trotzdem über seine Streiche.

Als wir mit dem Essen fertig waren, bereitete ich den Trank vor und stellte ihn auf meinen Nachttisch. Er roch nach frischen Erdbeeren und Honig, die Lieblingsgeschmäcker von Aaron oder seinem Gefährten.

Ich schüttelte meine Müdigkeit ab, tauchte meine Hände in den Trank, legte mich ins Bett und machte mich an die Arbeit. Die Trance kam schnell über mich und ich aktivierte zuerst meinen Geruchssinn. Schon nach wenigen Sekunden überfiel mich ein Schwall angenehmer Gerüche. Pistazie, Himbeere, Pfirsich, Zucker, Oreo-Kekse, Milch. Eine starke Erinnerung überkam mich, und ich glaubte, den Ort zu kennen, aber ich musste sicher sein.

Schnell setzte ich meinen nächsten Sinn frei. Meine Ohren verrieten den Klang vieler Stimmen, ein Wirrwarr von Worten, die ich zunächst nicht identifizieren konnte. Ich hörte auch eine gepfiffene Melodie, die ich nicht erkannte, dann fing ich an, einige der Wörter aufzuschnappen, die sich immer wiederholten: Eis, Knuspern und Keks.

Ich hab's!

Ich riss mich aus der Trance und lächelte von einem Ohr zum anderen.

Rosalina drückte meine Hand und sah überrascht aus. „Schon fertig?", murmelte sie und sprach die Worte langsam aus, damit ich sie auf ihren Lippen lesen konnte.

„Ja, das war die einfachste Trance überhaupt."

Sie nickte energisch und hielt einen Finger hoch, was bedeutete, dass ich nur eine Minute weg gewesen war. Erleichtert legte ich mich wieder hin. Ich war unglaublich erschöpft, aber in einer Stunde würde ich meinen Geruchssinn und mein Gehör wieder haben. Ich könnte mich ausschlafen, und danach würden Rosalina und ich Aarons Gefährten nachstellen, denn ich wusste genau, wo ich ihn finden würde.

An diesem Abend, als ich meine Stärke und meine Sinne wiedererlangt hatte, fuhr ich uns zu Ted Drewes Frozen Custard, einem meiner liebsten Orte auf der ganzen Welt. Ted's war ein Wahrzeichen von St. Louis, wo es die besten gefrorenen Leckereien der Stadt gab. Jedes Jahr standen Einheimische und Touristen davor Schlange, um ihre Lieblingsgeschmacksrichtungen zu kaufen. Das Wasser lief mir im Mund zusammen, als ich an meine dachte.

„Ich hoffe, wir finden ihn", sagte Rosalina, als wir auf den Parkplatz zufuhren.

„Das werden wir." Ich war mir sicher.

Die Gerüche waren so klar gewesen, dass sie mich direkt zu Ted's geführt hatten. Ich war als Kind häufig mit meiner Familie dort gewesen, und ging immer noch so oft hin, wie ich konnte, weil ich die Aromen und die Atmosphäre liebte. Daher war es kein Wunder, dass ich die Filiale sofort erkannt hatte. Das Gute war, dass es die einzige war, die zu dieser Zeit des Jahres geöffnet hatte. Er musste dort sein.

„Ich glaube, ich nehme heute einen Dutchman", sagte Rosalina. „Und du?"

„Hmm. Gute Wahl."

Im Dutchman waren Schokolade, Butterscotch und Pekannüsse. Ich kannte alle ihre Geschmacksrichtungen.

Ich grübelte darüber nach, was ich bestellen würde und dachte an all die Düfte. „Ich nehme wohl Twisted Caramel." Karamell war meine Schwäche.

Rosalina stöhnte. „Das klingt so köstlich. Ah, ich will alle auf einmal."

„Wir kaufen eine Packung für zu Hause. Wie klingt das?"

„Perfekt!"

Ich parkte auf einem der wenigen freien Plätze. Wir stiegen aus dem Auto aus und gingen auf die Fenster zu, aus denen heraus verkauft wurde. Davor erstreckte sich eine Schlange von Menschen über den Bürgersteig. Wir gingen an ihr Ende und versuchten, uns die Wartenden anzusehen, doch durch das grelle Licht der Fenster konnten wir kaum etwas erkennen.

Während die Leute mit ihren Leckereien und breiten Grinsen auf dem Gesicht an uns vorbeigingen, zuckte meine Nase bei all den Gerüchen und mir lief das Wasser im Mund zusammen.

„Das ist Folter", jammerte ich.

„Ich weiß."

Endlich waren wir an der Reihe, zu bestellen. Drinnen wuselten junge College- und Highschool-Kids herum, die Eis, Malzgetränke und Shakes abfüllten und sie mit allen möglichen Leckereien garnierten. Ich warf einen kurzen Blick auf die Jungs, die hinter dem Tresen arbeiteten, aber keiner von ihnen passte ins Bild. Sie waren alle Fade und eher jung.

Ich sah Rosalina an und schüttelte den Kopf. Ihre Mundwinkel bogen sich nach unten und dann sofort wieder nach oben, als ich ihr ihren Dutchman gab. Nachdem wir bezahlt hatten, stellten wir uns an die Seite und schaufelten löffelweise Cremeeis in unsere Münder wie zwei Wilde.

Wir gaben unanständige Geräusche von uns, leckten unsere Löffel und kosteten die Geschmacksrichtung der anderen. Eine alte Frau ging vorbei und warf uns einen missbilligenden Blick zu, doch das war uns egal. Sie hatte wohl vergessen, wie sich Ekstase anfühlt, das arme Ding.

Seltsamerweise gab es nirgendwo Sitzgelegenheiten, also standen wir einfach da und hofften, einen Blick auf Aarons Gefährten zu erhaschen, während die Leute kamen und gingen. Als wir fertig waren, stellten wir uns wieder an, um uns unsere Packung für zu Hause zu holen. Was den Geschmack anging, einigten wir uns auf Brennan Blend ... wegen dem Karamell. Lecker!

Plötzlich überkam mich ein seltsames Gefühl. Es war wie ein Pochen in meinem Körper, das mich in Alarmbereitschaft versetzte und mir sagte, dass ich aufpassen sollte. Ich stellte mich gerader hin und ließ meinen Blick umherschweifen.

„Stimmt etwas nicht?", fragte Rosalina.

„Er ist hier", sagte ich.

„Riechst du ihn?"

Ich schüttelte den Kopf.

Rosalina runzelte die Stirn. „Woher weißt du es dann?"

Langsam drehte ich mich zum Parkplatz um.

Ein junger Mann lief auf den Personaleingang zu. Er trug eine Khakihose und ein gelbes T-Shirt wie die anderen Mitarbeiter und hielt in der einen Hand eine Schürze, in der anderen einen großen offenen Regenschirm.

Ich stieß Rosalina an. „Das ist er."

Ihre grünen Augen richteten sich auf ihn. „Ooh, er ist süß."

Mit seinem zerzausten Haar, der glatten Haut und den intensiven Augen war er wirklich süß. Er roch nach Erdbeeren und Zucker, den Düften von Ted Drewes.

Als er näherkam, fing er an, das Lied zu pfeifen, das ich in meiner Trance gehört hatte. Mein Herz machte einen Freudensprung. Ja, wir hatten ihn gefunden! Aaron wäre so glücklich.

Rosalina kratzte ihren Kopf. „Ähm, warum trägt er einen Regenschirm? Es regnet gar nicht."

Der Schirm war riesig, einer dieser UV-Blocker mit reflektierendem Material, die man im Einkaufszentrum für über zweihundert Dollar kaufen konnte.

„Oh nein", sagte ich, als mich ein mulmiges Gefühl überkam.

„Was ist los?" Leichte Panik lag in ihrer Stimme.

„Er ... er ist ein Vampir."

Warum? Warum nur?!

Ich hätte es wissen sollen.

Vampire hatten keinen eigenen Geruch. Sie nahmen einfach die Düfte der Dinge und Menschen um sie herum an, und bei Aarons Gefährten bestanden sie aus den Leckereien bei Ted's. *Verdammt!* Ich war so überwältigt von den köstlichen Aromen gewesen, dass ich nie darüber nachdachte, warum ich keinen persönlichen Geruch oder irgendetwas anderes wahrgenommen hatte.

„Was denkst du, wie Aaron reagieren wird?", fragte Rosalina.

„Oh, ich glaube nicht, dass es angenehm wird."

Vampire und Werwölfe passten nicht zusammen. Sie tolerierten sich kaum, und ein Vampir war definitiv nicht das, wonach Aaron suchte.

„Ich wusste, dass es zu einfach sein würde", sagte ich. „Vielleicht sollte ich das Möbelhaus anrufen, um meine Bestellung zu stornieren. Ich kann in meinem alten Bett schlafen und auf einem Plastikeimer sitzen."

„Oh, Toni. Es tut mir so leid. Warum warten wir nicht ab, was Aaron dazu sagt? Vielleicht ist er der offenste Werwolf, den es jemals gab?"

„Ja, klar."

„Die Hoffnung stirbt zuletzt."

Natürlich musste es ein Haar in meiner Suppe geben. Wenn irgendetwas jemals einfach wäre, wüsste ich nicht, was ich mit mir anfangen sollte.

Ich seufzte schwer, dann wandte ich mich zum Gehen, als eine Brise aufkam und den Schirm des Vampirs beinahe umdrehte. Er duckte sich darunter, um sich vor der Sonne zu schützen. Der Wind trug seinen Geruch in meine Richtung und gab mir eine Nase voll sonnengereifter Erdbeeren und Zucker. Doch dieses Mal war noch ein anderer Geruch dabei. Meine Nase zuckte, als ich den Hauch von etwas Saurem wahrnahm. Ich erkannte es. Ich hatte es bei Erics Party schon einmal gerochen. Die berauschte Vampirin hatte genauso gerochen, nur dass es bei ihr viel stärker gewesen war. Wie seltsam.

„Was ist los?", fragte Rosalina.

„Nichts." Ich schüttelte den Kopf.

Wahrscheinlich hatten die Raybow-Vampirin und Aarons Gefährte den Geruch irgendwo aufgeschnappt, wo sich die Vampire trafen. Ich hatte andere Probleme, zum Beispiel, wie ich Aaron davon überzeugen konnte, dass Vampire und Werwölfe keine Todfeinde sein mussten.

Make love, not war, Aaron. Om.

Ich fragte mich, ob dieser Satz wohl gut ankommen würde.

KAPITEL 15

Am Dienstag schritt ich ins Büro und klimperte mit den Schlüsseln zu meiner neuen Wohnung.

Rosalina sah von ihrem Laptop auf und grinste mich an. „So gefällst du mir", sagte sie und stand auf, um mich zu umarmen. „Tolles Gefühl, oder?"

„Ja, das ist es. Ich musste eine Million Papiere unterschreiben, aber das war es wert. Ich kann es nicht abwarten, sie mir anzusehen, auch wenn noch keine Möbel drin sind."

„Sie werden in ein paar Tagen geliefert."

„Ah!" Ich lief auf der Stelle wie ein kleines Mädchen.

„Wenn du dich eingelebt hast, geben wir eine Einweihungsparty."

Das dämpfte meine Euphorie etwas. Ich hatte mir immer ausgemalt, dass meine Mutter mit mir feiern würde. Als Daniella ihr Zuhause gekauft hatte, hatte dazugehört, dass Mom ihre Schutzzauber aussprach und sie testete, damit ganz sicher niemand ungebeten das Haus betrat. Wir hatten solchen Spaß dabei gehabt, Mom im Gänsemarsch zu folgen und alberne Melodien zu singen, während sie versuchte, sich auf die Zaubersprüche zu konzentrieren. Ich hätte auch gerne meinen Bruder dabei gehabt, aber wer wusste schon, wann ich ihn wiedersehen würde.

Rosalina rieb meinen Arm und ihr Blick wurde traurig. „Tut mir leid. Vielleicht warten wir, bis du und deine Mom ..."

Verdammt, Rosalina kannte mich so gut. Es war, als könnte sie mich lesen wie ein Buch.

Ich schüttelte den Kopf. „Das könnte Jahre dauern, und dann hätte es keinen Sinn mehr, eine Einweihungsfeier zu schmeißen."

„Sag das nicht. Die Dinge werden sich ändern. Ihr kriegt das schon hin."

„Das glaube ich nicht." Ich entfernte mich von ihr und wollte das Thema wechseln. „Hast du dich über den Arbeitsplan von Aarons Gefährten informiert?"

Rosalina seufzte und gab diesen Teil des Gesprächs widerwillig auf. Sie drehte sich zu ihrem Schreibtisch und nahm einen Zettel. „Ja. Er wird heute Nachmittag dort sein. Sein Name ist Josh Rice."

Ich nickte anerkennend. Sie war eine gute Detektivin und konnte den Leuten immer Informationen entlocken. Ich wusste nicht, wie sie es anstellte, aber nachdem ich Gefährten aufgespürt hatte, war es eine ihrer Aufgaben, ihre Namen, Adressen und andere relevante Informationen herauszufinden, um auf sie zuzugehen und ein Treffen mit unseren Kunden zu arrangieren.

„Okay, das ist super." Ein nervöses Kribbeln überkam mich bei dem Gedanken, dass Aaron noch heute seinen Gefährten treffen könnte.

Seitdem ich diesen Job machte, hatte ich noch nie gesehen, dass sich zwei Gefährten *nicht* sofort ineinander verliebten. Sobald ich sie zusammenbrachte, war die Anziehung sofort da, und sie war unaufhaltsam, sowohl körperlich als auch emotional. Aber bei diesen beiden befürchtete ich, dass ihre Voreingenommenheit zwischen Werwölfen und Vampiren zu tief verwurzelt und stärker sein könnte als alles andere, was sie fühlten.

Ich sah auf meinem Handy auf die Uhr. Es war fast zehn Uhr morgens. „Aaron wird jeden Moment hier sein."

„Tatsächlich ist er schon hier." Rosalina zeigte durch das Fenster auf einen schwarzen Jaguar, der auf der anderen Straßenseite parkte.

Aaron stieg aus seinem Auto und kam auf uns zu, mit selbstsicherem Gang und einem leichten Lächeln auf den Lippen. Ich hatte ihm gesagt, dass wir einen Gefährten für ihn gefunden hatten, doch ich hatte ihm noch keine Einzelheiten verraten, sondern ihn hierher eingeladen, um es ihm zu erklären.

„Viel Glück", sagte Rosalina, als sie sich mit einem Stirnrunzeln wieder an ihren Schreibtisch setzte.

Sie schien ebenfalls besorgt zu sein. Wenn Aaron beschloss, dass er Josh nicht treffen wollte, würden wir ihm seine Anzahlung zurückzahlen müssen und den Rest der Bezahlung könnten wir auch vergessen. Wir hatten unsere Finanzen bereits überschlagen und wenn man diese Zahlung einrechnete, sahen die Zahlen für die Zukunft unseres Geschäfts ziemlich gut aus. Wir würden sicher viel beruhigter schlafen, wenn wir etwas Geld für die Rückzahlung unseres Kredits beiseitelegen könnten.

Ich atmete tief durch und rollte meine Schultern nach hinten, als Aaron durch die Tür trat. Heute trug er eine Baggyjeans, ein paar ungebundene Militärstiefel und eine Trainingsjacke in Rot, Gelb und Blau. Er nahm seine diamantbesetzte Sonnenbrille ab und begrüßte uns mit einem warmen Lächeln und einem fröhlichen „Guten Morgen".

Rosalina und ich grüßten zurück und ich lud ihn in mein Büro ein, während mein Herz wie wild schlug.

Nachdem wir uns gesetzt hatten, sagte Aaron: „Erzählen Sie mir von den guten Neuigkeiten, Toni."

Ich schenkte ihm ein verhaltenes Lächeln, das seine Aufregung ein wenig dämpfte.

„Gibt es ein Problem?", fragte er.

„Es gibt einen kleinen ... Haken."

Er stieß ein schweres Seufzen aus. „Was? Will er mich nicht treffen?"

„Tatsächlich haben wir noch nicht mit ihm gesprochen. Ich wollte zuerst mit Ihnen reden. Sein Name ist Josh Rice. Er ist ungefähr einundzwanzig und sieht sehr gut aus, aber er erfüllt nicht alle Kriterien, die Sie angegeben haben."

„Er ist kein Werwolf", sagte Aaron und erriet, worauf ich hinauswollte.

„Nein, das ist er nicht. Aber das ist noch nicht alles, er ist ein Vampir."

Aaron sprang auf die Füße. „Ein Vampir?"

„Ich verstehe, dass das nicht gerade die Art Gefährte ist, nach der Sie auf der Suche waren, aber ich kann Ihnen versichern, dass Sie beide kompatibel sind."

Er ließ seinen Blick durch den Raum schweifen, dann setzte er sich langsam wieder, wobei er verloren aussah. Er schien nicht wütend zu sein, wovor ich mich gefürchtet hatte. Stattdessen erschien er mir müde und extrem enttäuscht zu sein.

„Ich bin sicher, dass Sie recht haben", sagte er. „Ich würde mich wahrscheinlich unsterblich in ihn verlieben, aber ich habe ohnehin schon genug Probleme. Ich brauche nicht noch mehr."

„Welche Entscheidung Sie auch treffen, Aaron, ich werde sie verstehen. Ich weiß, wie kompliziert es in unserer Welt werden kann. Ich möchte nur sagen, dass Sie nicht zulassen sollten, dass Sie Angst davon abhält, Ihr Glück zu finden. Außerdem wären Sie dann nicht mehr allein. Sie hätten jemanden an Ihrer Seite, der Ihnen hilft, egal, welcher Sturm auf Sie zukommt."

Er schüttelte seinen Kopf. „Ich kann nicht. Ich kann es einfach nicht. Tut mir leid."

Schmerz verzog seine Züge, als er wieder aufstand und das Büro verließ. Ich ging ihm nach, blieb an Rosalinas Schreibtisch stehen und sah zu, wie er die Agentur verließ.

Sie sank in ihrem Stuhl zusammen. „Ich schätze, das war ein Nein."

Draußen erreichte Aaron seinen Jaguar, doch er stieg nicht ein. Stattdessen legte er seinen Kopf auf das Dach des Autos und stand einfach da, während andere Fahrzeuge an ihm vorbeirauschten. Einen langen Moment später trat er zurück und drehte sich zu unserem Gebäude um. Rosalina und ich tauschten einen Blick.

Ich hielt erwartungsvoll den Atem an.

Aaron straffte seine Schultern und kam mit festen Schritten und einem entschlossenen Ausdruck herüber. Er stieß die Tür auf und trat wieder in das Büro.

„Sie haben recht, Toni. Zum Teufel mit der Angst. Ich will ihn treffen."

Minuten vor dem Beginn von Joshs Schicht um zwei Uhr nachmittags wartete ich vor dem Eiscremegeschäft. Ich schlürfte den Rest eines Vanillemilchshakes, als der junge Vampir sein Auto ganz hinten auf dem Parkplatz abstellte und mit seinem reflektierenden Schirm in der Hand herüberlief.

Neben der Trance fand ich auch diesen Teil des Prozesses schwierig. So einfach es auch gewesen wäre, ein „versehentliches" Treffen zwischen zwei Gefährten zu arrangieren, die sich unvermeidbarerweise verlieben würden, was mein Leben viel leichter machen würde – das konnte ich nicht tun.

Nicht jeder war bereit, seinen Seelenverwandten zu treffen. Rosalina war das beste Beispiel. Sie wollte sich nicht so binden und war einfach noch nicht bereit für etwas so Ernstes und Dauerhaftes. Ich hoffte, dass sie es eines Tages sein würde, doch ich verstand, dass es vielleicht nicht so wäre. Manche Leute würden nie bereit dazu sein. Ich hoffte nur, dass Rosalina und Josh nicht zu ihnen gehörten.

Josh lief langsam und richtete seinen Blick auf den Bürgersteig. Er trug die khakifarbene und gelbe Uniform, die alle Mitarbeiter bei Ted's trugen. Er sah nicht wie jemand aus, der sich besonders auf die Arbeit freute.

Ich machte einen Schritt auf ihn zu und wartete darauf, dass er mich bemerkte. Der gleiche saure Geruch, den ich bei der Vampirin auf Erics Party bemerkt hatte, ging von ihm aus und machte mich aufs Neue stutzig. Er kam mir sehr nahe, bevor er meine Schuhe entdeckte und aufsah. Ein verzweifelter Ausdruck prägte sein Gesicht und ließ ihn wie ein trauriges Hündchen aussehen. Doch als er meinen Blick bemerkte, lächelte er und begrüßte mich.

„Guten Tag." Er hatte eine jungenhafte Stimme, die zu seinen jungen Zügen passte.

Er wollte um mich herumgehen, doch er blieb stehen, als ich seine Begrüßung erwiderte. „Hi, Josh. Ich würde gerne mit Ihnen über etwas Wichtiges sprechen."

Er blinzelte mich überrascht an und seine Schultern versteiften sich. „Woher kennen Sie meinen Namen?"

Ich hielt meine Handflächen nach oben. „Oh, es ist nichts Schlimmes, ganz im Gegenteil. Mein Name ist Antonietta Sunder." Ich gab ihm meine Visitenkarte. „Ich besitze eine Aufspüragentur."

„Für *Gefährten*", fügte er hinzu, als er die Karte las.

„Richtig. Ich werde Sie nicht länger aufhalten. Ich weiß, dass Sie zu arbeiten haben, aber ich wollte Ihnen das hier geben." Ich gab ihm einen Umschlag, auf dem der Name der Agentur in der Ecke eingeprägt war. „Bitte lesen Sie dies, wenn Sie einen Moment haben. Ich hoffe, dass Sie es interessant finden und beschließen, den Anweisungen am Ende des Briefes zu folgen. Ich wünsche einen schönen Tag, Josh."

Er wirbelte herum, als ich davonging. „Warten Sie." Er streckte seine Hand aus, wobei er darauf achtete, dass sie nicht über den Rand des Schirms hinausging, und hielt mir den Umschlag hin.

Mein Herz wurde schwer. Er gab dem Ganzen nicht einmal eine Chance. Ich nahm den Umschlag und sofort hatte ich unglaubliches Mitgefühl mit Aaron. Ich wollte ihn gerade in meiner Tasche verstauen, als Josh wieder sprach.

„Würden Sie ihn mir bitte vorlesen? Es fällt mir schwer, in der Sonne zu lesen und wenn ich reingehe, werde ich keine Gelegenheit mehr dazu haben."

Ich lächelte erleichtert. „Natürlich, das tue ich gern."

Ich öffnete sorgsam den Umschlag, zog den Brief heraus und entfaltete ihn.

Lieber Josh,

Für jeden gibt es jemanden. Die Liebe ist kein mühsamer Weg für uns. Partnerschaft und Glück sind möglich, wenn die richtigen Personen zusammenkommen.

Sie mögen denken, dass diese Worte darauf abzielen, Sie zu täuschen, Sie mit Hoffnungen zu erfüllen, die nie wahr werden, aber ich versichere Ihnen, dass das nicht der Fall ist. Meine Aufspürfähigkeiten sind echt. Ich habe viele Paare zusammengebracht, die ihr „Für immer und ewig" gefunden haben.

Ich erwarte nicht, dass einfache Worte Sie überzeugen werden. Stattdessen möchte ich Sie einladen, den Mann kennenzulernen, der mich beauftragt hat, Sie zu finden. Sein Name ist Aaron, und er freut sich sehr darauf, Sie zu treffen.

Wenn Sie jemals das Gefühl hatten, dass keiner, den Sie bisher getroffen haben, der Richtige für Sie war, und wenn Sie bereit für eine ernsthafte und erfüllende Beziehung sind, dann kommen Sie heute um 18 Uhr zu der unten angegebenen Adresse und finden Sie, wonach Sie gesucht haben. Wir werden auf Sie warten, aber wenn Sie nicht kommen, werden wir das verstehen. Die Entscheidung liegt bei Ihnen.

Antonietta Sunder

Ich gab Josh den Brief zurück, ohne die Adresse vorzulesen und sah in sein Gesicht, wo ich nach einer Reaktion suchte, die mir verriet, ob er kommen würde, doch er sah nur verwirrt aus.

„Ähm, ich weiß, dass es viel zu verarbeiten ist. Vielleicht ist es eine schwere Entscheidung", sagte ich und trat einen Schritt zurück. „Also lasse ich Sie jetzt arbeiten."

Ein Lächeln breitete sich auf Joshs Lippen aus und veränderte sein Gesicht so sehr, dass ich erst dann bemerkte, wie traurig seine Miene gewesen war. „Es ist überhaupt nicht schwer", sagte er. „Wir sehen uns um sechs."

Aaron lief im Wartebereich der Agentur vor Rosalinas Schreibtisch auf und ab. Er hatte seine Jeans und seine bunte Jacke gegen einen glänzenden grauen Anzug ausgetauscht, mit einem weißen Hemd und einer lilafarbenen Krawatte. Er sah sehr attraktiv und extrem nervös aus.

Ich war auf die andere Straßenseite gegangen, um Kaffee für alle zu holen, außer für Josh, der als Vampir keine Nahrung zu sich nahm. Aarons Kaffee stand unberührt auf dem Beistelltisch und ich warf einen Blick darauf, da meiner fast ausgetrunken war. Ich aß oder trank oft zu viel, wenn ich nervös war.

Rosalina schien die Einzige zu sein, die ruhig blieb. In Herzensangelegenheiten war sie besonnener, egal ob es um sie oder um andere ging.

Als die Uhr 18:10 anzeigte, begann ich mich zu sorgen.

„Glauben Sie, er hat es sich anders überlegt?", sagte Aaron in dem Moment, in dem ich begann, mich dasselbe zu fragen. „Vielleicht ist es besser so." Er setzte sich auf das kleine Sofa und starrte auf den Boden. Er war sichtlich enttäuscht, doch er versuchte, etwas Gutes zu sehen, wo es nichts gab.

Ich öffnete meinen Mund, um etwas zu sagen, als die Eingangstür plötzlich aufflog und eine Gestalt hereinstürmte, die plötzlich stehenblieb.

Es war Josh Rice, dessen Haut leicht rauchte und dessen Haar zerzaust war.

Er zischte und schüttelte seine Hände. „Verdammt, das tut weh." Als er uns bemerkte, erstarrte er. „Ähm, Entschuldigung. Die Sonne ist fast untergegangen und ich wollte mit meinem Schirm nicht dumm aussehen ..." Er verstummte, als er Aaron ansah.

Der Werwolf stand langsam auf, wobei er seinen Blick auf Josh gerichtet hielt. Er sah aus wie jemand, der vergessen hatte, wie man atmet und blinzelt.

„Hi Josh, ich bin froh, dass Sie es einrichten konnten", sagte ich. Ich bemerkte einen Hauch dieses seltsamen Geruchs an ihm, doch er wurde von dem Duft von süßer Eiscreme überdeckt.

Mühevoll wandte er seinen Blick von Aaron ab. „Die Verspätung tut mir leid. Ich habe im Verkehr festgesteckt.

Er musterte Aaron von Kopf bis Fuß und strich verlegen sein gelbes T-Shirt glatt. Josh war zu attraktiv, um unsicher zu sein, doch er machte sich sichtlich Sorgen um seinen ersten Eindruck, wenn man bedachte, dass er riskiert hatte, zu verbrennen, damit er mit seinem Schirm nicht blöd aussah.

„Das macht nichts", sagte ich. „Wenn Sie sich erinnern, ich bin Antonietta Sunder, aber Sie können mich Toni nennen. Das da drüben ist meine Partnerin, Rosalina López. Und dieser Herr ist Aaron Blackridge, unser Klient."

Aaron streckte Josh eine Hand entgegen. „Schön, Sie kennenzulernen, Josh."

Josh zögerte einen Moment lang, dann nahm er Aarons Hand. Ich spürte den Funken zwischen ihnen, sobald sie sich berührten, und all meine Sorgen darüber, ob sie einander akzeptieren würden, verwandelten sich in ein schwindelerregendes Glücksgefühl. Das passierte jedes Mal, wenn ich Gefährten einander bekannt machte. Ihre Chemie war sofort unaufhaltsam. Man konnte es leicht an ihren ineinander verschränkten Händen und Blicken erkennen und an der Art, wie sie einander länger ansahen, als es angenehm sein sollte.

Josh lächelte zu Aaron hinauf, der einen Kopf größer war, und diese Traurigkeit, die ich bei ihm festgestellt hatte, schien ich mir eingebildet zu haben, denn es wirkte, als sei sie nie dagewesen.

„Sie arbeiten bei Ted's?", fragte Aaron. „Ich liebe den Laden."

„Ähm, es ist nur ein vorübergehender Job, bis ich mit der Uni fertig bin. Ich studiere Grafikdesign", sagte Josh.

„Wirklich?"

Josh nickte freudig. „Ich liebe es, Bilder zu manipulieren. Meist Fotografien."

„Sie müssen mir ein paar Ihrer Arbeiten zeigen", schwärmte Aaron.

Rosalina reichte mir einen Umschlag, einen weiteren aus unserem geprägten Karton. Ich nahm ihn und hielt ihn Aaron hin, dem es schwerfiel, den Blick von Josh abzuwenden.

„Wir haben uns die Freiheit genommen, eine Reservierung in einem der besten Restaurants von The Hill vorzunehmen", sagte ich und reichte ihm den Umschlag. „Die Einzelheiten stehen hier drin und alle Kosten werden übernommen. Wir dachten, Sie möchten vielleicht etwas Zeit zu zweit verbringen, um einander kennenzulernen."

Dieses Restaurant servierte kalte und warme Getränke für Vampire; Elixiere, die eine Kombination aus Menschen- und Tierblut enthielten, alles Bio und zugelassen.

„Tolle Idee." Aaron nahm den Umschlag und wandte sich an Josh. „Sagen Sie mir, dass Sie hungrig sind."

Ein wenig schüchtern nickte Josh.

Nachdem sie sich verabschiedet hatten, gingen sie, wobei sie beide breit lächelten und sich verstohlene Blicke zuwarfen. Als sie weg waren, quietschten Rosalina und ich fast wie in der Grundschulzeit. Es fühlte sich einfach so gut an, Menschen glücklich zu machen.

Unsere Arbeit hier war getan. Ein weiteres glückliches Pärchen, das ganz sicher bis ans Lebensende zusammenbleiben würde.

KAPITEL 16

D er gefürchtete Tag kam und der Wecker kreischte wie eine Todesfee in mein Ohr. Ich schlug darauf ein und er flog durch den
Raum, wo er weiterklingelte und mich aus sicherer Entfernung verhöhn-
te. Ich grummelte, glitt aus dem Bett und auf den Boden und krabbelte
darauf zu. Dort angekommen drückte ich auf den Snooze-Knopf, ließ
mich auf den Bauch fallen und schlief sabbernd auf dem Teppich wieder
ein.

Die Todesfee kreischte wieder. Meine Augen schlugen auf und starrten direkt auf die roten Zahlen. 3:40 Uhr.

Mist, Mist, Mist!

Ich sprang auf die Füße, als mir das Adrenalin direkt gegen die Brust
schlug. Ohne hinzusehen, zog ich meine Sportkleidung vom Kickboxen
aus einer Schublade, steckte meine Füße in meine neuen Sportschuhe,
schnappte meine Autoschlüssel und rannte aus der Wohnung. Ich setzte
mich in meinen Camaro und fuhr wie eine Verrückte durch die verlasse-
nen Straßen in Richtung Westen.

Ein Viertelmond hing am Himmel. Bei seinem Anblick juckte meine
Haut.

Großartig, der räudige Hund in mir wurde vom Mond aktiviert.

An einer roten Ampel auf halbem Weg zu meinem Ziel zog ich meine
Pyjamashorts aus und die Yogaleggings an, die ich mir geschnappt hatte.

Als Nächstes zerrte ich den Sport-BH über mein Tanktop und zog Letzteres heraus, indem ich meine Arme unter den Trägern hervorzog und mich fast in dem Chaos verheddterte. Das Oberteil, dass ich genommen hatte, bestand aus Spitze – etwas, das ich im Club anziehen würde, nicht zum Sport, oder was auch immer das sein würde – also entschied ich mich für mein Schlafshirt. Ich raste den restlichen Weg zu Erics Haus, ignorierte die roten Ampeln und betete, dass mich kein Polizist entdecken würde.

Ich schaffte es drei Minuten vor der vereinbarten Zeit und rannte die Treppe zu seinem schicken Haus hinauf, wobei ich zwei Stufen auf einmal nahm. Keuchend blieb ich vor den Glastüren stehen. Sie waren geschlossen, glitten jedoch auf, sobald die Sicherheitskamera mein Gesicht erkannte.

Vorsichtig ging ich hinein und fühlte mich wie eine Diebin. Es war noch dunkel, und ich gehörte nicht hierher.

Als ich um die kunstvolle Wand vor der Tür kam, sah der Bereich, in dem die Party stattgefunden hatte, nicht mehr so aus wie in der letzten Nacht. Es gab keine Tanzfläche und schon gar keine Discokugel und Scheinwerfer. Die gläserne Bar war verschwunden, ebenso wie die mit Flaschen gefüllten Regale.

Stattdessen füllten geschmackvolle, moderne Wohnzimmermöbel den Raum und schufen mehrere Sitzecken zum Lesen, Faulenzen oder Empfangen von Besuchern. An der hinteren Wand hing abstraktere, zeitgenössische Kunst, und eine verdrehte Metallskulptur, die wie zerkauter Toffee aussah, trennte den Bereich in zwei Hälften.

Mein Blick wanderte im Raum herum, als ich versuchte, mich zu entscheiden, wohin ich gehen sollte. Wieder zum Arbeitszimmer? Ich fing an, in diese Richtung zu gehen, als eine Stimme von oben herunterdröhnte und mich erschreckte.

„Nicht da lang", grummelte Eric Cross durch Lautsprecher, die ich nicht sehen konnte. „Geh nach links, nimm die Treppe nach unten, lauf zum Ende des Flurs und dann nach rechts."

Auch Ihnen einen guten Morgen.

Ich fand die Treppe, ein Stück Architektur aus poliertem Holz und Metall und einem Geländer aus Spannseilen. Ich stürmte die Treppe hinunter, rannte den Flur entlang, bog rechts in einen großen Raum ein und kam dort zum Stehen.

Eric stand vor mir, mit dem Rücken zu einer Spiegelwand, die Hände im Rücken verschränkt, wobei der Wolf an seinem Zeigefinger prangte. Er trug eine lockere Jogginghose und ein ärmelloses Shirt. Seine Arme waren schlank und doch muskulös. Den Schweißflecken auf seinem grauen Oberteil nach zu urteilen, sah es so aus, als hätte er schon seit Stunden trainiert. Er war nicht so massig wie Jake oder Stephen, aber ich hatte keinen Zweifel daran, dass er in ausgezeichneter körperlicher Verfassung war.

Er sah zu einer digitalen Anzeige an der Wand hinüber, die 4:00 Uhr anzeigte. „Du lebst gern gefährlich, nicht wahr?"

Mein erster Instinkt war, mich zu entschuldigen, doch ich verkniff mir die Worte. Ich war nicht zu spät. Ich musste mich für nichts entschuldigen.

Er schnaubte, als ich nichts sagte, dann ermutigte er mich mit einer „Komm her"-Geste, näherzukommen. Ich machte zwei Schritte auf ihn zu und blieb stehen. Er winkte mir immer wieder zu, bis ich drei Schritte von ihm entfernt stand – zu nah für meinen Geschmack.

„Wie oft hast du dich schon verwandelt?", fragte er und kam direkt zur Sache.

„Einmal", sagte ich knapp. Wenn er nicht freundlich war, sah ich keinen Grund, warum *ich* es sein sollte.

Er verengte die Augen. „Damien sagte, dass er den Zauber schon vor Wochen hätte wirken sollen, was bedeutet, dass deine Wölfin mehr als genug Zeit hatte, sich mehr als einmal zu zeigen. Das bedeutet entweder, dass du stark bist, oder dass sie schwach ist. Ich tippe auf Letzteres."

Verdammt! Er war gut. Er hatte mich gerade beleidigt, obwohl er mich stark genannt hatte. Egal, ich hatte keine Zeit für sein arschiges Verhalten. Ich war hier, um Antworten zu bekommen und zu lernen, dieses ständige Verlangen zu kontrollieren, mich zu verwandeln.

Ich stellte meine erste Frage. „Warum sprechen Sie über die Wölfin, als wäre sie von mir getrennt? Ich dachte, man sei dasselbe Wesen."

„Ja und nein", antwortete er, ohne es näher zu erklären.

Wow! Wie überaus hilfreich.

„Hast du den Drang, dich zu verwandeln?"

„Ständig."

Er hob seine Augenbrauen. „Also kämpfst du dagegen an?"

„Ja. Ich habe Angst, die Kontrolle zu verlieren. Ich erinnere mich nicht daran, was passiert ist, als ich mich verwandelt habe."

Er hielt inne und dachte einen Moment lang nach.

„Passiert das häufig? Erinnerungslücken, meine ich."

„Nicht häufig, aber es kann passieren, wenn ... der Wolf zu mächtig ist. Allerdings bezweifle ich, dass das bei dir der Fall ist. Man kann unmöglich sagen, was Damiens jahrelange Zauber bewirkt haben. Deine Wölfin wurde eine lange Zeit unterdrückt und es würde mich nicht wundern, wenn sie irreparabel geschädigt ist."

„Was meinen Sie damit?", fragte ich panisch.

„Egal. Es macht keinen Sinn, zu spekulieren. Finden wir es einfach heraus." Er verschränkte seine Arme und stellte einen Fuß weiter nach vorne, um eine lässige Pose einzunehmen. „Los, verwandle dich."

„Ähm, was?"

„Verwandle dich. In eine Wölfin. Du bist eine Werwölfin, oder?"

Ich blinzelte langsam. „Ich dachte, sie würden mir beibringen, wie ich mich *nicht* verwandle."

„*Nicht* verwandeln?" Eric schnaubte übertrieben amüsiert. „Ich möchte mich klar ausdrücken. Ohne Damiens Zauber ist es keine Option mehr, sich *nicht* zu verwandeln. Wenn er sich nicht an dir zu schaffen gemacht hätte, wäre die Verwandlung seit dem Tag deiner Geburt ein Teil deines Lebens gewesen. Wenn du lernen willst, die Wölfin zu zähmen, *musst* du dich verwandeln. Du musst sie ... sein lassen."

Ich schüttelte den Kopf. „Das kann ich nicht. Mein Leben ist nicht das einer Werwölfin. Ich verstehe nicht mehr, was ich tun soll und wer ich sein soll."

„Es tut mir leid, aber das hier ist keine Therapiesitzung. Also tust du entweder, was ich sage, wenn ich es sage, oder wir blasen die ganze Sache ab."

Ich wollte ihm widersprechen, aber die Härte in Erics blauen Augen sagte mir, dass es nichts bringen würde. Er hatte kein Mitgefühl für mich, überhaupt nicht. Er wollte nur seine Schuld bei Damien begleichen und ich war die lästige Unannehmlichkeit, mit der er das tun konnte.

Trotz allem hatte ich keinen Grund, daran zu zweifeln, was er sagte. Er kam mir nicht wie ein Mann vor, der log. Ganz im Gegenteil, er schien die Wahrheit zu sagen, besonders, wenn es wehtat.

Ich rang die Hände und grub meine Fingernägel in meine Handflächen. Eric musterte mich mit demselben Ausdruck, den er trug, seit ich ihn getroffen hatte, doch er wartete geduldig, bis ich tief durchatmete und sprach.

„Okay, wie verwandle ich mich?"

„Du weißt nicht, wie es geht", sagte er.

„Nein, das weiß ich nicht."

„Komm schon, du kämpfst die ganze Zeit dagegen an. Du kannst es dir denken. Hör damit auf und deine Wölfin wird dir danken."

Ich nickte, entspannte meine Finger und ließ meine Hände locker an meinen Seiten hängen. Ich schloss die Augen und rollte meine Schultern nach hinten.

Es ist in Ordnung. Es ist okay. Du kannst loslassen.

Ich wartete eine lange Minute. Nichts passierte.

Ich öffnete meine Augen und sah Eric an. Sein Mund war zu einem höhnischen Grinsen verzogen, und er tippte sich mit einem Finger gegen den Kiefer und sah angewidert aus.

„Ich warte", blaffte er.

Ich versuchte es wieder und schloss die Augen.

Du musst vor nichts Angst haben. Es ist das natürlichste der Welt für einen Werwolf, sich zu verwandeln, also tu es einfach. Du musst nur—

Ein ohrenbetäubendes Gebrüll erfüllte den Raum, so laut und stark, dass ich das Grollen in meiner Brust spürte. Meine Augen öffneten sich und vor mir stand ein Monster mit weit aufgerissenem Maul, dessen lange Eckzähne vor Speichel glänzten, während es mir ins Gesicht brüllte.

Eine Welle von Energie strömte aus meinen Eingeweiden und überspülte mich, sodass jeder Zentimeter meines Körpers lebendig wurde wie nie zuvor. Das Gefühl der Erleichterung und der Befreiung war anders als alles, was ich je zuvor empfunden hatte, und dieses Mal versuchte ich nicht, mich dagegen zu wehren. Ich hieß es einfach willkommen und genoss es, als es sich in jedem meiner Atome ausbreitete und mich zu etwas formte, das ich schon immer hätte sein sollen. Als das Tier die Oberhand gewann, fühlte ich mich erhaben und erleichtert, dann änderte sich alles in einem Augenblick, und ich wurde zur Seite gestoßen und eine Klippe hinuntergeworfen, von der ich ins Vergessen stürzte.

KAPITEL 17

Ich zitterte. Meine Zähne krachten aufeinander wie Flamen-co-Kastagnetten. Ich umarmte mich mit meinen nackten Armen und rollte mich zu einer Kugel zusammen. Das machte es nicht besser. Mir war immer noch unglaublich kalt. Eine winzige Decke lag um mich und ich zog sie an mich, näher an meine Brust, doch dann waren meine Beine nicht bedeckt, also war es hoffnungslos.

Ich zitterte noch eine Weile, bis mein Hirn erkannte, dass ich, wenn ich mich wärmen wollte, nachsehen musste, warum meine Decke geschrumpft war. Langsam öffnete ich die Augen und erspähte einen Türpfosten und den gemusterten Teppich auf dem Boden. Ich lag auf der Seite, und die Fasern des Teppichs kratzten an meiner Wange.

Wann hat Rosalina ihren Teppich ausgetauscht?

Dieser war mit Sicherheit ein Berber, und keine von uns hatte genug Geld, um sich das leisten zu können.

Ich rollte mich auf den Rücken, dann bemerkte ich, dass jemand über mir stand. Ich rutschte auf meinem Hintern zurück und drückte meinen Rücken gegen die Wand, dabei hielt ich fest, was sich als Handtuch und nicht als Decke herausstellte. Ich war nackt.

Eric sah zu mir herunter und sein Blick war weniger eisig, als ich ihn in Erinnerung hatte.

„W-was ist passiert?", fragte ich mit rauer Stimme. Meine Kehle fühlte sich kratzig und heiser an, als hätte ich mit Sand gegurgelt.

„Du hast dich verwandelt." Seine Stimme, wie sein Blick, war etwas sanfter. Er beugte sich herunter und legte einen Stapel Kleider neben meine ausgestreckten Beine.

Mein Blick wanderte im Raum herum, bis ich die Fetzen der Kleidung sah, die ich getragen hatte. Meine brandneuen Sportschuhe sahen aus, als hätte man sie in einen Papierschredder gesteckt.

Oh nein! Die hatte ich wirklich gemocht. Sie waren auch nicht günstig gewesen.

„Zieh dich an", sagte Eric. „Ich warte oben auf dich."

Er ging hinaus und ließ mich mit Blick auf die zerrissenen Schuhe zurück. Ein Gefühl von Trauer überkam mich, das nichts mit den Schuhen zu tun hatte, auch wenn ich mich davon überzeugen wollte, dass es so war.

Ich schnappte mir das T-Shirt von dem kleinen Stapel und zog es mir über den Kopf. Dann nahm ich die Hose, eine marineblaue Jogginghose mit weißen Streifen an der Seite und fand darunter ein Paar Flip-Flops. Die Kleidung war zu groß, aber nicht sehr viel.

Bevor ich den Raum verließ, sah ich über die Schulter auf die Uhr an der Wand. Es war fast sieben Uhr morgens. Ich blinzelte und sah die Zahlen durch zusammengekniffene Augen an, um sicherzugehen, dass ich sie richtig las. Drei Stunden waren vergangen und ich hatte keine Erinnerung an sie.

Mit hämmerndem Herzen ging ich aus dem Zimmer, den Flur hinunter und die Treppe hinauf. Eric stand in der Mitte von einem der Sitzbereiche, mit seinem Handy in der Hand, und scrollte mit dem Daumen. Ich blieb am Rand des Teppichs stehen, der den Sitzbereich abtrennte, und bemerkte, dass er dieselbe Kleidung trug wie vorhin. Hatte er sich nicht verwandelt?

Die Morgensonne begann, durch die dicken Glaswände zu dringen. Eric scrollte noch eine Weile weiter, dann drückte er den Ausschaltknopf und legte das Handy auf einen Beistelltisch. Zum ersten Mal bemerkte ich, dass er einen Kratzer auf seinem linken Bizeps hatte.

„Wir sehen uns morgen, zur selben Zeit", sagte er und sein Blick richtete sich auf den Ausgang.

„Moment, Sie wollen mir nicht sagen, was passiert ist?"

„Du hast dich verwandelt."

„Das weiß ich."

Er schnaubte, als wolle er andeuten, ich sei ahnungslos.

„Okay, ich kann mich vielleicht nicht an die Verwandlung erinnern, wenn Sie das meinen, aber wenn Sie sich nicht die Mühe gemacht haben, mir die Kleider vom Leib zu reißen, dann muss ich annehmen, dass es das ist, was passiert ist."

Erics Mund zuckte. Offensichtlich gefiel ihm mein „Kleider vom Leib reißen"-Kommentar nicht, aber wenn er Sprüche machen konnte, würde ich das auch tun.

„Fordere dein Glück bei mir nicht heraus", sagte er.

Bei seinen Worten bebte etwas in mir, etwas ganz Neues, und das gefiel mir überhaupt nicht. Eric war ein Alpha, und ich vermutete, dass meine Demut auf einen Selbsterhaltungstrieb zurückzuführen war, der mich zwang, mich seinem höheren Rang zu unterwerfen.

Ich biss die Zähne zusammen. Ich hasste dieses Gefühl; ich wollte mich niemandem unterwerfen. Ich nutzte gern meine Stimme und wurde gehört. Wieso sollte ich ihm gehorchen? Wenn es wahr war, was die Leute sagten, dann war Eric nichts mehr als ein Monster und ein Mörder, jemand, der niemandes Anführer sein musste, und der seine Stärke und Rücksichtslosigkeit eindeutig dazu nutzte, sich gegen andere durchzusetzen.

Ich unterdrückte den unterwürfigen Instinkt und sagte: „Ich bin hier, um zu lernen, nicht wahr? Und wie soll ich das tun, wenn Sie mir nicht sagen, was passiert ist?"

Zu meiner Überraschung lächelte Eric. Es war das erste Lächeln, das ich auf seinem Gesicht sah. Nichts Bemerkenswertes, doch es veränderte sein Gesicht genug, um mich hinter seine harte Fassade blicken zu lassen. Vielleicht war ihm dieses Lächeln einst leicht gefallen, aber es war offensichtlich, dass es nicht mehr so war. Ich hatte ihn gerade erst getroffen und wusste trotzdem, dass dies ein seltener Moment für ihn war; so selten, dass er schnell wieder ernst wurde, als er merkte, dass er lächelte.

„Du bist stark, Sunder", sagte er und benutzte zum ersten Mal meinen Namen. „Und deine Wölfin ist es auch."

Ich wusste nicht, was ich sagen sollte. Zuvor hatte er mich mit ähnlichen Worten beleidigt, und jetzt ...

Er seufzte tief und seine Schultern sackten leicht zusammen. Er sah müde aus, wie jemand, der zu viel gesehen hatte, und der es leid war.

„Es gibt Dinge", sagte er, „die Worte nicht beschreiben können. Du musst geduldig sein und tun, was ich sage. Stelle mich nicht infrage. Ich könnte versuchen, es dir zu erklären, aber es wäre Zeitverschwendung. Es genügt zu sagen, dass deine Wölfin die Antworten hat, die du suchst, und sobald du dich erinnern kannst, wirst du alles wissen, und alle Worte, die ich jetzt für eine Erklärung verschwenden könnte, würden im Vergleich zur Realität verblassen."

Ich merkte, wie ich nickte und seine Erklärung akzeptierte, weil sie Sinn ergab. Wenn ich irgendjemandem erklären wollen würde, wie die Aufspürtrance funktionierte, würden meine Worte nicht einmal im Ansatz die schimmernde Dunkelheit beschreiben, die mich verschluckte, und die Art, wie Gerüche und Geräusche und Anblicke auf mich einströmten und meine gesamten Sinne einnahmen.

„Gut", sagte Eric als er sah, dass ich verstand.

„Aber ich habe so viele Fragen", sagte ich.

„Für heute ist unsere Zeit vorbei, aber du kannst deine dringendste Frage stellen."

Das war so unfair. Warum plante er keine Zeit ein, in der ich meine Fragen stellen konnte? Ich wusste, warum – ich war eine Bettlerin, die ihm seine Zeit stahl und ich musste mich mit dem zufriedengeben, was er erübrigen konnte. Na gut ... meine dringendste Frage. Sie kam mir sofort in den Sinn, ohne, dass ich danach suchen musste.

„Damien hat mir gesagt, dass ich Schmerz benutzen kann, um die Verwandlung zu stoppen. Es funktioniert, aber nicht sehr gut. Gibt es einen besseren Weg? Ich habe schreckliche Angst, meine Freunde so zu verletzen ... wie ich Sie verletzt habe." Ich zeigte auf seinen Arm.

Er warf einen gleichgültigen Blick auf seinen Oberarm, der bereits heilte.

„Darum musst du dich heute nicht sorgen. Deine Wölfin ist erst mal zufrieden. Jetzt geh. Ich habe einen langen Tag vor mir."

Er nahm sein Handy und eilte in Richtung seines Büros aus dem Zimmer.

Ich ging zur Eingangstür und sagte mir, dass ich nicht undankbar sein durfte. Er hatte gesagt, dass meine Wölfin heute zufrieden sein würde, und er klang überzeugt, also musste ich ihm vertrauen. Er war immerhin der Experte. Diese vorübergehende Gnadenfrist war mehr, als ich mir von jemandem wünschen konnte, der mir nichts schuldete.

Mit gesenktem Kopf und tief in Gedanken erreichte ich die Eingangstür. Sie glitt auf, um mich rauszulassen. Ich trat einen Schritt vor und zu spät bemerkte ich, dass eine Gestalt davorstand. Erschrocken blieb ich stehen und schrie überrascht auf. Dann sprang die Gestalt vorwärts – mit ausgefahrenen Krallen und tropfenden Fangzähnen – und griff an.

KAPITEL 18

Die Kreatur krachte in mich hinein, schlang die Arme um meine Taille und drückte mich gegen die Wand gegenüber des Eingangs. Mein Rücken schlug schmerzhaft dagegen. Die Gemälde im Raum fielen von den Haken und knallten auf den Fußboden. Ich krachte auch nach unten, wobei die Kreatur auf mich fiel und die Krallen an meine Kehle drückte.

„Wo issssst es? Gib es mir", zischte sie.

Ich zuckte zusammen und versuchte, zu schrumpfen und mit dem Boden zu verschmelzen. Ich starrte erschrocken in ihr entstelltes Gesicht. Die Züge schienen zurückgezogen, wodurch sie scharf und wild aussahen. Die Augen der Kreatur waren komplett schwarz; riesige Abgründe, die bereit waren, mich zu verschlucken. Ihre Lippen waren blass und dünn und befanden sich in einem grauen Gesicht, das rissig aussah, wie alter Stein.

Vampir!

Die Worte trafen mich wie eine Faust ins Gesicht. Ich war tot. Auf keinen Fall könnte ich den Angriff dieser Vampirin überleben. Irgendetwas an dieser Kreatur kam mir bekannt vor. Ich kannte diese Vampirin, doch ich wusste nicht, woher. Von ihr ging ein überwältigender Geruch aus, so etwas wie Fäulnis und Tod, mit einem Hauch von Säure.

„Gib es mir", zischte sie wieder. „Oder ich sauge dich aus."

Okay, Red, jetzt wäre ein echt toller Moment, um dich zu zeigen.

Mein Körper begann, überall zu beben, und meine Haut kribbelte auf seltsame Weise.

Gutes Mädchen. Jetzt verwandle dich!

Nichts passierte. Es kamen nicht einmal meine Krallen heraus. Ernsthaft?

Schlechter Zeitpunkt für eine verdammte Pause, du unberechenbares Biest!

Tja, dann musste ich wohl zu Kreuze kriechen. „B-bitte tu mir nicht weh", flehte ich. „Ich weiß nicht, was du willst."

„Lügen", zischte die Vampirin und senkte den Kopf, um ihren Mund zu meinem Hals zu bewegen.

Ich wandte das Gesicht ab und drückte mit aller Kraft gegen ihre Brust, doch sie war wie ein Stück Marmor. Ich kniff die Augen zu, als sich Resignation und Angst in meinem Bauch mischten. Jep, ich war tot.

Plötzlich war ihr drückendes Gewicht verschwunden und ein lautes Krachen folgte.

Ich riss die Augen auf, dann erspähte ich Eric, der über mir stand, bevor er wieder weg war. Ich sprang in eine sitzende Position wie ein Springteufel, wobei mein Rücken höllisch schmerzte. Eric landete neben der Vampirin und packte sie an der Kehle. Mit einem starken Arm drückte er sie gegen die dicke Glaswand und hielt sie dort fest.

„Wer bist du?", wollte er wissen. „Wer hat dich geschickt?"

Die Vampirin wand sich und spuckte und zischte, doch sie antwortete nicht. Stattdessen schwang sie ihre Klauen nach seinem Arm und schnitt in seine Haut. Trotzdem ließ er nicht von ihr ab – er zuckte nicht einmal vor Schmerz.

Ich kam auf die Füße. „Was sollen wir tun? Die Polizei rufen?"

„Nein!", gab Eric zurück.

Er senkte die Vampirin ein wenig. Langsam wurden seine Gesichtszüge wolfsähnlich, Fell wuchs über seine Arme, die Ohren wurden spitz, die Nase wurde länger und die schrecklichen Reißzähne glänzten. Dennoch blieb er größtenteils menschlich, ein Trick, den ich plötzlich lernen wollte.

„Wer hat dich geschickt?", wiederholte er mit einem ohrenbetäubenden, markerschütternden Knurren, bei dem sich Gänsehaut auf meinem Körper ausbreitete.

Ich trat einen Schritt zurück und kämpfte gegen den Drang an, mich gegen die Wand zu kauern wie ein winziger Nager in der Gegenwart eines Löwen – oder noch schlimmer, eines verdammten Drachen. Doch ich schaffte es, auf den Füßen zu bleiben, auch wenn ich mich selbst umarmen musste, und die Schultern nach vorne sinken ließ, um zu verschwinden. Das Gesicht der Vampirin zuckte, verlor seine scharfen Kanten und sah wieder menschlicher aus.

Ich blinzelte sie an, als ich ihr Gesicht erkannte. „Ich habe sie schon einmal gesehen", platzte ich heraus, ohne nachzudenken.

Erics spitze Ohren drehten sich in meine Richtung, und ohne seinen Blick von der Vampirin zu lösen, wollte er wissen: „Wo?"

„Hier, bei deiner Party."

Er knurrte, entfernte sich von der Vampirin und ließ sie sofort los. Sie sackte auf den Boden und blieb erschöpft liegen. Sie sah aus wie eine Leiche, aber sie war ein Vampir, also war das normal.

„Verdammter Mist!", fluchte Eric und stampfte im Zimmer herum, wobei seine Werwolfszüge langsam zu verschwinden begannen.

„Dieser Geruch", sagte ich. „Was ist das?"

Eric drehte ruckartig den Kopf in meine Richtung. „Welcher Geruch?"

„Diese … giftige Fäulnis. Ich weiß nicht, wie ich es sonst beschreiben soll. Da ist auch diese Säure, die sie in dieser Nacht hatte, aber es wird vom Rest übertüncht."

Er sah verwirrt oder überrascht aus. Ich wusste nicht, was von beidem. Schließlich sagte er: „Die meisten können diesen sauren Geruch nicht wahrnehmen, nicht einmal Werwölfe."

„Mein Geruchssinn war immer schon sehr gut, falls du es wissen willst", sagte ich, verärgert, dass er mich immer wieder unterschätzte. „Aber was ist es? Wissen Sie es? Ich habe es bei jemand anderem auch gerochen."

„Wo auch immer du es gerochen hast, du kannst davon ausgehen, dass der Tod folgen wird."

Ich rollte mit den Augen. „Müssen Sie immer so kryptisch sein? Kann das, was Sie sagen, nicht einmal Sinn ergeben?"

Er schnaubte und ich dachte, er würde mich gleich anschreien, doch er trat einen Schritt auf die Vampirin zu und betrachtete ihren zusammengesackten Körper mit geschürzten Lippen. „Dieser saure Geruch, wie Mottenkugeln in einem Schrank, ist der Vorbote des Todes bei jemandem, der gar nicht erst einen Anschein von Leben haben sollte."

„Sie meinen ... sie ist krank."

Eric nickte.

Ich öffnete meinen Mund und schloss ihn dann wieder. Das war unmöglich. Vampire wurden nicht krank. Ewige Gesundheit gehörte dazu. Es gab eine sehr kurze Liste von Vampir-Todesursachen, wie zum Beispiel ihren Kopf abzutrennen, sie in der Sonne zu lassen und ihnen mit einem spitzen, hölzernen Gegenstand direkt in die Pumpe zu stechen.

Nur, dass Eric niemand war, der Witze machte – so viel wusste ich über ihn.

Plötzlich dachte ich daran, wie Josh Aaron angelächelt hatte. Er hatte denselben Geruch gehabt. Bedeutete das, dass auch er krank war? Fragen füllten meinen Kopf und eine nach der anderen drängte sich in den Vordergrund. Ich schüttelte den Kopf, um sie zu verstreuen und mögliche Worte zu vertreiben.

„Sie stirbt", fügte er hinzu. „Langsam und schmerzvoll."

„A-aber wie ist das möglich?", brachte ich schließlich heraus.

„Raybow", antwortete er und richtete seinen Blick auf die bemitleidenswerte Kreatur.

„Sie meinen den schimmernden Drink, der auf Ihrer Party serviert wurde?", flüsterte ich und befürchtete, dass meine Frage wie eine Anschuldigung klingen könnte.

„Ich *musste* ihn servieren lassen. Ich hatte keine Wahl, aber meine Barkeeper wurden angewiesen, es zu limitieren."

Die Tatsache, dass er mir eine Erklärung gab, überraschte mich. Sonst erklärte er eigentlich gar nichts, aber er war unruhig – das merkte ich daran, wie sein Blick im Raum umherwanderte, als ob er nach Antworten suchte – und das schien seine Zunge gelockert zu haben.

Die Frage war ... warum sollte jemand wie Eric Lone sagen, dass er irgendetwas tun „musste". Er schien nicht wie jemand, den man zu etwas zwingen konnte. Allerdings hatte Damien Ward ihn dazu gezwungen, mir zu helfen. Vielleicht schuldete Eric einfach vielen Leuten viele Gefallen.

Ich befürchtete, dass er sich aus seinem Schock losreißen und wieder nur in Rätseln antworten würde, also fragte ich schnell: „Was ist Raybow? Die Barkeeperin hat gesagt, dass es nur für Vampire ist."

Er knackte mit dem Nacken und sah in meine Richtung. Seine blauen Augen waren wieder voller Kälte. Ich erschauderte und erwartete, dass er meine Frage nicht beantworten würde, doch zu meiner Überraschung tat er es.

„Raybow, man schreibt es R-H-A-B-O, ist eine neue Droge, die vor ein paar Monaten auf den Markt gekommen ist. Und ja, es ist nur für Vampire gedacht. Es tötet alle anderen."

R-H-A-B-O. Also hatte es nichts mit „Rainbow" zu tun, wie ich zuerst angenommen hatte.

„Eine Vampirdroge", wiederholte ich wie betäubt. Es klang unmöglich. Drogen hatten auf Vampire und Wandler normalerweise keinen Effekt. Erstere waren tot und Letztere hatten einen zu hohen Stoffwechsel, um durch Rauschmittel wirklich beeinträchtigt zu werden.

Die Vampirfrau regte sich und stöhnte ein wenig. Eric ging auf sie zu und betrachtete sie vorsichtig.

Ich schluckte schwer. „Und es tötet Vampire wirklich?"

Meine Gedanken wanderten wieder zu Josh. Starb er?

Eric nickte. „Für sie ist es genauso süchtig machend wie Heroin für Fade, und hundertmal tödlicher. Sobald man diese Säure riecht, ist es bereits zu spät."

Ich keuchte. „Oh nein."

Er sah mich einen Moment lang neugierig an, doch dann wandte er sich ohne ein weiteres Wort von mir ab.

„Woher kommt die Droge?", fragte ich.

„Ich weiß es nicht", sagte er trocken.

Lügen, er hatte das Gift genau hier serviert und dabei geholfen, diese junge Vampirin zu töten, also kannte er die Quelle.

Eric starrte auf einen Sonnenstrahl, der sich schnell auf die Vampirin zubewegte. In seinem Blick lag eine böse Absicht. Wenn die Sonne sie traf, würde sie zu einer Aschewolke werden, die er später mit seinem Saugroboter aufsaugen konnte, ohne Spuren zu hinterlassen, die beweisen würden, dass hier jemand gestorben war.

„Wir sollten einen Krankenwagen rufen", blaffte ich. „Vielleicht können die Heiler etwas für sie tun."

Eric schnaubte. „Keine Chance."

Er trat an die Frau heran, mit demselben Ausdruck in seinen Augen – dem eines kaltblütigen Mörders.

Ich hatte gerade meinen Mund geöffnet, um etwas zu sagen, das ich sicher bereuen würde, als Eric sein Handy aus seiner Tasche zog und drei Zahlen eintippte.

„Hier ist der Notruf."

Ich hörte die Stimme der Disponentin, als ob sie direkt neben mir stünde. Meine Hände zuckten zu meinen Ohren.

Was zur Hölle?

Ich stand wie eingefroren da und hörte zu, wie Eric mit der Telefonistin sprach. Ich hörte ohne Probleme jedes Wort und fühlte mich, als würde ich heimlich lauschen. Aus dieser Entfernung sollte ich nicht mitbekommen, was sie sagte. Die Möglichkeit, Dinge zu hören, die ich nicht hören sollte, schien nur Ärger zu bedeuten. Kaum hatte ich diesen Gedanken, knackten meine Ohren, und plötzlich konnte ich nur noch Eric verstehen. Ich versuchte, die Disponentin wieder zu hören, und da war sie, und sagte, dass ein Rettungswagen auf dem Weg war.

Wow!

Ich versuchte immer noch, diese neue Fähigkeit zu verarbeiten, als Eric den Anruf beendete und sagte: „Du gehst besser. Es sei denn, du willst von der Polizei verhört werden."

Es fühlte sich falsch an, zu gehen, doch ich hatte im Büro zu tun und eine Polizeibefragung würde mich nur aufhalten. Noch wichtiger war, dass ich nicht in Verbindung zu Eric Cross stehen wollte.

„Ähm, ich habe heute einen vollen Terminkalender." Ich zeigte mit dem Finger auf den Ausgang und ging rückwärts. „Viele Klienten zu treffen und Tränke zu brauen."

Ich grinste wie eine Idiotin, während er mich verärgert anstarrte. Sterbende Vampire, illegale Drogen, die Polizei. Nein, ich hatte genug damit zu tun, Red in den Griff zu bekommen.

„Tschüssi." Ich wackelte mit den Fingern, drehte mich um und rannte hinaus.

KAPITEL 19

"Heiliger Bimbam. Das klingt krass", sagte Rosalina, als ich ihr alles erzählte, was während meines Besuchs bei Eric an diesem Morgen passiert war. „Ich weiß gar nicht, was ich sagen soll."

Erschöpft seufzte ich. Wir waren im Büro, Rosalina an ihrem Schreibtisch und ich saß ihr gegenüber. Nachdem ich Erics Haus verlassen hatte, war ich zu ihrer Wohnung gefahren, um zu duschen und mich umzuziehen. Sie war noch im Bett gewesen, also war ich sämtlichen Fragen entgangen, bis wir in meinen Camaro stiegen und herfuhren. Ich brauchte die ganze Fahrtzeit, um ihr alles zu erzählen, und ließ kein Detail aus. Jetzt fühlte ich mich viel besser, auch wenn sich Sorge und Schuldgefühle schnell in mir ausbreiteten.

„Ich muss mit Aaron und Josh sprechen. Ich muss ihnen sagen, dass ..." Ich konnte es nicht aussprechen.

„Irgendeine Chance, dass Eric unrecht hat?", fragte Rosalina.

Ich schüttelte den Kopf. „Nein. Der Mann spricht nicht viel, und wenn er es tut, meint er es ernst."

„Armer Aaron", sagte Rosalina. „Er schien so glücklich."

„Gott, ich fühle mich miserabel. Ich meine, Aaron wird am Boden zerstört sein, wenn Josh ..." Ich brachte es nicht über die Lippen, also verstummte ich einfach.

„Es ist nicht deine Schuld, Toni."

„Ist es das nicht? Wenn ich über Rhabo Bescheid gewusst hätte, darüber, was dieser Geruch bedeutet, hätte ich sie einander nie vorgestellt. Ich hätte Aaron gesagt, dass ich niemanden für ihn gefunden habe."

„Toni, das könnte jedem passieren. Man trifft ständig Leute unter den verschiedensten Umständen. Es gibt keine Garantie dafür, dass sie gesund oder anständig oder wer weiß was sind."

„Das ist etwas anderes, und du weißt es."

Sie seufzte und nickte traurig. Egal, wie sehr wir versuchten, es nüchtern zu betrachten, wir fühlten uns beide schuldig.

„Ich werde ihn anrufen", sagte ich und fürchtete mich jetzt schon vor dem Gespräch. „Wir zahlen ihm sein Geld zurück."

Rosalina schüttelte mit gerunzelter Stirn den Kopf. „Ich kann nicht glauben, dass es eine Droge gibt, die Vampire töten kann."

„Eric hat gesagt, es ist schlimmer als Heroin."

„Das ist krass."

Doch irgendetwas daran fühlte sich nicht richtig an. Eine Menge Ideen und Fragen schwirrten mir im Kopf herum, doch eine stach heraus. „Jemand muss sich eine Menge Mühe gemacht haben, um so etwas zu entwickeln, meinst du nicht?"

Rosalina dachte darüber nach und nickte. „Dafür braucht es jemanden, der sehr schlau ist und viele Experimente."

„Ja. Und es war sicher nicht günstig."

Wir tauschten besorgte Blicke.

„Denkst du, was ich denke?", fragte ich.

„Dass jemand die Vampire absichtlich töten will?"

Ich biss mir auf die Unterlippe. „Ist das verrückt? Zu verschwörungstheoretisch?"

„So wie die Dinge in letzter Zeit laufen, glaube ich das nicht."

„Vielleicht sollte ich Tom dazu befragen."

„Das ist eine gute Idee."

Ich rieb mir die Stirn. „Was ist mit Aaron und Josh?"

„Lass uns mehr herausfinden, und wenn wir die Situation besser im Griff haben, reden wir mit ihnen."

Mit dieser Abmachung machten wir uns an die Arbeit und trafen uns mit einer Frau mittleren Alters, die gerade ihre dritte Scheidung hinter sich hatte und den vierten Ehemann für immer behalten wollte, und danach sahen wir ein paar neue Klienten durch. Ich saß in meinem Büro und wollte gerade die heutige Post bearbeiten, als ich Jakes Stimme im Eingangsbereich hörte.

Ich stöhnte auf und vergrub mein Gesicht in meinen Händen. Ich brauchte nicht noch mehr, um das ich mir Gedanken machen musste, und Jake hatte immer einen Koffer voller Probleme dabei. Ein leichtes Klopfen ließ mich zur offenen Tür aufschauen. Jake stand im Türrahmen und füllte ihn mit seinen breiten Schultern und seiner Größe beinahe aus.

„Hallo", sagte er mit seiner tiefen, donnernden Stimme.

Sein berauschender Geruch schlug mir entgegen, und ich musste mich zwingen, nicht einzuatmen, um nicht den Verstand zu verlieren.

„Darf ich reinkommen?" Er hatte eine große Papiertüte dabei, aus der ebenfalls köstliche Düfte strömten.

„Ah, du hast Essen mitgebracht." Ich zeigte auf die Rückseite der Tüte. „Anthonio's Burgers, wenn ich mich nicht täusche. Also, ja, du darfst reinkommen." *So einfach* war ich zu bestechen. Ein dicker, fetter Bacon-Cheeseburger und ich würde allem zustimmen.

Er lächelte sein schiefes Lächeln und unweigerlich wurde mein Herz ganz weich und schwach, und ich vergaß, wie wütend ich auf ihn war, weil er ständig seine Nase in meine Angelegenheiten steckte, obwohl er sehr deutlich gemacht hatte, dass ich trotz unserer dummen Anziehung nicht das war, was er brauchte.

Er trug ein graues Hemd, bei dem die beiden obersten Knöpfe geöffnet waren, sodass ein Dreieck glatter, goldener Haut zum Vorschein kam. Die Ärmel waren bis zu den Ellbogen hochgekrempelt, und die Muskeln seiner kräftigen Unterarme spannten sich an, als er die Tüte auf den Tisch stellte und das Essen herausholte. Nachdem er mir einen eingepackten Burger und eine Schachtel Pommes frites gereicht hatte, riss er die Papiertüte auf und legte sie auf den Tisch, damit wir darauf essen konnten. Er ging wieder hinaus und kam mit ein paar Getränken zurück.

„Ich habe sie auf Rosalinas Schreibtisch gestellt", sagte er entschuldigend, als er sich auf den Stuhl gegenüber von mir setzte. „Ich habe ihr auch einen Burger mitgebracht. Ich wusste nur nicht, was sie mag, also ist alles drauf. Ich hoffe, das ist in Ordnung."

Ich nickte und lächelte. Jake konnte so rücksichtsvoll sein, und doch so ein Arschloch. Warum konnte ich nicht einfach den perfekten Mann finden? Sowohl Jake als auch Stephen hatten großartige Charakterzüge, aber auch so große Schwächen.

Ich packte meinen Burger aus und spähte hinein.

„Keine Sorge", sagte Jake. „Es sind keine Zwiebeln drauf, dafür aber extra saure Gurken und Senf."

Er wusste wirklich genau, wie ich mein Essen mochte. Wie von selbst stieß ich einen zittrigen Atemzug aus. Er sah von seinen Pommes auf und in meine Augen.

Nach einem Moment des Schweigens flüsterte er: „Ich wollte mich für den Abend letztens entschuldigen."

Ich sagte nichts.

„Du musst wissen", fuhr er fort, „dass ich dich in Ruhe lassen wollte, wie ich es versprochen habe, aber ... ich kann es einfach nicht. Deshalb mag ich keine Versprechen. Man bricht sie so leicht. Wenn ich sehe, dass du in Gefahr bist, übernimmt der Beschützerinstinkt und ich kann einfach nichts tun."

Ich schnaubte.

„Hast du noch nie genau das Gegenteil davon getan, was du tun wolltest?", fragte er.

Beinahe fing ich an zu lachen. Ich hatte mich mit *ihm* eingelassen. Und ich wollte ihn immer noch, auch wenn mein Hirn mir zuschrie, dass es das Dümmste war, das ich nur tun konnte.

„Nein, davon weiß ich nichts." Ich stopfte mir eine Pommes in den Mund und sah zur Decke hinauf.

Er lachte, weil er genau wusste, dass ich log. „Da draußen läuft es nicht gut, Toni. Der Konflikt zwischen Vampiren und Werwölfen erreicht einen Siedepunkt. Du weißt, dass Stephen und Ulfen im Zentrum des Geschehens stehen, aber du ahnst vielleicht nicht, dass auch Eric Cross und Damien Ward darin verwickelt sind."

Ich erstarrte, als ich gerade einen Bissen von meinem Burger nehmen wollte. Langsam legte ich ihn ab und sah Jake an. „Sind sie das?"

Er nickte.

„Inwiefern?"

„Es gibt eine neue Droge. Sie ist erst vor ein paar Monaten auf den Markt gekommen, aber sie richtet bereits großen Schaden an. Das ist der größte Konflikt der Schrägen."

Ich schluckte schwer und sprach fast wie von selbst. „Rhabo."

Seine Augenbrauen zuckten überrascht nach oben. „Wo hast du davon gehört?"

„Ähm, Lucia hat mir davon erzählt. Sie hat in der Schule davon gehört."

Jake nickte, zufrieden mit meiner Lüge. Highschool-Kids wissen immer Bescheid, und meine Schwester war eine der beliebten Schülerinnen. Sie wusste immer von allem. Ehrlich gesagt war es ein wenig beängstigend.

„Aber ... sie wusste nicht viel darüber", fügte ich hinzu. „Was genau ist es?"

„Das weiß niemand, aber es ist offensichtlich die Kreation irgendeiner Hexe oder eines Magiers. Es ist ganz sicher Magie darin, und auch einige giftige Chemikalien. Es macht sehr süchtig und Vampire sterben wie die Fliegen. Wie du dir vorstellen kannst, sind die Anführer der Vampire in Aufruhr und sehr darauf bedacht, die Quelle zu finden. Bernadetta Fiore gibt den Werwölfen die Schuld. Sie glaubt, dass derjenige, der diese Droge hergestellt hat, für sie arbeitet, und damit liegt sie vielleicht nicht weit von der Wahrheit entfernt. Vampire sind jede Nacht unterwegs, um nach Dealern zu suchen und sie zu töten. Meistens entpuppen sie sich als Werwölfe."

„Scheiße", fluchte ich, als mir das Ausmaß des Problems bewusst wurde. „Ich hatte keine Ahnung."

Er gab mir einen „Siehst du, warum ich dich beschützen will?"-Blick, aber es hätte eher ein „Siehst du, warum ich mich wie ein Arsch verhalte?"-Blick sein sollen.

„Wie passen Eric Cross und Damien Ward ins Bild?", fragte ich und fürchtete mich schon vor der Antwort.

„Es gibt Leute, die glauben, dass Ward vielleicht mit der Entwicklung von Rhabo zu tun hat."

Ich dachte an den großen Topf auf seinem Herd und es fiel mir nicht schwer, mir vorzustellen, wie er in seiner schicken Küche Rhabo braut.

Meine Mondfabel und Jakes Unfähigkeit, die Wölfin in mir zu riechen, waren der Beweis dafür, dass der Magier die Fähigkeit dazu hatte.

Oh, Mist! Rosalina wäre so enttäuscht. Sie fand den Magier immer noch ziemlich toll und hatte in ein paar Tagen ein weiteres Date mit ihm.

„Was ist mit Eric?", fragte ich.

„Er hat Rhabo bei seiner Party serviert, also hat er definitiv eine Verbindung zu der Quelle."

Ob Eric nun dazu gezwungen wurde, die Droge zu servieren, oder nicht, es war die unbestreitbare Wahrheit.

Ich dachte an Damien, und daran, wie er Eric dazu gebracht hatte, mir zu helfen. Was, wenn er ihn auch dazu gebracht hatte, Rhabo anzubieten? Eric hatte ihm scheinbar einen Gefallen geschuldet, aber was, wenn das eine Lüge gewesen war? Was, wenn mehr dahintersteckte?

„Erkennst du jetzt, warum ich mir solche Sorgen um dich mache?", fragte Jake.

Ich nickte, wenn auch etwas zögerlich. Tief in Gedanken versunken aß ich noch eine Pommes. Die Neuigkeiten sollten mir den Appetit verdorben haben, aber er war noch sehr lebhaft, und war dank dessen, was auch immer an diesem Morgen bei meinem „Training" losgewesen war, noch verstärkt worden.

„Rhabo ... was für ein dummer Name", überlegte ich.

„Der Name ist eigentlich ziemlich treffend. Rh steht für den Rhesusfaktor im Blut, und A, B und O stehen für die Blutgruppen."

„Oh, daran habe ich gar nicht gedacht." Ich kam mir wirklich dumm vor. Jetzt schien es offensichtlich zu sein.

„Die Vampire sagen, es schmeckt wie Blut, nur tausendmal besser. Sie sagen, es rinnt heiß über die Zunge und die Speiseröhre hinunter. Sie sagen, es gibt ihnen das Gefühl, lebendig zu sein."

„Wow, kein Wunder, dass es süchtig macht."

„Es ist ein echter Renner bei denjenigen, die es bereuen, zu Vampiren geworden zu sein und das Gefühl von *Lebendigkeit* vermissen. Sie können es sogar positiv oder negativ bestellen, je nachdem, was sie lieber mögen."

„Gott, das ist krank." *Armer Josh!* „Was ist mit Entzug?", fragte ich.

Jake zuckte die Achseln und schüttelte den Kopf. „Sogar dafür sterben sie zu schnell. Ein Tropfen soll für eine Sucht genügen."

„Das ist verrückt."

„Es ist eher wie ein Gift. Ich habe das Gefühl, dass es ein Gegengift geben sollte, oder so", überlegte er.

Wir tauschten einen Blick; seine plötzliche Idee ergab ziemlich viel Sinn.

„Das muss jemandem schon in den Sinn gekommen sein", sagte ich. „Vielleicht arbeiten sie schon an einer Lösung. Meinst du nicht?" In meiner Brust wallte Hoffnung für Aaron und Josh auf.

Jake nickte. „Das klingt einleuchtend."

Wenn so etwas existierte, dann brauchte ich es. Doch wie sollte ich es finden?

Jake streckte seine Hand mit der Handfläche nach oben aus. „Hörst du jetzt auf mich? Bleibst du Damien Ward und Eric Cross fern?"

Um ihn zu beruhigen und zu verhindern, dass er mich damit belästigte, wollte ich Ja sagen, doch das Wort wollte nicht herauskommen. Aus irgendeinem Grund konnte ich ihn nicht anlügen.

„Toni, was ist los? Was könntest du nur mit diesen Kerlen zu schaffen haben? Ich verstehe das nicht. Spürst du jemanden für sie auf? Denn wenn du das tust, bezweifle ich, dass es eine Gefährtin ist. Eric wurde zum Monster, nachdem seine Familie starb und bleibt der Erinnerung an sie treu. Also weiß ich, dass er keine Gefährtin *braucht*. Und Ward ... er hat so häufig neue Frauen wie ... wie deine Schwester Freunde hat."

Einen Moment lang dachte ich darüber nach, Jake die Wahrheit zu sagen. Die Worte brannten auf meiner Zungenspitze und wollten freigelassen werden. Vielleicht könnte ich Eric in den Wind schicken und mir stattdessen alles von Jake zeigen lassen. Doch die Angst davor, was dann passieren könnte, brachte mich dazu, die Wahrheit zu verheimlichen. Ich hatte keine Ahnung, was Jake tun würde, und was es bedeutete, seine Gefährtin zu sein. Vielleicht würde er von mir erwarten, die Agentur zu schließen und mich darauf zu konzentrieren, sein Erbe aufzubauen. Nicht, dass mir all der Sex nicht gefallen würde, aber ich musste trotzdem zuerst mehr erfahren, bevor ich mich in dem Chaos um eine Enthüllung verlor, die vielleicht mein ganzes Leben für immer verändern könnte. Aber trotz all meiner Vorbehalte ... war mein Mund schneller als mein Gehirn und ich stellte eine dumme Frage.

„Würdest du mich wollen, wenn ich eine Werwölfin wäre?"

137

Jakes Augen weiteten sich überrascht und er schien von meinen Worten genauso überrumpelt zu sein wie ich. Mein Herz setzte einen Schlag aus, als ich seinen Gesichtsausdruck wahrnahm. Er schien N-E-I-N zu buchstabieren.

„Vergiss es." Ich winkte mit beiden Händen vor meinem Gesicht herum. „Dumme Frage. Streich das. Vergiss, dass ich überhaupt gefragt habe."

Er rutschte auf die Kante seines Stuhls, sein Blick bohrte sich in meinen und weckte eine Leidenschaft, die in mir schlummerte, wie eine Glut, die nur seine Aufmerksamkeit brauchte, um ein loderndes Feuer zu entfachen.

„Es *ist* eine dumme Frage", sagte er. „Weil du keinen Grund hast, sie zu stellen. Du kennst die Antwort ganz genau." Er stand langsam auf und kam näher an mich heran, während er eine Hand auf dem Schreibtisch abstützte. Einen Moment lang dachte ich, er würde mich über den Schreibtisch ziehen und in seine Arme nehmen, aber stattdessen holte er tief Luft und streckte sich zu seiner vollen Größe.

„Ich weiß nicht, warum ich das Versprechen dir gegenüber gebrochen habe, aber ich kann mich nicht dazu durchringen, das zu brechen, das ich meinem Vater gab."

Ich stand auch auf, und wollte verzweifelt nach ihm greifen, als ich zum ersten Mal erkannte, wie schwer das Ganze für ihn war. Wieder verriet ich ihm beinahe, dass ich diejenige sein könnte, die ihm dabei half, sein Versprechen einzuhalten, und wieder hielt mich die Angst vor dem Unbekannten davon ab.

„Ich würde nie von dir verlangen, dieses Versprechen zu brechen", sagte ich. „Ich sollte es nicht noch schwieriger machen. Es tut mir leid."

Er lächelte traurig, seine gemeißelten Lippen zogen sich an einer Seite nach oben und ich sehnte mich nach einem Kuss. „Ich werde dich immer lieben, Antonietta Sunder", sagte er und ich stand kurz vor einem Herzinfarkt. „Bitte pass auf dich auf." Damit drehte er sich um und verließ das Büro.

KAPITEL 20

J ake und ich hatten nie das „L"-Wort gesagt.

Nie.

Und er hatte diese Bombe einfach platzen lassen und war gegangen.

Ich brach auf meinem Stuhl zusammen und starrte ins Leere, während mein Herz so fest gegen meine Brust schlug, dass ich es mit meinen neuen, geschärften Ohren hören konnte.

Ich werde dich immer lieben, Antonietta Sunder.

Die Worte blitzten in riesigen Blockbuchstaben in meinem Verstand auf.

Jake liebt mich.

Ich war nicht allein mit diesen Gefühlen. Es war nicht nur die Anziehung und die Leidenschaft und der Instinkt. Es war mehr.

Mehr als je zuvor wollte ich ihm die Wahrheit sagen, das Geheimnis, das nie ein Geheimnis hätte sein sollen. Und trotzdem, auch wenn ich jetzt wusste, was er für mich empfand, hatte ich Angst. Mein Bedürfnis nach Antworten wurde immer verzweifelter. Wenn ich verstehen könnte, wie sich mein Leben verändern würde, was es bedeuten würde, mit Jake an meiner Seite voll und ganz anzunehmen, dass ich eine Werwölfin war, dann könnte ich ihm vielleicht alles sagen.

Morgen. Morgen würde ich Eric alles fragen, was ich wissen musste. Er würde es mir sagen, weil ich ein Nein nicht akzeptieren würde.

Rosalina tauchte in der Tür auf. „Was wollte er?"

Ich riss mich aus meinen Gedanken. „Ähm", ich hielt einen Finger hoch, zog schnell mein Handy heraus und startete die Musik-App, falls Jake uns versuchte zu belauschen. „Er wollte sich für sein Verhalten auf der Party letztens entschuldigen", sagte ich, während Freddy Mercury gerade ‚We are the Champions' schmetterte.

„Du meinst, dafür, dass er dich ganz wuschig gemacht hat?"

Ich sah sie mit zusammengekniffenen Augen an.

Sie lachte und setzte sich auf den Stuhl, den Jake gerade verlassen hatte. „Ihr habt nicht viel gegessen, hm?" Sie deutete auf die Burger und die Pommes, die wir kaum angerührt hatten.

Ich sprang auf und fing an, die Essensreste aufzusammeln und wickelte die zerrissene Papiertüte darum. Ich warf alles in den Papierkorb und schob ihn vom Schreibtisch weg. Später würde ich den Korb mit nach draußen nehmen und im Müllcontainer leeren. Der Geruch von Essen, der unter meinem Schreibtisch aufstieg, hatte mich immer gestört, und ich wollte es nicht versehentlich über Nacht verrotten lassen. *Igitt!*

Ich setzte mich wieder und rang die Hände. „Er sagte ... er sagte ‚Ich liebe dich'."

Rosalinas Mund klappte auf. „Oh mein Gott, Tiger-Toni."

„Ich weiß."

„Also hast du ihm gesagt, dass du eine ... du weißt schon. Bedeutet das, dass ihr zwei ...?"

Ich schüttelte den Kopf und sprach im Flüsterton. „Ich muss mehr herausfinden, bevor ich diesen Sprung wage. Er will immer noch das Versprechen einhalten, das er seinem Vater gegeben hat, und ich bin nicht sicher, ob ich bereit bin, eine Welpenfabrik zu werden." Ich seufzte schwer. „Ich sehe ihm an, dass es schwer für ihn ist. Das habe ich vorher nicht bemerkt. Vielleicht wollte ich es nur nicht zugeben."

„Gott, was für ein Herzzerbrechen."

„Hm?"

„Du weißt schon, man sagt doch ‚Kopfzerbrechen', aber in diesem Fall hat es mit dem Herzen zu tun."

„O-kay."

„Egal. In meinem Kopf klang es besser."

Ich versuchte das ‚Herzzerbrechen‘ zu vergessen, und auch alle anderen Herzensangelegenheiten, die mir im Kopf herumspukten, und erzählte ihr, was ich gerade über Rhabo herausgefunden hatte. Sie hörte mir gespannt zu, ihre grünen Augen wurden mit jeder neuen Information größer und größer, und sie sprangen fast heraus, als ich ihr erzählte, was ich über Damien erfahren hatte.

„Vielleicht solltest du dein Date absagen“, sagte ich vorsichtig.

„Wirst du deins mit Eric absagen?“

„Touché.“

„Ich werde ihm zumindest eine Chance geben. Ich mag Damien, Toni.“ Sie biss sich auf die Unterlippe und sah bei diesem Geständnis verlegen und besorgt aus.

„Natürlich tust du das, was ist an ihm nicht zu mögen?“

„Oder?“ Sie dachte einen Moment lang nach, dann fragte sie: „Glaubst *du*, dass er die Droge entwickelt hat?“

Mir kam eine Idee, aber ich fühlte mich für den Einfall sofort schlecht.

„Was?“, fragte sie, als sie die Veränderung meiner Miene bemerkte.

„Nichts.“

„Du weißt, dass es nicht nichts ist.“

„Es ist nur eine dumme Idee.“

„Spuck es aus.“

Ich rutschte auf meinem Stuhl herum. „Was, wenn Damien Rhabo wirklich entwickelt hat? Und was, wenn er ein Gegengift hat? Vielleicht kannst du es herausfinden.“

„Du meinst, ihn ausspionieren?“

Ich zuckte mit einer Schulter. „Ich habe ja gesagt, dass es eine dumme Idee ist.“

„Vielleicht ist es das nicht“, sagte sie, jedoch nicht ohne einen Hauch von Angst in ihrer Stimme.

„Ich weiß, ich sollte Aaron und Josh anrufen, aber was, wenn Damien weiß, wie man Josh helfen kann? Was, wenn wir ihn retten können, und sie zusammen glücklich sein können?“

Sie lächelte halb. „Das wäre toll. Das wäre es wirklich.“ Sie hielt inne, dann fügte sie hinzu: „Ich tue es. Ich halte die Augen offen.“

„Bist du sicher?“

Sie nickte.

„Okay", sagte ich und knackte mit den Fingern, als ob mir das dabei helfen würde, sicherer zu werden. „Dann stelle ich Eric mehr Fragen und finde heraus, was er noch weiß. Wenn er damit zu tun hat, wie Jake es annimmt, hat er vielleicht alle Antworten, die wir brauchen. Und selbst, wenn es nicht so ist, weiß er ganz sicher mehr als du und ich."

Rosalina tippte mit ihren rot lackierten Fingernägeln auf meinen Schreibtisch, während sie nachdachte. Schließlich sagte sie: „Ich versage."

„Versagen?"

„Ja, du hast mich gebeten, dich auf dem richtigen Weg zu halten, fern von verrückten Dingen wie dieser Sache, und stattdessen mache ich mit. Ich hoffe, das ist dir bewusst."

Ich zuckte zusammen. „Du hast recht. Oh Gott. Habe ich dich verdorben?"

„Wir sind verloren."

„So ziemlich."

KAPITEL 21

S päter an diesem Abend stand ich in meiner Tranknische und verschaffte mir einen Überblick, um meinen nächsten Ausflug nach Elf-hame zu planen, als mein Handy klingelte. Ich ging geistesabwesend ran, während ich einige Zahlen in meinen Laptop eingab, der auf meinem Tisch stand.

„Hallo?"

„Toni Sunder?"

Bei der Stimme lief mir ein Schauer den Rücken hinunter. Ich dachte, ich würde sie erkennen, aber das konnte nicht sein. „Ja, hier ist Toni."

„Miss Sunder, hier ist Ulfen Erickson."

Mist. Er war es wirklich. Ich trat von meinem Computer zurück.

„Wie kann ich Ihnen helfen?", fragte ich; ein Teil von mir war neugierig auf den Anruf, der andere wollte unbedingt sofort auflegen.

„Ich werde mich kurzfassen. Ich habe nur ein paar Minuten für diesen Anruf. Ich wurde festgenommen."

Was?! Festgenommen? Warum? Und warum zur Hölle rief er mich *an?*

„Das ... tut mir leid", sagte ich ungläubig.

„Sparen Sie sich die Höflichkeit. Ich weiß sehr gut, was Sie von mir halten. Aber das ist nichts Persönliches. Es ist rein geschäftlich. Ich möchte Sie damit beauftragen, jemanden für mich aufzuspüren."

„Ähm, falls Sie keine neue Gefährtin suchen, kann ich Ihnen leider nicht helfen, Mr. Erickson."

„Ich bin bereit, Ihnen fünfzigtausend Dollar zu zahlen, um diese Person zu finden. Im Voraus."

Heiliger Strohsack! Das war viel Geld, aber die richtige Antwort wäre Nein – selbst, wenn es ein wenig wehtat. Na ja, eigentlich tat es sehr weh. Fünfzig Riesen würden einen großen Teil unseres Kredits abbezahlen.

„Es geht nicht um Geld", sagte ich. „Es tut mir leid. Ich fürchte, Sie müssen jemand anderen finden, der Ihnen hilft."

„Einhunderttausend Dollar, Miss Sunder", bot er an.

Ich verschluckte mich fast. Rosalina und ich hätten eine Weile keine Sorgen mehr, wenn ich es tat. Ich zögerte zu lange und er nutzte es.

„Kommen Sie mich besuchen und wir können darüber reden. Ich bin bereit, Ihnen einen Bonus zu zahlen, wenn Sie Erfolg haben." Er gab mir schnell die Daten des Gefängnisses, in dem er festgehalten wurde. Es war Toms Revier.

Ich versuchte noch immer, meine Stimme zu finden, als er auflegte. Wie ein Zombie schlurfte ich aus der Nische. Ich erwartete, Rosalina an ihrem Schreibtisch arbeiten zu sehen, doch sie war nicht da. Wahrscheinlich war sie für einen Kaffee über die Straße oder für ein Eis nach nebenan gegangen.

Wie mechanisch, immer noch unter Schock von dem Anruf und dem kolossalen Angebot, ging ich hinüber zu Jakes Büro. Er kniete mit freiem Oberkörper auf dem Boden und klopfte ein schmales Brett gegen ein anderes, während er Parkett verlegte. Ich war seit ein paar Tagen nicht mehr in seinem Büro gewesen und war von den Fortschritten überrascht. Er war noch nicht fertig, aber er war nahe dran. Er hatte bereits alle Wände hellgrau gestrichen, alle Zierleisten angebracht und Deckenleuchten im Industriestil installiert, die an dicken Kabeln hingen.

Jake wischte sich die Hände ab und stand auf. Sein Blick wurde besorgt, als er meinen verlorenen Blick bemerkte. „Alles in Ordnung, Toni?"

„Ulfen Erickson hat mich gerade angerufen."

Er runzelte die Stirn. „Ist Stephen etwas zugestoßen?"

Ich schüttelte den Kopf. „Nein. Er hat mich aus dem Gefängnis angerufen. Er ist gerade verhaftet worden und will mich beauftragen, jemanden für ihn aufzuspüren."

Jake verzog verwirrt das Gesicht und sah damit genau so aus, wie ich mich fühlte. Er fuhr sich mit steifen Fingern durch die Haare, während er überlegte.

„Warum wurde er verhaftet?", fragte er schließlich.

„Ich weiß es nicht. Ich war so überrumpelt, dass ich nicht daran gedacht habe, zu fragen, und er hat es nicht gesagt."

Er ging zu einem Sägebock, an dem das graue Hemd aufgehängt war, das er zuvor getragen hatte, und steckte seine muskulösen Arme in die Ärmel. „Was wirst du tun?"

„Ich weiß es nicht. Er bietet mir eine Menge Geld, damit ich das für ihn tue und es reizt mich, aber ich will da nicht hineingezogen werden", platzte ich in einem Atemzug heraus.

„Ich verstehe."

„Genau *jetzt* musst du verständnisvoll sein. Was ist mit dem Jake passiert, der jetzt sagen würde: ‚Halte dich da raus, Toni'?"

„Das ist etwas anderes. Ich kann mit dir kommen. Nachdem du herausgefunden hast, warum Ulfen verhaftet wurde, kannst du entscheiden, ob du ihm helfen willst. Du kannst dir einfach anhören, was er zu sagen hat. Vielleicht sagt er dir etwas, womit du Stephen helfen kannst. Sein Leben ist immer noch in Gefahr."

„Außer, wenn es Ulfen ist, der ihn versucht umzubringen, denn dann muss er sich keine Sorgen mehr machen."

„Stimmt."

Ich seufzte. Wenn ich Stephen vor diesen verrückten Magiern beschützen könnte, wäre es ein kurzes Gespräch mit Ulfen wert.

Jake knöpfte sein Hemd zu und nahm seine Motorradschlüssel aus der Hosentasche. „Also?"

„Gehen wir."

Wir gingen hinaus und ich kletterte hinter ihn und schlang meine Arme fest um seine Taille. Er startete den Motor und wir fuhren los. Zehn Minuten später waren wir auf dem Polizeirevier. Jake beschloss, draußen zu warten, während ich hineinging und der Empfangsdame am Schalter sagte, dass ich Tom Freeman sprechen müsse. Einen Moment später kam Tom aus seinem Büro und begrüßte mich mit einer herzlichen Umarmung.

„Hey, Kindchen, wie geht's?"

„Mir geht's gut." Ich lächelte, dann kam ich gleich zur Sache. Es war unglaublich unhöflich, doch ich hatte zu viel Angst, um mich zurückzuhalten. „Ulfen Erickson hat mich angerufen. Er hat gesagt, dass er mich damit beauftragen will, jemanden aufzuspüren. Er hat mich gebeten, zu kommen."

Tom runzelte die Stirn. Er sah sich um, dann nickte er zu seinem Büro hinüber und bedeutete mir damit, ihm zu folgen. Wir gingen hinein und er schloss die Tür hinter uns.

„Ich würde vorschlagen, du nimmst sein Angebot nicht an, was auch immer es beinhaltet", sagte Tom. „Der Magier aus dem Restaurant hat einen Deal ausgehandelt und ist jetzt auf Kaution frei. Er hat unter Eid geschworen, dass Ulfen Erickson ihn für den Mord an seinem Sohn bezahlt hat."

„Was für ein Bastard! Wer würde seinem eigenen Sohn so etwas antun?"

„Was glaubst du, wen du aufspüren sollst?", fragte Tom.

„Ich habe keine Ahnung, aber vielleicht sollte ich mit ihm sprechen. Vielleicht sagt er mir etwas, was ihn noch schuldiger macht." Jetzt wollte ich ihm ins Gesicht spucken. Dieser Magier hatte auch mich fast umgebracht.

„Er darf momentan keine Besucher empfangen. Tut mir leid, Liebes, aber ich glaube nicht, dass es schlau ist, wenn du dich einmischst. Halte dich einfach da raus. Such weiter Gefährten und bleib in Sicherheit."

Das klang toll, aber plötzlich fragte ich mich, ob es so einfach war.

„Was wird passieren, wenn sie ihn freilassen?", fragte ich. „Ich bin sicher, dass er auch eine Kaution bezahlen wird. Wenn ich mich weigere, ihm zu helfen, könnte er beleidigt sein und mich auch ins Visier nehmen. Wenn ich einfach mit ihm spreche und nett zu ihm bin, lässt er mich in Ruhe."

„Wenn er dir ein Haar krümmt, töte ich ihn." Toms Tonfall ließ keine Zweifel daran, dass er es tun würde.

„Ich weiß das zu schätzen, Tom, aber du kannst nicht rund um die Uhr bei mir sein. Und Ulfen hat genügend Leute, die er mir auf den Hals hetzen kann."

Tom zuckte zusammen. Er wusste, dass ich recht hatte. Dennoch widersprach es seiner Integrität als Polizist, sich den Forderungen eines Kriminellen zu beugen. Nach langem Überlegen sagte er: „Ich denke, es kann nicht schaden, wenn du ihn anhörst. Aber lass dich auf nichts ein, okay?"

Ich nickte.

„Warte hier", sagte er und verließ das Büro.

Zehn Minuten später kam er zurück und führte mich einen schmalen Flur entlang. Er öffnete die letzte Tür auf der rechten Seite, und wir traten ein. Ulfen war mit Handschellen gefesselt; seine Handgelenke waren fest mit dem Tisch verbunden, der wiederum mit dem Boden verschraubt war. Außerdem trug er ein dickes elektronisches Halsband, eine Vorrichtung, die verhindern sollte, dass er sich bewegen konnte. Sein Hemd sah zerknittert aus und seine roten Haare standen ihm zu Berge.

Ich blieb in sicherer Entfernung stehen. Tom schloss die Tür und trat hinter mich.

Ulfen senkte den Kopf. „Danke, dass Sie gekommen sind, Miss Sunder. Ich hatte meine Zweifel, ob Sie es tun würden."

„Tja, ich bin hier. Was wollen Sie?"

„Das habe ich Ihnen bereits gesagt. Ich möchte, dass Sie jemanden für mich aufspüren."

„Wen?"

Ulfen lächelte kalt und sagte dann: „Blake Foster."

Ich blinzelte und tauschte einen verwirrten Blick mit Tom. Blake Foster war tot. Ulfen und ich hatten zusammen mit ein paar anderen Leuten auf seiner Wohltätigkeitsveranstaltung Blakes Leiche gesehen, die an einem Seil hing und in deren Brust das Wort KRIEG eingeritzt war. Warum sollte er wollen, dass ich einen toten Mann aufspürte? War seine Leiche abhandengekommen?

„Sie verschwenden meine Zeit", sagte ich. „Ich spüre keine Toten auf. Das ist nicht sehr angenehm."

„Blake ist nicht tot."

„Seltsam", sagte Tom, „denn ich erinnere mich, dass seine Leiche im Leichenschauhaus lag und im Bericht des Gerichtsmediziners als Todesursache Strangulierung angegeben war."

„Das war nicht Blake", sagte Ulfen.

„Sie haben seine Leiche damals selbst identifiziert. War es nicht so?", schnaubte Tom.

„Ich habe einen Fehler gemacht", sagte Ulfen durch zusammengebissene Zähne.

Ich musterte sein Gesicht und suchte nach Anzeichen darauf, dass er mich manipulieren wollte, doch ich fand nichts. Ulfen glaubte wirklich, dass Blake noch lebte.

„Warum glauben Sie, dass er nicht tot ist?", fragte ich.

„Weil ich ihn gesehen habe." Ulfen hob sein Kinn und begegnete meinem Blick.

„Wo? Wann?", fragte Tom.

„Das tut nichts zur Sache", antwortete Ulfen. „Spüren Sie ihn einfach für mich auf. Hunderttausend Dollar im Voraus, ohne jede Bedingung. Sie können das Geld so oder so behalten, aber wenn Sie ihn finden, verdopple ich es."

Heiliger Strohsack!

Mit so viel Geld könnten Rosalina und ich unseren Kredit sofort abbezahlen. Und nicht nur das, wir hätten etwas Geld für Werbung, bessere Sicherheitsmaßnahmen und eine Hilfskraft übrig. Verdammt, es gab eine Million Dinge, die wir damit anstellen konnten.

Nur war es falsch, von jemandem wie Ulfen Geld anzunehmen.

„Vielleicht haben Sie jemand anderen gesehen", sagte ich. „Jemanden, der aussah wie Blake."

Ich erwartete, dass er so etwas sagen würde wie „Ich weiß, was ich gesehen habe", aber stattdessen blitzten Zweifel in seinen blauen Augen auf. Ich blickte zurück zu Tom. Er runzelte die Stirn und sah genauso verwirrt aus, wie ich mich fühlte.

Warum griff ein Mann wie Ulfen so nach einem Strohhalm und bat mich, einen Mann zu finden, von dem jeder wusste, dass er tot war – einen Mann, dessen Tod Ulfen selbst angeordnet haben könnte, wenn er für Stephens Entführung verantwortlich war?

Das ergab keinen Sinn, es sei denn ... Ulfen war unschuldig. Nein, er könnte auch versuchen, die Situation zu verkomplizieren, aber das glaubte ich nicht. Wenn das der Fall wäre, hätte er sich etwas weniger Schwachsinniges einfallen lassen.

„Was für ein Spiel spielen Sie, Erickson?", fragte Tom. „Wenn das ein Ablenkungsmanöver sein soll, wird es nicht funktionieren."

„Es ist kein Ablenkungsmanöver", sagte Ulfen und hob vor Wut die Stimme. „Finden Sie ihn einfach, dann können wir herausfinden, wer hinter all dem steckt. Ich habe meinen Sohn nicht entführt und ich habe diesen Magier ganz sicher nicht damit beauftragt, ihn umzubringen. Jemand versucht, es mir anzuhängen, und ich glaube, dass Blake Foster etwas damit zu tun hat. Er ist nicht tot. Er ist sehr lebendig und er könnte mit meinen Feinden zusammenarbeiten."

Ulfen atmete tief durch, um seine Emotionen zu kontrollieren und streckte seinen Hals in dem Halsband, als ob es schmerzte.

„Helfen Sie mir?", fragte er mich. „Oder helfen Sie denen, die einen unschuldigen Mann loswerden wollen, weil er ihren Zielen im Weg steht? Wie werden Sie sich entscheiden, Miss Sunder?"

Ich schüttelte den Kopf und wusste nicht, was ich sagen sollte. „Ich ... ich weiß es nicht. Ich muss darüber nachdenken."

Ulfen nickte. „Gut, zumindest ist das kein Nein. Schreiben Sie meiner Assistentin eine Nachricht, sie wird Ihnen den Gegenstand zukommen lassen, den Sie brauchen, um Blake aufzuspüren." Er ratterte eine Nummer herunter, die ich mir merkte. „Wenn Sie herausfinden, dass er tot ist, dann bestätigen Sie damit, dass ich unrecht hatte. Aber wenn er lebt, werden Sie verstehen, dass nicht mehr dahintersteckt, als manche glauben machen wollen. Die Stadt verändert sich. Ich habe es gespürt. Sie haben es auch gespürt. Jemand zieht die Fäden und versucht, die Kontrolle zu erlangen. Und wer auch immer das ist, die Bürgerinnen und Bürger von St. Louis sind ihm egal. Dieser Jemand will nur Chaos."

Ein Schauer lief mir über den Rücken. Tief in mir spürte ich, dass er die Wahrheit sagte. Ich konnte es jeden Tag in den Nachrichten sehen, und diese neue Droge war eine Katastrophe.

Trotz der schrecklichen Vorahnung, die mich überkam, trat ich einen Schritt zurück und behielt meine Entschlossenheit bei. „Ich werde darüber nachdenken müssen."

Ulfen sah nicht glücklich aus, aber er konnte mich nicht dazu zwingen, meine Meinung zu ändern – jedenfalls nicht hier. Allerdings bezweifelte ich, dass er sich so zurückhaltend benommen hätte, wenn er nicht mit Handschellen an den Tisch gefesselt gewesen wäre.

„Eine Sache noch, Miss Sunder", sagte Ulfen. „Bitte halten Sie meinen Sohn aus dieser Sache raus. Es soll unter uns bleiben. Ich möchte nicht, dass er sich sorgt."

Tom und ich verließen den Raum und gingen schweigend den Flur entlang. Bevor wir die Lobby verließen, blieben wir stehen.

„Glaubst du, dass Blake lebt, Tom?", fragte ich.

„Nein", sagte er, ohne zu zögern. „Ich denke, dass Ulfen es glaubt, aber ich habe die Leiche des Mannes gesehen, und er war tot."

„Könnte Magie im Spiel gewesen sein, um eine andere Leiche so aussehen zu lassen, als sei es Blake?"

Tom schüttelte den Kopf. Die Gerichtsmediziner arbeiten in Teams. Fade und Schräge führen die Autopsien zusammen durch. Es gibt Verfahren, mit denen solche Täuschungen aufgedeckt werden können. Zaubersprüche werden eingesetzt, um sicherzustellen, dass es sich bei dem, was auf dem Tisch liegt, um eine Leiche handelt und um nichts anderes. Keine Verzauberungen. Keine Flüche. Nichts dieser Art."

Ich hatte das zwar schon gewusst, aber es noch einmal von Tom zu hören, schien den Nagel in den Sarg von Ulfens Theorie zu schlagen.

„Ich könnte trotzdem versuchen, ihn aufzuspüren", sagte ich unentschlossen. „Ulfen ist kein dummer Mann. Was, wenn er recht hat?"

Tom runzelte missmutig die Stirn, sagte aber nichts.

„Ich würde aber sein Geld nicht nehmen", fügte ich schnell hinzu, weil ich fürchtete, dass er mich verurteilen würde. „Ich möchte mir die Hände nicht mit seinem Dreck schmutzig machen."

„Das ist deine Entscheidung, Kleine", sagte er. „Du weißt, was ich darüber denke, aber ich werde dir nicht vorschreiben, was du tun sollst, und ich werde dich auch nicht verurteilen." Sein Tonfall war väterlich und seine braunen Augen voller Verständnis.

Ich lächelte und spürte ein warmes Gefühl in meinem Herzen für diesen Mann, der so sanft sein konnte, wenn es sein musste.

„Deine Meinung wird meine Entscheidung sehr beeinflussen. Ich weiß sie zu schätzen", sagte ich. „Wenn ich etwas Wichtiges herausfinde, sage ich dir Bescheid."

„Pass auf dich auf."

„Das werde ich."

„Zumindest ist Jake bei dir. Er wird dich beschützen." Er lachte, während er zurück zu seinem Büro schlenderte.

Ich schüttelte den Kopf und lächelte traurig. Jake versuchte immer, sich nicht zu zeigen, doch Tom wusste trotzdem, dass er da war. Die Wände hier hatten definitiv Augen und Ohren und vielleicht auch Nasen.

Eine Minute später traf ich mich draußen mit Jake. Er lehnte gegen die Mauer und stemmte einen Fuß gegen den Stein. Als er mich sah, stieß er sich ab und kam zu mir an die Tür.

In diesem Moment kam ein schwarzes Auto quietschend vor dem Gebäude zum Stehen und Stephen Erickson sprang heraus. Er eilte in unsere Richtung und nahm unsere Anwesenheit kaum wahr.

„Toni. Jake", sagte er und blinzelte überrascht. Er sah zerzaust aus, als wäre er hergeeilt, ohne vorher in den Spiegel zu schauen. „Was macht ihr denn hier?"

Ich öffnete den Mund, um zu antworten, aber Stephen schnitt mir das Wort ab.

„Eigentlich ..." Sein Blick schweifte zur Tür. „Ich kann gerade nicht reden. Wir sehen uns später." Dann stürmte er mit hektischen Schritten nach drinnen.

Für einen langen Moment blieben Jake und ich an der Tür stehen, nachdem sie sich hinter Stephen geschlossen hatte.

„Sollten wir ihn begleiten?", fragte Jake und klang zweifelnd.

Ich schüttelte den Kopf. „Ich glaube nicht, dass wir ihm helfen können."

„Stimmt."

„Lass uns irgendwo hingehen", sagte ich. „Ich brauche einen Drink. Ganz dringend."

KAPITEL 22

Jake nahm mich in eine Kneipe mit, die ‚The Cat's Fiddle' hieß. Er bestellte einen Whiskey Sour für mich und ein Bier vom Fass für sich selbst. Wir setzten uns in eine Nische weit ab von der Bar. Er beobachtete mich genau, während ich mehrere Schlucke von meinem Getränk nahm.

Ich mochte die Säure und leckte mir die Lippen. Ich wusste, dass es mich nicht betrunken machen würde, aber zumindest schmeckte es gut. Als ich bereit war, erzählte ich Jake alles, was Ulfen mir gesagt hatte. Er hörte mir bis zum Ende zu, ohne mich zu unterbrechen, dann dachte er lange nach, bevor er sprach.

„Ich frage mich, ob Stephen von Blake weiß", sagte er und rieb mit dem Zeigefinger über seinen kurzgeschnittenen Bart.

„Nein, Ulfen hat mich gebeten, es niemandem zu sagen, besonders nicht Stephen. Natürlich habe ich es dir gesagt, also ..."

„Ich werde es niemandem erzählen. Keine Sorge."

Ich vertraute Jake mein Herz nicht an, aber das konnte ich ihm definitiv anvertrauen. Er würde mich nicht in Gefahr bringen. Im Gegenteil, wie Tom schon gesagt hatte, er würde mich beschützen – selbst, wenn das bedeutete, mir überall im Weg zu stehen.

„Lass uns annehmen, dass Blake wirklich noch am Leben ist", sagte Jake.

Dieses Spiel spielte ich gerne. Jake betrachtete die Dinge immer von allen Seiten, egal, wie verrückt alles war. Es war eine seiner Stärken, über den Tellerrand hinauszuschauen. *„Selbst aus dummen Ideen kann Geniales entstehen"*, hatte er mir mal gesagt, und ich war derselben Meinung.

Ich setzte mich gerader hin und schob mein Getränk weg. „Okay, nehmen wir es an."

„Du zuerst."

„Hmm, okay. Also, Ulfen glaubt, dass wir den echten Täter finden, wenn wir Blake aufspüren. Der, der Stephen entführt und Jenson Boyle angeheuert hat."

„Was bedeuten würde, dass Blake seinen Tod vorgetäuscht hat. Und das sehr erfolgreich, möchte ich hinzufügen."

Ich nickte. „So erfolgreich, dass er die Gerichtsmediziner täuschen konnte."

Jake dachte einen Moment lang nach, dann leuchteten seine Augen auf. „Vielleicht hat er sie nicht getäuscht."

„Was meinst du?"

„Ich meine, vielleicht war es sehr viel einfacher als das. Vielleicht hat er sie bestochen."

Ich keuchte. Warum war ich nicht darauf gekommen? Durch die Existenz von all der Magie und der Verzauberungen, vergaßen die Leute manchmal, dass es sehr viel einfachere Wege gab, um ein Ziel zu erreichen. Der gute, alte amerikanische Dollar hatte seine eigene Magie.

„Ja", stimmte ich zu. „Das wäre sehr einfach gewesen."

„Die Frage ist also: Warum? Blake war, oder ist, den Ericksons gegenüber loyal. Er hat jahrelang für sie gearbeitet."

„Sicherlich seit Stephen klein war."

„Warum sollte er sich gegen sie wenden?", fragte er.

„Geld?"

Er zuckte gleichgültig mit den Schultern. „Ja, das ist immer eine Möglichkeit, aber das glaube ich nicht. Blake würde es nicht riskieren, sich Ulfen zum Feind zu machen, nur um Geld zu verdienen. Es muss etwas anderes sein."

„Erpressung? Vielleicht hat jemand etwas gegen Blake in der Hand. Oder vielleicht haben sie seine Familie bedroht, wenn er es nicht tut."

„Das könnte sein."

„Hat er überhaupt eine Familie?"

„Keine Ahnung."

„Oder vielleicht haben die Ericksons ihn verärgert."

Jake zuckte mit den Schultern und rieb sich unzufrieden die Stirn. „Das ist auch eine Möglichkeit. Und wenn er mit jemandem zusammenarbeitet, könnte dieser jemand Fiore sein? Könnte sich ein angesehener Werwolf mit einer Vampirin verbünden?" Er schien keine Antwort auf diese Frage zu erwarten. Stattdessen schien er nur laut zu denken, was gut war, denn ich hatte keinen Schimmer, und darüber nachzudenken machte mir langsam Kopfschmerzen.

„Ich kann ein bisschen herumschnüffeln", fügte er hinzu. „Herausfinden, ob Blake eine Familie oder Freunde hat, und mit ihnen sprechen, wenn ich sie finden kann."

„Hast du keinen Fall, an dem du arbeitest?", fragte ich.

„Im Moment nicht. Ich habe noch nicht offiziell eröffnet. Ich arbeite immer noch daran, das Büro fertigzumachen. Außerdem ist eine Menge los." Er wandte den Blick ab und wirkte nachdenklich.

Ich musste mich daran erinnern, dass er erst vor ein paar Wochen in St. Louis angekommen war. Wenn man bedachte, wie viel seitdem passiert war, fühlte es sich viel länger an.

„Was wirst du tun?", fragte er. „Spürst du Blake auf?"

„Ich habe mich noch nicht entschieden." Nach unserem Gespräch neigte ich dazu, es zu tun, aber ich wollte es erst mit Rosalina besprechen.

„Lass mich wissen, ob du es tust. Ich möchte dir helfen, wenn ich kann."

„Klar, aber es gibt nichts, wobei du helfen kannst." Ich schenkte ihm ein spöttisches Lächeln. Seine Hilfe kam immer erst hinterher, wenn ich einen Ort für mein Ziel ausfindig gemacht hatte und wir es physisch verfolgen mussten.

„Ich wünschte, ich könnte es." Er hielt meinen Blick und verengte misstrauisch die Augen. „Ich wünschte, du würdest mir alles darüber verraten, wie deine Fähigkeiten funktionieren."

Ich machte eine wegwerfende Handbewegung. „Es ist nichts Besonderes. Total langweilig."

„Ich glaube nicht, dass irgendetwas an dir langweilig ist, im Gegenteil."

„Oh, ja, mit mir hat man immer eine gute Zeit", sagte ich seufzend.

Er stützte sein Kinn auf seine Hand und sah mich amüsiert an. „Das hat man wirklich, besonders im Bett."

Ich spürte, wie die Hitze von meinem Nacken direkt in meine Wangen stieg, wie ein Feuerwerk, das in sämtlichen Rottönen explodierte. Wie konnte er es wagen, das zu erwähnen?

Frecher Arsch!

Meinte er es ernst? Ich wollte es wirklich wissen. Gott, ich hasste mich, aber ich konnte nichts dafür. Dieser Mann konnte mit nur einem Blick meinen Tanga zur Seite schieben. Trotzdem konnte ich nicht zulassen, dass er mich so außer Gefecht setzte. Ich konnte dieses Spiel auch spielen.

Ich zuckte mit den Schultern und versuchte, gleichgültig auf seine Bemerkung zu reagieren. „Und damals war ich noch so unerfahren. Jetzt macht es mit mir viel mehr Spaß."

Jetzt war Jake an der Reihe, rot zu werden, aber in seinem Fall war es nicht aus Scham, sondern aus Wut. Seine Nasenlöcher blähten sich auf. Er zog seine Hände unter den Tisch, wo sie sich zu Fäusten ballten. Seine Zähne prallten aufeinander. Mit meinem geschärften Gehör konnte ich sie sehr gut hören. Ich wartete darauf, dass er vor Eifersucht grün werden würde, aber vielleicht war das zu viel verlangt.

Zufrieden legte ich Trinkgeld auf den Tisch und stand auf. „Wir sollten besser gehen. Ich habe noch zu arbeiten und eine Entscheidung zu treffen, die ich mit meiner Partnerin besprechen muss."

KAPITEL 23

"D as ist total verrückt", sagte Rosalina, als ich alles erzählt hatte, was passiert war. „Du kannst dich da nicht hineinziehen lassen, Toni."

Bei ihren Worten zuckte ich innerlich zusammen. Ich hatte befürchtet, dass sie das sagen würde, was mir zeigte, dass ich mich bereits dazu entschieden hatte, mich einzumischen.

„Ja, es wäre dumm", sagte ich und kämpfte mit mir selbst – ich wollte sie gleichzeitig überzeugen *und* ablenken, damit sie meine Neigung nicht erriet.

Wach auf, Toni! Es kann nichts Gutes dabei herauskommen, Rosalina anzulügen.

Sie verengte ihre grünen Augen und betrachtete mein Gesicht aufmerksam, doch dann lenkte sie das Piepsen ihres Handys ab. Sie sah auf das Display.

„Es ist Damien", sagte sie mit hörbar aufgeregter Stimme. „Er will unser Date auf heute Abend verschieben. Er schreibt, dass irgendetwas dazwischengekommen ist und dass er morgen nicht kann." Ein Lächeln breitete sich auf ihren Lippen aus.

Ich wusste, dass ich das nicht sollte, aber ich nutzte die Gelegenheit, um sie weiter abzulenken. „Er kann morgen nicht? Ich glaube nicht, dass das der Grund ist. Ich wette, er kann es kaum erwarten, dich zu sehen."

Ihre Augen leuchteten auf. „Meinst du?"

„Oh, auf jeden Fall."

Ich ließ sie allein, damit sie ihren Abend planen konnte, und sobald ich mein Büro betrat, schrieb ich eine Nachricht an die Nummer, die Ulfen mir gegeben hatte.

„Ich tue es", tippte ich. „Bitte lassen Sie den Gegenstand nach 17 Uhr durch den Postschlitz schieben."

Die Antwort kam fünf Minuten später. „Nachricht erhalten."

Ich steckte mein Handy schnell weg, weil ich mich schäbig fühlte, aber ich dachte mir, wenn ich es Rosalina jetzt sagen würde, würde ich ihr das Date verderben.

Um viertel vor fünf fuhren wir zu ihrer Wohnung. Sobald wir dort ankamen, beschäftigte sie sich damit, ein Outfit auszusuchen, zu duschen, und ihr Make-up neu aufzutragen. Als sie fertig war, sah sie nach einer Million Dollar aus. Sie trug ein schwarzes, trägerloses Kleid, mit einem schimmernden Muster in der Form von Rosen. Ihr dunkles Haar fiel in perfekten Locken um ihre gebräunten, nackten Schultern.

„Schick", sagte ich. „Wo geht ihr zwei hin?"

„Wir gehen bei Vicia essen."

„Wow! Er fährt die großen Geschütze auf."

Als ihr Telefon klingelte, griff sie nach ihrer glitzernden Clutch. „Er wartet draußen. Wir sehen uns später."

„Tu nichts, was ich nicht auch tun würde", rief ich ihr in einer Singsangstimme nach.

Als sich die Tür hinter ihr schloss, saß ich einen Moment still da und fühlte mich schrecklich.

Tu nichts, was ich nicht auch tun würde? Das war das Schlimmste, was ich hätte sagen können, besonders, wenn man meine Pläne bedachte. Ich seufzte, dann ging ich ins Schlafzimmer, zog mir eine bequeme Yogahose, meine alten Sneaker, ein Tanktop und eine leichte Jacke an. In eine kleine Sporttasche packte ich außerdem Wechselkleidung.

„Bitte schön, Kumpel." Ich ließ Cupids Futter in sein Glas rieseln. Er schwamm nach oben und aß eine Flocke, doch er ignorierte den Rest. „Oh, also sind wir heute launisch, ja?"

Ich entfernte mich in meinem Camaro von dem Gebäudekomplex und holte mir auf dem Weg Lamm-Gyros und eine große Portion

Pommes bei einem Drive-in. Ich hatte nicht richtig zu Mittag gegessen, und mein Magen hatte die letzten Stunden unangenehm geknurrt.

Als ich ankam, parkte ich das Auto um die Ecke und eilte mit gesenktem Kopf ins Büro. Ich wollte nicht, dass Jake auftauchte, wenn er mein Auto vor der Agentur sah.

Unbemerkt schaffte ich es hinein und fand einen gelben Umschlag auf dem Boden. Meine Hand zitterte, als ich ihn aufhob. Er war klein, aber schwer. Ich nahm mein Essen und den Umschlag mit nach oben ins Loft. Dort konzentrierte ich mich zuerst auf mein Essen und legte den Umschlag auf der Kommode ab. Ich setzte mich aufs Bett, schlürfte Orangenlimonade und ertränkte meine Pommes in Ketchup. Das Gyros war genau das Richtige, und mein Magen beruhigte sich endlich.

Nachdem ich ein paar Augenblicke auf meinem Handy gescrollt hatte, seufzte ich, ging zur Kommode und nahm den Umschlag in die Hand. Darin fand ich eine goldene Medaille mit einem fünfzackigen Stern und dem Profil einer Frau in der Mitte, die von den Worten „The United States of America" umrahmt wurde. Es sah aus wie eine Art militärische Auszeichnung. Die Ehrenmedaille vielleicht? Ich wusste es wirklich nicht.

Dieser Gegenstand gefiel mir nicht. Überhaupt nicht.

Würde ich nach einem ehrenhaften, toten Mann suchen, der in Frieden ruhen sollte?

Ich erschauderte beim Gedanken an den Leichnam, der über dem Miniaturmodell auf Ulfens Party gehangen hatte. Wenn Blake wirklich tot war, fürchtete ich die Leere, die ich während der Trance erleben würde. Ich wusste nicht warum, aber es machte mir eine Heidenangst. Vielleicht, weil ich hoffte, dass es im Jenseits mehr geben würde als pures Nichts. Ich mochte den Gedanken nicht, dass nach dem Tod alles vorbei war. Ich zog es vor, mir vorzustellen, dass wir zu etwas anderem, etwas Besserem übergingen. Das gab mir Hoffnung.

Aber das war nicht das Einzige, vor dem ich mich fürchtete.

Ich hatte auch Angst davor, herauszufinden, dass Blake noch am Leben war. Wenn er da draußen war, bedeutete das, dass die Lage noch komplizierter war, als wir sie uns vorgestellt hatten. Es bedeutete, dass er ein schlechter Mensch war, und Stephen würde erfahren müssen, dass jemand, dem er vertraute, ihn verraten hatte.

Wie auch immer, ich musste es tun.

Die schmerzliche Wahrheit zu erfahren, war immer besser, als eine harmlose Lüge zu glauben.

Ich hielt die Medaille fest in der Hand, legte mich aufs Bett und versetzte mich unverzüglich in Trance. Die Dunkelheit empfing mich. Ich zögerte nur einen Augenblick, bevor ich meinen Gehörsinn einschaltete. Als mich eine laute Kakophonie von Geräuschen überflutete, stellte ich mit Entsetzen fest, dass ich auf die Leere gehofft hatte.

Stattdessen war Blake tatsächlich am Leben.

Ich ging alle Geräusche durch und blendete eines nach dem anderen aus, dann konzentrierte ich mich auf ein nasses und dumpfes Klopfen. Es war rhythmisch und wurde von Schmerzensschreien begleitet. Zuerst erkannte ich nicht, was es war, doch als mein Herz zu rasen begann, wurde mir klar, dass mein Instinkt genau wusste, was das Geräusch bedeutete.

Schnell setzte ich meinen Geruchssinn frei. Den ersten Geruch, der mich traf, erkannte ich sofort. Er war kupfrig und würzig und überlagerte alle anderen Gerüche deutlich.

Es war Blut, und zwar eine Menge davon.

Ich erschauderte, als mir klar wurde, dass ich meine Sicht einsetzen musste, um einen Ort zu bestimmen. Was ich bisher herausgefunden hatte, war nicht genug.

Von Panik überwältigt, kämpfte ich darum, meinen letzten Sinn loszulassen. Es dauerte ein paar Sekunden länger, als es sollte, und am Ende schaltete ich mein Sehvermögen nur ein, weil ich fürchtete, meine Erholungsphase auf der anderen Seite der Trance zu verlängern. Was ich sah, als ich endlich meine Augen öffnete, ließ mein Blut zu Eis gefrieren.

Blake stand vor einem Mann, der an einen Stuhl gefesselt war. Er sah anders aus als in meiner Erinnerung, breiter und mit weniger Haaren. Sein Gesicht war kantig, wild und wütend. Er trug ein blutbespritztes, weißes Hemd, das bis zu den Ellbogen hochgekrempelt war.

Sein Gegenüber war nicht zu erkennen, sein Gesicht war ein einziges Blutbad und voller Prellungen. Sein Kopf baumelte schlaff zur Seite.

Blakes Faust glänzte rot, als er sie zurückzog und seinem Gefangenen einen bösartigen rechten Haken ins Gesicht schlug. Hals und Kopf des Mannes schnappten mit einem Knacken zurück, und ein Strom von

Blut schoss aus seinem Mund und spritzte auf den Betonboden. Er stöhnte und murmelte etwas Unverständliches. Blake lächelte, zufrieden mit seiner Arbeit. Er knackte mit den Fingerknöcheln und schlug erneut zu, diesmal in den Bauch.

Dunkles Blut tropfte aus dem Mund des Mannes, als er sich nach vorne beugte. Blake trat fluchend zur Seite und die Tropfen verfehlten ihn nur knapp.

Der grausame Anblick ließ mich erschaudern. Blake folterte den Mann und hatte Spaß daran. Aber zu welchem Zweck? Der Mann war nicht mehr in der Lage, Blake irgendetwas mitzuteilen, was mich vermuten ließ, dass es sich nicht um ein Verhör handelte, sondern um reine Boshaftigkeit.

Als Blake freudig seine Faust wieder zurückzog, versetzte er dem Mann einen Schlag von unten nach oben, der ihn an der Nase traf und seinen ganzen Körper nach hinten schleuderte. Der Schlag war so kraftvoll, dass der Stuhl kippte und fiel und den Mann zu Boden riss.

Ich sah alarmiert zu und war mir der tickenden Sekunden bewusst, die sich anhäuften und einen hohen Preis für meine Erholung von der Trance versprachen.

Blake griff nach den vorderen Beinen des Stuhls, bereit, ihn aufzurichten und seine wilden Angriffe fortzusetzen. Aber gerade als er ihn hochziehen wollte, begann der Mann zu zucken, sein Körper ruckte, sein Kopf und seine Zunge fielen zur Seite, und seine Augen rollten nach hinten.

Mein Magen drehte sich vor Abscheu und Verzweiflung um. Ich hatte noch nie eine solche Brutalität gesehen, noch nie hatte ich gesehen, welchen Schaden ein Mensch einem anderen zufügen konnte, noch nie hatte ich mir vorstellen können, welche Freude ein herzloses Individuum an einem grausamen Tod haben könnte.

Abrupt brach ich die Trance ab, taumelte zurück und verschloss meine Sinne vor dem abscheulichen Anblick. Ich kam zu mir, keuchte und schluchzte wie ein Kind. Taub und blind rollte ich mich auf meinem Bett zusammen, die Augen fest zusammengekniffen, die Hände auf die Ohren gepresst, während das nasse Hämmern von Blakes Schlägen in meinem Kopf widerhallte.

Ich versuchte, meine Schluchzer zu unterdrücken, presste mein Gesicht an das Kissen, schaukelte hin und her und versuchte, die schrecklichen Bilder aus meinem Kopf zu vertreiben und an andere Dinge zu denken: mein Auto, das Haus, in dem ich aufgewachsen war, den blauen Himmel, Jakes Gesicht.

Meine Atmung verlangsamte sich und ich beruhigte mich nach und nach. Endlich hörte ich auf zu weinen und drehte mich auf die Seite, wo ich einfacher atmen konnte. Ohne Rosalina, die mich informierte, hatte ich keine Ahnung, wie lange es dauern würde, bis ich meine Sinne wiederbekommen würde. Ich konnte nur daliegen und versuchen zu schlafen, mit dem einzigen Ziel, mein Elend zu verkürzen.

Ich kämpfte verzweifelt darum, einzuschlafen, aber es war unmöglich. Mein Verstand arbeitete mit einer Geschwindigkeit von tausend Meilen pro Stunde, Bilder und Gedanken flogen nacheinander vorbei. Fragen, die einander verdrängten und noch mehr auslösten.

Irgendetwas berührte meine Hand.

Panik ergriff mich und Adrenalin überflutete meine Synapsen. Ich sprang fast aus dem Bett, um schreiend um mich zu schlagen, aber irgendetwas an seiner sanften Berührung ließ mich erkennen, wer es war.

Jake.

Seine Finger streichelten meine Wange und strichen mir das Haar aus dem Gesicht. Ich stellte mir vor, wie er sprach und mich fragte, was los war. Ich rollte mich herum und drehte ihm den Rücken zu, dann fing ich wieder an zu weinen. Das Bett senkte sich, dann fühlte ich, wie sich sein Körper an meinen schmiegte. Ich kannte ihn gut und er passte perfekt an meinen. Er zog mich an sich, fest und beschützerisch. Seine Hände streichelten meinen Arm, von meiner Schulter bis zu meinem Handgelenk und dann wieder zurück. Meine Atmung wurde gleichmäßiger und ich hörte auf zu weinen.

In seinen Armen schlief ich endlich ein.

KAPITEL 24

A ls ich aufwachte, zeigte der Wecker 2 Uhr nachts an. Ich hatte meine Sinne wieder. Ich seufzte erleichtert und drehte mich zu Jake um. Er lag schlafend auf dem Rücken und atmete friedlich.

Ich betrachtete sein attraktives Profil, wobei ich einen Schmerz in meiner Brust spürte, als ich dem Drang widerstand, ihn zu küssen. Seine Augenbrauen zuckten und er bewegte sich ein wenig, als ob er wüsste, dass ich dort lag und mich nach ihm sehnte.

Plötzlich öffneten sich seine Augen und richteten sich auf meine. Er rollte sich zur Seite und legte seine große Hand an meine Wange.

„Du hast mich zu Tode erschreckt", sagte er. „Geht es dir jetzt besser?" Ich nickte.

Eine Sorgenfalte bildete sich zwischen seinen Augenbrauen. „Du konntest mich nicht hören und sehen."

Ich senkte meinen Blick und fühlte mich gedemütigt. Ich hatte nicht gewollt, dass er von den Nebenwirkungen erfährt, und das war die denkbar schlechteste Art und Weise, wie er davon erfahren konnte. Könnte ein Tornado vorbeiziehen und mich mitnehmen? War das zu viel verlangt?

„Wie kommt das?", fragte er. „Ich glaube, ich weiß es, aber ich möchte, dass du es mir erklärst."

Ich rutschte zum Ende des Bettes und setzte mich auf. Es hatte keinen Sinn mehr, irgendetwas davon zu verbergen.

„Das sind die Nebenwirkungen von meinen Fährtensuchkräften", fing ich an. „Ich habe dir ja schon gesagt, dass ich meine Sinne benutzen kann, wenn ich in einer Trance bin. Also, ich kann meinen Geruchssinn, mein Gehör, mein Sehvermögen oder eine beliebige Kombination aus diesen drei Empfindungen einsetzen. Aber das hat seinen Preis. Für jede Minute, die ich betäubt bin, verliere ich alle Sinne, die ich aktiviert habe." Ich zuckte abwehrend mit den Schultern. „Keine große Sache."

Das Bett bewegte sich und Jake gesellte sich zu mir. Er starrte geradeaus auf den Boden.

„Warum hast du es mir nie gesagt?", fragte er.

„Ich dachte, du würdest verlangen, dass ich das Fährtensuchen aufgebe. Es ist jetzt sehr viel einfacher. Ich kann besser damit umgehen, aber damals war das nicht so. Ich habe länger gebraucht, um mich zu erholen und es hat mich emotional beeinträchtigt. Rosalina hat mir sehr geholfen. Sie hat einen beruhigenden Effekt auf mich und erleichtert es mir sehr."

„Das hast du gemeint, als du sagtest, dass du mich angelogen hast, als wir zusammen waren, oder?" Er drehte sich um und sah mich an.

Ich nickte. „Es tut mir leid. Das war unfair."

„Ich wünschte, du hättest mir vertraut."

Ich schnaubte. „So wie du es getan hast?"

„Touché." Er seufzte schwer. „Bist du sicher, dass es dir gut geht? Sind die Nebenwirkungen komplett weg? Sie können auf keinen Fall permanent werden?"

Ich erschauderte bei seinen Worten. Ich würde lügen, wenn ich behaupten würde, dass es mir nie Sorgen gemacht hätte. Meine Großmutter, die mich ausgebildet hatte, hatte mir versichert, dass es kein Risiko dafür gab, und so beschloss ich, ihr zu vertrauen. Unsere Fährtensuchkräfte funktionierten unterschiedlich – sie spürte nach dem Einsatz ihrer Fähigkeiten lediglich Müdigkeit, aber aufgrund ihrer Erfahrung und ihres Wissens über andere Fährtensucher glaubte sie, dass der Einsatz meiner Kräfte meine Sinne nicht dauerhaft beeinträchtigen würde.

„Ja, es geht mir gut", sagte ich und klang dank meiner Nonna sicher.

„Es tut mir leid, dass ich nicht für dich da war, als du mich gebraucht hast", sagte Jake, legte eine Hand auf meine Schulter und drehte mich langsam, bis ich ihn ansah.

Einen Moment später richtete sich sein Blick auf meinen Mund. Mein Körper reagierte mit einem Erschaudern. Unwillkürlich leckte ich mir über die Lippen, und das war alles, was nötig war.

„Scheiß drauf!" Er beugte sich vor und küsste mich, seine starken Hände legten sich an meine Taille und schoben mich nach oben, bis ich in der Mitte des Bettes lag.

Eine seiner Hände fuhr an meiner Seite hinauf, während ich meine beiden auf seine harte Brust legte und seinen Kuss erwiderte. Er löste sich aus unserem verzweifelten Kuss, und wir sahen uns in die Augen. Seine Pupillen waren vor Verlangen geweitet. Seine andere Hand schlich sich unter mein Tanktop und bewegte sich zaghaft, fast widerwillig, als ob er bereits Zweifel hätte.

Er befeuchtete seine Lippen und neigte seinen Kopf so langsam, dass es mich in meinem Innersten schmerzte. Ich schloss meine Augen und erwartete den warmen Druck seines Mundes auf meinem. Er neckte mich, strich mit seiner Unterlippe nur ganz leicht über meine. Ich bäumte mich auf und nahm seine Lippe zwischen meine Zähne.

Mit einem genüsslichen Seufzen drückte er sein Gewicht auf mich und schob sich zwischen meine Beine. Ein Kribbeln durchfuhr meinen Bauch, als seine Härte auf mir ruhte. Er schob eine Hand unter mein Bein und zog es hoch, um besser zwischen meine Schenkel zu passen. Eine Welle der Lust durchfuhr meinen Körper. Ich warf meinen Kopf zurück, bereit für so viel mehr.

Jakes Mund fand meinen Hals. Seine Zunge kam heraus, leckte meine Haut und ließ Elektrizität in jeden Winkel meines Wesens strömen. Mit einer einzigen Bewegung drückte er sich hoch und zog sein Hemd aus. Seine feinen, glatten Muskeln spannten sich an. Meine Beine zitterten vor Verlangen. Ich streckte eine Hand nach oben, um ihn zu streicheln, aber er schnappte sie sich, zog mich in eine sitzende Position und zog mir langsam mein Tank-Top aus, wobei er jede Sekunde genoss. Eine Gänsehaut jagte mir über den Körper.

Hungrige, silberne Augen musterten meine Brust. Mein Atem stockte, als mein Körper auf seinen Ausdruck von wildem Verlangen reagierte.

Er biss sich auf die Unterlippe, drückte eine Hand auf meine Schulter und warf mich wieder auf das Bett. Mein Kopf schlug auf das Kissen. Jake beugte sich über mich, seine Erektion drückte fest auf meine Mitte. Ein Stöhnen entkam mir, als er seine Hüften bewegte.

Ohne den Blickkontakt zu unterbrechen, ließ er seine Finger über meinen nackten Bauch bis zum Rand meines BHs wandern. Er schob einen Träger aus dem Weg und küsste mein Schlüsselbein. Ich schlang meine Hände um seinen Hals und grub meine Nägel in seine Haut.

Er zischte vor Schmerz und wich überrascht zurück.

Oh nein! Nicht meine Nägel. Meine Krallen!

Ich ballte meine Hände fest zu Fäusten, um die Beweise zu verstecken, und drückte gegen Jakes Brust. Er rollte sich von mir herunter, und ich sprang aus dem Bett, schnappte mir mein weggeworfenes Shirt und grub meine Krallen in meine Handflächen. Der Schmerz ernüchterte mich. Ich stürzte in das winzige Badezimmer und knallte die Tür zu. Verzweifelt hielt ich meine Hände unter kaltes Wasser und entblößte die halbmondförmigen Wunden, die ich mir zugefügt hatte. Ich pumpte Seife in meine Handflächen und zischte bei dem darauffolgenden Stechen, aber bei diesem Schmerz zogen sich die Krallen zurück.

Ein Strom von Blut floss das Waschbecken hinunter. Ich beobachtete ehrfürchtig, wie sich die Wunden schlossen und glatte Haut zurückblieb, ohne eine Spur von dem, was ich getan hatte.

Heilige Hexenlichter! Das war mir neu.

Ich spritzte mir kaltes Wasser in mein heißes Gesicht. Es fühlte sich nicht kalt genug an. Ich brauchte ein Eisbad, um die Hitze und das Verlangen zu beruhigen, die durch meinen Körper schossen. Ich wollte im Bad bleiben, doch ich schaffte es, den Mut aufzubringen, mein Tank-Top anzuziehen und wieder hinauszutreten.

Jake saß auf der Bettkante und hatte den Kopf in den Händen vergraben. Auch er hatte sein Hemd wieder angezogen, was mir einen Stich des Bedauerns ins Herz versetzte.

Gott, ich wollte ihn so sehr, aber ich hatte nicht die Antworten, die ich brauchte, um die Welt der Werwölfe zu verstehen,

„Es ... es tut mir leid", sagte ich. „Mir ist plötzlich aufgefallen, dass es vielleicht keine gute Idee ist, Sex zu haben – auch wenn mein gesamter Körper anderer Meinung ist."

Jake hob den Blick und richtete sich auf. Er fuhr mit der Hand in seinen Nacken, dann sah er seine Finger an, rieb den Daumen über den Zeigefinger und betrachtete das winzige Bisschen Blut. Er stand auf und kam zu mir herüber. Seine Augen glühten und sein Verlangen brodelte noch immer.

Mist, wenn er mich wieder küsste, würde ich nicht die Kraft haben, ihn aufzuhalten, und er würde die Wahrheit herausfinden.

„Ähm, wir sollten nicht ... du weißt schon ... es ist eine schlechte Idee." Ich fummelte am Saum meines Tops herum und verdrehte es wie einen alten Lappen.

Ein Teil von mir, ungefähr 99,99 %, wünschte, er würde mir widersprechen und sagen „Zum Teufel damit", doch er tat es nicht. Er betrachtete mich nur einen langen Moment, dann nickte er zustimmend.

„Ich möchte die Dinge zwischen uns nicht verkomplizieren, oder es dir ... oder mir schwerer machen. Es ist nur so ..." Er hielt inne und strich mir eine Haarsträhne hinter das Ohr. „Ich verliere den Verstand, wenn ich in deiner Nähe bin."

„Dito." Ich lächelte verlegen.

Er lächelte zurück. Seine Augen waren so sanft und voller Liebe. Mein Herz schmerzte und schnürte sich so fest zusammen, dass ich nach Luft rang.

Die Worte „Ich liebe dich" lagen mir auf den Lippen, doch ich hielt sie zurück. Jetzt gerade würden sie nichts von all dem vereinfachen, und vielleicht, sobald ich wusste, was zu tun war, würde ich froh sein, dass ich sie nicht ausgesprochen hatte. Wenn ich mich dafür entschied, nicht mit ihm zusammen sein zu wollen, wäre es das Beste, sie nicht zu sagen. Aber wenn ich mich stattdessen entschließen würde, seine Gefährtin zu sein, dann könnte ich es ihm sagen, ohne mir Sorgen darüber zu machen, was dann passieren könnte.

Er holte tief Luft, seine breite Brust blähte sich auf. „Ich denke, es ist besser, wenn ich gehe."

Ich nickte.

„Ich bin nebenan, wenn du mich brauchst." Er ging auf die Stufen zu, dann hielt er mit der Hand auf dem Geländer inne. Er schüttelte seinen Kopf und lachte spöttisch. „Das beweist nur, dass du mich beeinflusst und mich alles vergessen lässt, aber ... hast du Blake gefunden? Ist er am Leben?"

Ich lachte ebenso spöttisch, weil auch ich dieses schreckliche Erlebnis vollkommen vergessen hatte, und jetzt, wo er es ansprach, traf mich der Schrecken dessen, was ich mitangesehen hatte, aufs Neue. Ich konnte nur nicken, als ich meine Augen zukniff und versuchte, die Bilder des geschundenen Gesichts aus meinen Gedanken zu vertreiben.

„Verdammt, also hatte Ulfen recht." Jake vergaß, dass er gehen wollte, und kam zurück. „Weißt du, wo wir ihn finden können?"

Ich schüttelte den Kopf. „Nein. Ich konnte keinen Ort erkennen. Ähm ..." Ich durchsuchte meine Erinnerung nach etwas anderem als dem Blut und Blakes freudigem Gesichtsausdruck. „Er war in einer Art Lagerhaus, glaube ich. Er hat einen Mann zu Brei geschlagen. Ich glaube ... ich habe zugesehen, wie er ihn getötet hat."

„Oh, Toni. Es tut mir so leid. Das muss schrecklich gewesen sein."

„Das war es. Es hat ihm so viel Spaß gemacht, diesen Mann mit seinen nackten Fäusten zu schlagen."

„Hast du den Mann erkannt?"

„Nein. Sein Gesicht war zerstört."

Jake zuckte zusammen. „Ich hasse es, dass du das sehen musstest."

„Ich dachte immer, Blake sei ein guter Mann, aber das könnte kein guter Mann tun. Ich wünschte, ich hätte mehr sehen können, damit wir ihn finden könnten."

„Mach dich nicht deshalb fertig, okay? Du hast getan, was du konntest. Ruf einfach Tom an und erzähl ihm, was du herausgefunden hast. Er kann seinen Männern sagen, dass sie Ausschau halten sollen. Ich sehe auch, was ich herausfinden kann. Ich habe heute eine Liste von Leuten angelegt, die ich fragen kann, und von Orten, an denen Blake oft war. Vielleicht finde ich ihn."

Ich trat vor und nahm Jakes Hand. „Tu das nicht. Bitte such nicht nach ihm. Er ist ein Monster. Ich möchte nicht, dass du verletzt wirst."

Jake schenkte mir ein amüsiertes Lächeln, das zu sagen schien „Sei nicht albern, kleines Mädchen. Niemand kann mich verletzen". Oh ja, er dachte, er wäre ein großer, böser Wolf, und niemand könne ihm etwas anhaben oder ihn unvorbereitet erwischen, aber er hatte Blakes

Grausamkeit nicht gesehen, diesen schrecklichen Hunger, Schmerzen zu verursachen und seine Opfer leiden zu sehen.

„Mir wird nichts passieren. Mach dir keine Sorgen um mich."

Ich sah ihn mit zusammengekniffenen Augen an. „Ich habe dir gesagt, dass du dich nicht um *mich* sorgen sollst, aber du hörst nicht darauf, also wieso sollte ich das tun?"

„Das ist etwas anderes. Ich bin ein Werwolf, Toni. Ich kann jemandem den Kopf abreißen, wenn ich will. Du dagegen bist verletzlich."

Wenn er nur wüsste. Allerdings musste ich zuerst noch lernen, wie man die Verwandlung kontrolliert, dann konnte ich vielleicht auch jemandem den Kopf abreißen – nicht, dass ich das unbedingt tun wollte.

„Bist du sicher, dass du klarkommst? Ich könnte bleiben. Da." Er zeigte auf meinen Papasan-Sessel.

Ich hätte ihn gerne auf dem Stuhl oder besser noch auf mir sitzen lassen, aber wir hatten bereits beschlossen, dass das keine gute Idee war. Außerdem musste ich in ein paar Stunden zu Erics Haus fahren, um meine zweite Trainingseinheit zu absolvieren.

„Ich komme zurecht. Ich werde einfach laut schreien, wenn ich dich brauche."

„Ich schließe die Tür ab." Nickend ging er rückwärts und mit langsamen, zögerlichen Schritten stieg er die Treppe hinunter. Der Schutzzauber meiner Mutter hatte sich verselbstständigt und ließ ihn herein, also konnte ich ihn nicht mehr fernhalten.

Die Glocke ertönte, als er die Agentur verließ, und dann war es still. Ich ging zurück ins Bett und versuchte zu schlafen, aber bevor ich ein Auge zutun konnte, zeigte der Wecker 3:30 Uhr, und ich sprang aus dem Bett und fuhr zu meinem zweiten Treffen mit Eric Cross.

KAPITEL 25

E ric erwartete mich in demselben Zimmer im Untergeschoss seines
modernen Hauses. Wie gestern trug er verschwitzte Kleidung, die
mir sagte, dass er bereits irgendeine Art intensives Workout hinter sich
hatte. Er stand mit den Händen hinter dem Rücken da.

Ich stellte meine Sporttasche auf den Boden und begrüßte ihn.

Er ignorierte mein Guten Morgen und kam gleich zur Sache. „Hattest
du den Drang, dich zu verwandeln, seit ich dich das letzte Mal gesehen
habe?"

„Ja", gab ich zu und zuckte zurück.

„Was hat es ausgelöst? Wut? Angst?"

„Nein. Es war, ähm ... Lust."

Er hob eine Augenbraue. „Das geht auch."

Während er näher kam, streckte er seine Hände aus, in denen er eine
seltsame Apparatur hielt. Ich betrachtete sie stirnrunzelnd. Es sah aus
wie eine Art Metallreif mit Stacheln auf der Innenseite.

„Was zur Hölle ist das?", wollte ich wissen und trat einen Schritt
zurück.

„Etwas, das dir dabei helfen wird, dich daran zu erinnern, was passiert,
während du in deiner Wolfsform bist. Gib mir dein Handgelenk."

Jetzt war ich an der Reihe, meine Hände hinter meinen Rücken zu
ziehen. „Auf keinen Fall. Das sieht schmerzhaft aus."

„Genau das ist der Sinn dahinter." Seine blauen Augen funkelten amüsiert.

„Nein. Das mache ich nicht."

„Dann ist unsere Abmachung vorbei. Du musst tun, was ich sage."

Verdammt, das war wirklich eine der Bedingungen.

„Na schön, aber ich will Ihnen vorher einige Fragen stellen."

„Pff, du bestimmst hier nicht, kleine Wölfin."

„Ach nein? Dann sage ich Damien, dass Sie mich nicht richtig trainieren, denn es geht darum, mich zu einer echten Werwölfin auszubilden, und um das zu tun, muss ich ein paar Dinge verstehen. Ich habe Fragen und ich brauche jetzt Antworten."

Seine Brust grollte, seine Oberlippe zuckte und ein Reißzahn blitzte auf. Mein Herz raste, und ich kämpfte gegen den Instinkt an, mich ihm zu unterwerfen. Trotzig hob ich mein Kinn und blähte meine Brust auf.

Eric hielt einen langen Moment meinen Blick und ein blaues Funkeln blitzte in den Tiefen seiner Pupillen auf, während seine Brust ohne Unterbrechung wie der Motor eines Lastwagens grollte.

Schließlich hob er die Hände in die Luft. „Okay, gut. Stell deine blöden Fragen." Er ließ sich auf den Boden sinken, schlug die Beine übereinander und legte das Armband aus der Hölle auf den Teppichboden.

Ich blinzelte zu ihm hinunter, dann setzte ich mich unbeholfen hin, schlug ebenfalls die Beine übereinander und stützte meine Handgelenke auf die gebeugten Knie.

Er wartete mit einem Ausdruck von verärgerter Langeweile. „Na los, bringen wir es hinter uns."

„Ähm, na gut, meine Fragen beziehen sich größtenteils auf … Gefährten."

„Natürlich." Angewidert rollte er mit den Augen. Es schien nicht sein Lieblingsthema zu sein, doch ich würde nicht zulassen, dass er mich beschämte. Wenn er ein Miesepeter war, was das Thema betraf, dann war das nicht meine Schuld. Nicht jeder war ein verbitterter Soziopath.

Herrgott, Toni! Der Mann hat seine Familie verloren, hab etwas Mitgefühl.

„Was ist die Rolle der Gefährtin eines Alphas?", fragte ich.

Er runzelte die Stirn und legte neugierig den Kopf schief. „Du hast gerade herausgefunden, dass du eine Werwölfin bist, und du hast schon ein Auge auf einen Alpha geworfen?"

„Sie sollen *meine* Fragen beantworten, nicht umgekehrt."

„Du bist nervtötend, weißt du das?"

Ich zuckte mit den Schultern. „Es wurde mir schon das ein oder andere Mal gesagt, aber es ist mir wirklich egal, was andere von mir denken."

Er atmete durch den Mund aus, als wollte er sich beruhigen. *Ich* fand *ihn* auch nervtötend, also revanchierte ich mich gerne.

„Einen Moment mal." Er sah mich mit zusammengekniffenen Augen an. „Ich habe dich auf der Party mit Jake gesehen. Das ist der Alpha, den du meinst, oder?"

Ich biss die Zähne zusammen und weigerte mich, zu antworten.

„Gut", schnauzte er, als er merkte, dass ich nichts sagen würde. „Die Hauptaufgabe der Gefährtin eines Alphas ist es, ihm zu helfen, seine Abstammung fortzusetzen, indem sie für starke und gesunde Nachkommen sorgt. Wenn dieser Alpha ein Rudel anführt, ist es auch ihre Aufgabe, seine Herrschaft zu unterstützen und dafür zu sorgen, dass er sein Rudel immer an die erste Stelle setzt, über alles andere, einschließlich seiner eigenen Familie." Erics Kiefer krampfte sich bei den letzten Worten zusammen, und ich fragte mich, ob der Tod seiner Familie etwas damit zu tun hatte, dass er sich an diese Regel gehalten hatte.

„Ist das alles?"

„Wohl kaum. Die Gefährtin eines Alphas muss ihm immer ohne Widerrede gehorchen, und ich glaube nicht, dass du bei deiner Persönlichkeit dazu fähig wärst. Das Rudel von Walter Knight ist ziemlich altmodisch, und ihre Frauen sollen sich nach vielen veralteten Werten verhalten."

Walter Knight, Jakes Großvater, den ich erst vor ein paar Tagen kennengelernt hatte, war scheinbar der Anführer des Rudels. Erwartete er von Jake, dass er es übernahm?

„Es wird von Frauen erwartet, dass sie zu Hause bleiben, die Kinder aufziehen und dafür sorgen, dass ihre Gefährten und das Rudel alles haben, was sie brauchen."

„Das ist bescheuert", schnaubte ich.

„Es ist, wie es ist", sagte Eric. „Das Knight-Rudel hat einen gewissen Ruf. Es war eine Weile geschwächt, aber in den letzten Wochen gab es Gerüchte. Die Dinge ändern sich. Sie rekrutieren und werden mehr. Von Jake wird erwartet, dass er bald seinen Großvater ablöst." Er hielt inne und ein zufriedenes Lächeln breitete sich auf seinen Lippen aus, als er hinzufügte: „Sobald er eine Gefährtin wählt, natürlich. Sein Großvater hat die Nachricht verbreitet. Er sucht ein Bündnis, um sein Rudel zu stärken."

„Sie meinen, Walter benutzt Jake, um durch ein Bündnis mit einem anderen Rudel mehr Macht zu erlangen?"

Eric nickte.

Mein Herz wurde schwer. Ich hatte kein Rudel, das Walter benutzten konnte, um seine Mitgliederzahl zu erhöhen, also würde ihm die Tatsache, dass ich eine Werwölfin war, nichts bedeuten.

„Ich sehe, dass du es begriffen hast", sagte Eric kalt, ohne einen Hauch von Mitgefühl in seinem Ton. „Vielleicht solltest du dich glücklich schätzen. Das Leben im Rudel ist nicht so, wie man es sich vorstellt. Außerdem wäre es für jemanden wie dich nicht einfach. Du würdest die Art und Weise, wie sie leben, nicht verstehen. Du wurdest nicht so erzogen. Wenn du meine Meinung hören willst, wärst du als Einzelgängerin besser dran."

„Macht es Ihnen Spaß, so gemein zu sein?", platzte ich heraus und versuchte, die Tränen zurückzuhalten, die in meinen Augen brannten. Nur, dass ich es nicht konnte, und sie liefen mir ungehindert über das Gesicht. Ich wollte nicht vor diesem grausamen Mann weinen. Ich sprang auf die Füße, wischte mir wütend über das Gesicht und kniff fest die Augen zusammen.

Er stand mit mir auf. „Nicht weinen." Seine Aufforderung war knapp, als hätte ich kein Recht, vor ihm Tränen zu vergießen und ihm das Gefühl zu geben, das Arschloch zu sein, das er war.

Ich atmete scharf ein und hielt den Atem an, während ich gegen die Emotionen ankämpfte, die wie Tornados in meiner Brust wüteten. So viel war in so kurzer Zeit passiert. Ich hatte herausgefunden, dass ich eine Werwölfin war. Ich hatte einen Gefährten für Aaron aufgespürt, aber er war todkrank. Jake hatte mir gesagt, dass er mich liebte, aber wir konnten nicht zusammen sein, denn obwohl ich eine Werwölfin war, reichte ich ihm trotzdem nicht.

Ich biss mir auf die Unterlippe und versuchte, meine Gefühle im Zaum zu halten, doch sie rissen sich los und ergossen sich in einem Schwall von Tränen.

„Es ... es tut mir leid", sagte Eric. „Ich kann nicht gut mit Herzensangelegenheiten umgehen. Ich habe schon seit Jahren nicht mehr über solche Dinge nachgedacht. Ich wollte dir nicht wehtun. Bitte hör auf zu weinen." Seine Stimme wurde leiser, während er sprach, bis sie nur noch ein Flüstern war, das aufrichtig klang.

Ich blickte auf und blinzelte durch meine Tränen hindurch. Er starrte auf den Boden und sah verlegen und sogar reumütig aus. In seinem Blick sah ich keine Heuchelei.

Ich trocknete mein Gesicht und stellte fest, dass der Drang zu weinen plötzlich verschwunden war. „Es ist nicht Ihre Schuld. Sie haben mir nur die Wahrheit gesagt."

„Es ist die Wahrheit, die *ich* kenne. Ich kenne Jake Knight nicht gut. Wir wurden einander vorgestellt, aber das war's. Soweit ich weiß, liegen ihm nicht dieselben Dinge am Herzen wie seinem Großvater, also ignoriere mich einfach. Jedenfalls bist du nicht für solche Ratschläge hier. Du bist deswegen hier."

Er streckte mir das Metallarmband entgegen. Aus der Nähe konnte ich die feinen Spitzen der einzelnen Stacheln im Inneren sehen. Sie sahen sehr scharf aus, als sie unter den Scheinwerfern schimmerten. Ein Teil von mir wollte vor dieser schrecklichen Vorrichtung zurückschrecken, aber Red empfand ganz anders.

„Tun wir es", gab ich zurück.

Eric hob überrascht die Augenbrauen, dann nickte er und öffnete den Verschluss des Armbands. Ein kleines Scharnier hielt die beiden Hälften zusammen, als er den Armreif öffnete. Aus Angst, den Mut zu verlieren, streckte ich mein Handgelenk nach vorne und wandte mein Gesicht ab, so wie ich es immer tat, wenn man mir bei meinen jährlichen Untersuchungen Blut abnahm.

Aber er ließ mir keine Zeit, es mir anders zu überlegen, und legte mir das Armband schnell um das Handgelenk, sodass die vielen Nadeln meine Haut durchbohrten. Ich heulte vor Schmerz auf, als die Nadeln sich tief hineingruben. Der Geruch von Blut erfüllte die Luft.

Ich riss meinen Arm zurück und versuchte verzweifelt, den Verschluss zu öffnen. Blut machte meine Finger glitschig und versperrte mir die Sicht.

Eric schlug meine Hand weg. „Nein! Fühl den Schmerz."

„Das tue ich. Verdammt, das tue ich. Und jetzt nimm es ab."

Er schüttelte den Kopf und lächelte schief. „Nein."

Stattdessen packte er mein Handgelenk, schlang seine Hand um das Armband und drückte es fest zu, wodurch sich die Stacheln noch tiefer gruben. Ein schmerzhaftes Knurren stieg in meiner Kehle auf, und ich versuchte, meine Hand wegzuziehen, aber Eric hielt mich fest, und mein Widerstand machte den Schmerz nur noch schlimmer.

„Verwandle dich", befahl er.

Ich schüttelte meinen Kopf. „Ich kann nicht. Es tut zu sehr weh."

Der Schmerz hielt mich menschlich, er erdete mich. Ich konnte an nichts anderes denken als an die schreckliche Qual dieser Nadeln, die in meinem Fleisch steckten, und an die Ströme von Blut, die meine Finger hinunterliefen. Was, wenn ich verbluten würde? Die Nadeln hatten sich in meine Venen gebohrt und sie durchstochen.

„Bitte nehmen Sie es ab", flehte ich.

„Bekämpfe den Schmerz. Konzentriere dich auf die Verwandlung, auf die Kraft, die in deiner Brust schlummert. Kannst du sie spüren?"

Ich konnte nichts außer den Qualen an meinem Handgelenk spüren, und das Einzige, worauf ich mich konzentrieren konnte, war, das Armband abzunehmen.

„Lass mich gehen", knurrte ich durch zusammengebissene Zähne. „Nein!"

Eric hielt mich weiter am Handgelenk fest und zog mich zu sich, wodurch sich das Armband bewegte und die spitzen Stacheln durch mein Fleisch schnitten. Mehr Blut strömte heraus.

Ein weiterer Schmerzensschrei entrang sich meiner Kehle, doch als er seinen Höhepunkt erreichte, verwandelte er sich in ein Brüllen. Eric ließ mich schließlich los und zwang mich, indem er mich an den Schultern packte, mich mit dem Gesicht zur verspiegelten Wand zu drehen.

„Sieh dich an", sagte er und drückte mich fester an sich.

Ich tat es, und mein ganzer Körper zitterte vor Entsetzen. Was ich im Spiegel sah, war nicht ich.

KAPITEL 26

W as ich im Spiegel sah, war nicht wiederzuerkennen. In den Augen der Kreatur leuchtete ein schwaches gelbes Licht. Lange Reißzähne wuchsen anstelle der vier Eckzähne, füllten meinen Mund und machten es unmöglich, ihn zu schließen. Die Wangenknochen waren länger geworden und dunkelbraunes Fell hatte sich über dem Hals ausgebreitet.

Ich schüttelte ungläubig den Kopf. Das war nicht ich. Nein. Ich sank auf die Knie, kämpfte gegen die Verwandlung an und suchte nach dem Ursprung meines Schmerzes. Ich hatte ihn losgelassen und konnte ihn nicht mehr finden. Genau wie Eric legte ich eine Hand auf den Armreif, schloss die Augen und drückte ihn fest zusammen. Ich wartete darauf, dass der Schmerz mich durchzuckte, doch es geschah nichts.

Meine Augen öffneten sich ruckartig und starrten auf den Armreif. Jetzt umschloss es nicht mehr mein Handgelenk, sondern eine große Pfote mit rasiermesserscharfen Krallen an der Spitze. Während ich zusah, verwandelte sich meine andere Hand, die Finger verkürzten sich, krümmten sich zusammen und bildeten ein dichtes Fell. Ich sah erstaunt zu und dachte, dass die Verwandlung eigentlich wehtun müsste, doch das tat sie nicht. Stattdessen fühlte es sich gut an. Wobei „gut" nicht das richtige Wort war. Ich suchte nach einem anderen und merkte dann, dass es keine Beschreibung für das gab, was ich fühlte.

Die Fülle der Empfindungen umfasste zu viele Faktoren. Es fühlte sich natürlich, notwendig, richtig, befreiend und verdammt aufregend an.

Als ich mich der Gerechtigkeit des Ganzen hingab, vergaß ich den Schmerz und sah zu, wie sich mein Körper in einer einzigen, sanften, zielsicheren Welle veränderte.

Meine Ohren wurden länger. Sie standen stolz nach oben und zuckten, als sich eine Schicht aus weichem Fell über sie legte. Meine Kleidung zerriss und fiel von mir ab, als meine Muskeln dicker wurden. Ich hätte Entsetzen empfinden sollen, als meine Kniegelenke die Richtung änderten und meine Beine einige Zentimeter kürzer wurden, aber ich empfand nur Freude und Bewunderung für ihre perfekte Form und ihre starken Muskeln. Nicht einmal der pelzige Schwanz, der an der Spitze meiner Wirbelsäule entsprang, beunruhigte mich. Sobald er draußen war, schien alles um mich herum perfekt ausbalanciert zu sein, sodass ich mich fragte, ob die Welt zuvor im Ungleichgewicht gewesen war.

Als die Verwandlung abgeschlossen war, legte ich den Kopf schief und betrachtete den schönen Wolf, der mir aus dem Spiegel entgegenstarrte. Ich trat näher heran. Meine Nase zuckte und mein Blick musterte die seltsame Kreatur.

Ein Wimmern ertönte aus meiner Kehle, und ich trat einen Schritt zurück und senkte leicht knurrend den Kopf.

Eric kam näher und lenkte meine Aufmerksamkeit auf sich. „Du bist wunderschön, findest du nicht?"

Unsicher sah ich wieder in den Spiegel.

„Hab keine Angst. Du bist es nur. Fühlt es sich nicht richtig an?"

Das tat es. Es fühlte sich ... unglaublich an – so, wie ein Fisch sich fühlen musste, der wieder ins Wasser geworfen wird, nachdem er gefangen wurde.

„Lass mich das abnehmen." Eric kniete sich neben mir hin und beugte sich langsam nach unten, um das Armband abzunehmen, das immer noch um meine Pfote hing. Als er es öffnete und abnahm, schickten die Stacheln, die herausgezogen wurden, einen stechenden Schmerz durch mein Bein.

Mit einem Jaulen sprang ich zurück und fletschte die Zähne nach Eric, der sofort zurückwich und etwas Abstand zwischen uns brachte. Ich humpelte von ihm weg und hielt meine verletzte Pfote hoch.

Ohne nachzudenken, begann ich das Blut abzulecken, wobei meine lange Zunge über die vielen kleinen Wunden fuhr. Ein metallischer Geschmack erfüllte meinen Mund. Ein kleiner Teil von mir zuckte angewidert zusammen, aber die leckende Bewegung war unglaublich beruhigend. Als ich mit dem Ablecken fertig war, stellte ich fest, dass die Wunden verschwunden waren. Ich setzte meine Pfote ab und stellte fest, dass sie nicht mehr schmerzte und dass ich laufen konnte, ohne zu hinken.

Ich spähte zu Eric hinauf, der mich interessiert beobachtete.

„Bist du bereit, zu rennen?", fragte er einen Moment später.

Fließend verwandelte er sich, seine Hände sanken auf den Boden und verwandelten sich in Pfoten, bevor er aufsetzte. Der Rest seines Körpers wogte bei der Verwandlung. Es geschah in einem Augenblick, wie bei einem anmutigen Vogel, der sich in die Lüfte erhebt – nicht wie bei meiner unbeholfenen Verwandlung, die in Etappen abgelaufen zu sein schien.

Beinahe in derselben Bewegung rannte der hellbraune Wolf aus dem Zimmer. Er war nur ein wenig größer als ich, aber die Kraft, die von ihm ausging, ließ mich viel kleiner erscheinen. Ich versuchte, Eric zu folgen, aber meine Schritte waren unbeholfen wie die eines jungen Rehs.

Was zum Teufel?

Auf wackligen Beinen blieb ich stehen, und fühlte mich, als würde ich über meine eigenen Füße stolpern, wenn ich versuchen würde zu rennen.

Auf der Suche nach Eric blinzelte ich den Flur hinunter, doch er war weg. Ich machte noch ein paar Schritte, doch ich stolperte und schlug gegen die Wand. Eric kam um die Ecke und sah mich durch den gesamten Korridor an.

Er ruckte mit dem Kopf, als wollte er mir sagen, dass ich mich beeilen sollte. Druck baute sich in meinen Schläfen auf, wie ein Kopfschmerz, der sich durchsetzen wollte. Ich schüttelte den Kopf, wobei meine Ohren schlackerten. Ein weiterer Stoß kam, dann formten sich Worte in meinem Kopf.

„Denk nicht zu viel darüber nach. Lass die Wölfin übernehmen."

Was? Mein Blick richtete sich auf Eric.

„Komm schon", sagte die Stimme, „gestern hattest du keine Probleme beim Rennen. Lass deine Wölfin die Führung übernehmen."

Eric sprach in meinem Kopf! Meine Nackenhaare sträubten sich. Buchstäblich. Denn jetzt hatte ich sie, und der Gedanke daran war seltsam.

„Wie?!", wollte ich wissen. „Wie machst du das?"

„Ich bin ein Alpha. Nur Alphas können Gedanken in die Köpfe anderer Werwölfe schicken. Wir können auch die Gedanken von allen anderen hören", erklärte er. „Jetzt renn." Er verschwand wieder und stieß ein ermutigendes Bellen aus.

Wow, das war verrückt. Alphas hatten telepathische Fähigkeiten und Jake hatte es mir nie gesagt. *Was für ein Arsch!*

Ich verdrängte diesen Gedanken, starrte auf meine Pfoten und bewegte sie eine nach der anderen. Meine Hinterbeine reagierten unisono. *Denk nicht darüber nach, Toni. Tu es einfach. Mach einfach!*

Ich atmete tief ein und schaltete meinen Verstand aus. Sobald meine menschlichen Instinkte ausgeschaltet waren, übernahm Red ohne zu zögern die Kontrolle und ich begann zu rennen.

Als ich am Ende des Flurs um die Ecke bog, suchte ich den offenen Bereich nach Eric ab. Im hinteren Teil des Raumes stand er neben einem offenen Fenster, und sobald er mich sah, sprang er hindurch und verschwand. Ich rannte ihm hinterher und sprang ab, als ich noch einen Meter von der Öffnung entfernt war, und segelte problemlos durch die Luft und aus dem Fenster. Auf der anderen Seite schlug ich auf dem Boden auf, und meine Pfoten begrüßten das weiche Gefühl der Erde. Eine Wand aus dicken Bäumen empfing mich.

Meine Nase zuckte, als ich meine Schnauze in die Luft hob und Erics Geruch aufnahm. Ich folgte ihm einen mit Bäumen bewachsenen, steilen Hügel hinauf. Ich sprang über umgefallene Baumstümpfe und Felsen, wobei ich meine scharfen Augen auf Eris schnelle Gestalt gerichtet hielt.

Hol ihn ein! Hol ihn ein!

Der Instinkt, ihn zu jagen, war stark. Meine Beine pumpten unter mir und wirbelten Dreck und Blätter auf. Baumstämme verschwammen um mich herum, als ich an ihnen vorbeiraste. Vor mir blieb Eric stehen und blickte zurück, als würde er mich verhöhnen. Mein Instinkt verstärkte sich, und ich rannte noch schneller.

Er drehte sich um und rannte wieder los. Irgendwie spürte ich seine Überraschung, als der Abstand zwischen uns schrumpfte. Ich gab alles, was ich hatte. Ich würde nicht zulassen, dass Eric mich mit seiner Arroganz und seinem ungehobelten Verhalten bloßstellte. Er hatte keine Ahnung, mit wem er sich anlegte.

Ich war Antonietta Luna Sunder. Ich gab niemals auf.

Energie schoss durch meine Beine, und meine Entschlossenheit wuchs. Innerhalb einer Minute hatte ich den Abstand zwischen uns halbiert. Ich knurrte und ließ ihn wissen, dass ich nah dran war. Er änderte blitzschnell die Richtung, und ich drehte mich abrupt um und verfehlte nur knapp einen Baum, als ich den Kurs änderte.

Meine Atemzüge waren schwer und gleichmäßig. Meine Krallen rissen den Boden auf, während sich meine kräftigen Gliedmaßen bis zum Äußersten anspannten. Dann war ich an ihm dran. Sein Schwanz war nur wenige Zentimeter von meiner Schnauze entfernt. Ich fletschte die Zähne, aber verfehlte ihn knapp.

Eric blieb stehen und wirbelte mit gefletschten Reißzähnen zu mir herum, während er vor wilder Wut knurrte. Ich knurrte zurück und umkreiste ihn, fletschte die Zähne und krallte mich mit den Pfoten in den Boden.

„Bei Fuß", ertönte Erics Stimme in meinem Kopf und versuchte, meine Wut zu durchbrechen.

„Nein!", schoss ich zurück und biss die Zähne zusammen, als ich mich auf ihn stürzte, in der Absicht, ihm ein Stück aus seinem selbstgefälligen Gesicht zu reißen.

„BEI FUß!" Dieses Mal grollte seine Stimme in meinem Kopf, während sein Knurren mich bis ins Mark erschütterte.

Ich kämpfte gegen meine wilden Instinkte an, senkte meinen Kopf und zähneknirschend beugte ich mich dem Befehl. Es widersprach jeder Faser meines Wesens. Es war ätzend, ein Omega zu sein.

Zum Glück setzte sich die kleine Stimme der Vernunft in meinem Kopf durch.

Er kann dich in Stücke reißen, Red. Im Vergleich zu ihm bist du nur ein Welpe.

Die wilde Wut, die in mir getobt hatte, verflog langsam. Meine Atmung verlangsamte sich und einen Moment später merkte ich, dass ich keinen Grund hatte, gegen den anderen Wolf zu kämpfen. Es war dumm gewesen, zu denken, dass ich ihn jagte, obwohl er keine Beute war.

Ich hob meinen Kopf und schnupperte.

Eric entspannte sich und wandte sich ab. Er ging zu einem großen Felsbrocken hinüber und setzte sich daneben. Ich gesellte mich zu ihm und ließ mich an seiner Seite nieder. Wir befanden uns am oberen Ende eines sanften Hangs, der in einen kleinen, plätschernden Bach mündete. Der Viertelmond stand hoch am Himmel, und eine kühle Brise rauschte durch die Äste über uns.

Der hellbraune Wolf heule mit schwermütiger und fesselnder Stimme, wobei er seinen Kopf nach oben reckte. Bevor ich wusste, was ich tat, heulte ich ebenfalls, und fühlte mich, als würde ich jahrelang unterdrückte Frustration und unerfüllte Träume loslassen – Träume, von denen meine Wölfin nie gedacht hatte, dass sie wahr werden würden.

Aber jetzt ...

Hier war sie, endlich frei, und niemand würde ihr je wieder eine Leine umlegen.

Wieder bei Eric angekommen, verwandelte er sich in einem Schritt zum nächsten und seine Kleidung erschien dabei an seinem Körper.

Was? Wie?!

„Verwandle dich zurück", befahl er mit dem Rücken zu mir.

Ich hatte nur eine Sekunde, um mich zu fragen, wie ich meine menschliche Form zurückerlangen konnte; dann wurde mein Körper länger, meine Krallen und Reißzähne zogen sich ein und mein Fell verschwand. Ich schnappte mir meine Wechselkleidung aus meiner Sporttasche und zog sie eilig an.

„Du musst mir unbedingt beibringen, wie ich meine Kleider anbehalte", sagte ich, als ich meine Arme in mein T-Shirt steckte.

Er schnaubte. „Da gibt es nichts beizubringen. Falls du es noch nicht bemerkt haben solltest, ich trage einen Wandlerring."

Ich schlüpfte in meine Hose. „Wandlerring?"

Eric drehte sich zu mir um und hielt seine rechte Hand hoch. „Eine Hexe hat ihn für mich hergestellt. Sein einziger magischer Zweck besteht darin, meine Kleidung zu verschonen, wenn ich mich verwandle."

„Genial! Wo bekomme ich einen?"

„Ich bezweifle, dass du es dir leisten kannst. Die Ringe sind nicht billig."

„Wie viel?"

„Fünfhunderttausend Dollar."

Ich verschluckte mich. „Du hast recht. So viel Geld habe ich nicht. Dann bleibe ich wohl nackt."

Eric trat einen Schritt an mich heran und in seinen blauen Augen schimmerte eine Frage. „Also, erinnerst du dich an dich? An deine Wölfin?"

„Ich ..." Ich brach ab, als mich die Welle von Erinnerungen, die mich auf einmal überkam, am Antworten hinderte.

Ich sah mich selbst in diesem Raum, gestern, wie ich mich verwandelte und wild wurde. Ich hatte Eric angegriffen, doch er war aus dem Zimmer gerannt und hatte mich dazu gezwungen, ihn bis zum Wald zu verfolgen. Dort hatte ich es geschafft, ihn einmal zu kratzen, doch er war die meiste Zeit vor mir gewesen und hatte mir Befehle zugebrüllt, die ich nicht befolgte. Stattdessen war ich bis zur Ermüdung gerannt und war vor Erschöpfung ohnmächtig geworden. Interessant!

Danach blitzten verschiedene Bilder von den Gesichtern von Damien und meiner Mutter vor meinen Augen auf. Damien sah aus wie immer, doch Mom wurde mit jedem Mal älter. Es dauerte einen Moment, bis ich begriff, dass ich all die Male sah, die der Kupfermagier mich mit seinem Zauber belegt hatte.

Als Nächstes war ich in der Werkstatt, in der Nacht, in der Jake und ich Stephen gerettet hatten. Ich erinnerte mich daran, wie ich mich verwandelt und gegen einen riesigen Wandler in Form eines Gorillas gekämpft hatte. Dann hatte ich Jake geholfen. Er war verletzt. Zwei Vampire waren auf ihm und ...

Oh Gott!

Ich trat mehrere Schritte zurück und meine Hand legte sich über meinen Mund, als mich Entsetzen überkam.

„Das nehme ich als Ja." Eric trat näher. „Geht es dir gut?"

„Ich habe jemanden getötet", sagte ich mit zitternder Stimme. „Das erste Mal, als ich mich verwandelt habe, habe ich jemanden umgebracht."

Er blickte finster drein, doch er sah nicht besorgt aus. „Hatte derjenige es verdient?"

„Was?!"

„Hatte derjenige es verdient, zu sterben?", wiederholte er.

„Das tut nichts zur Sache. Ich ... ich bin eine Mörderin."

Er zuckte die Schultern. „Dann tu uns allen einen Gefallen und stell dich."

Ich nahm einen zittrigen Atemzug, dann bewegte ich mich langsam rückwärts.

„Ähm, du solltest dich nicht wirklich stellen." Eric kratzte sich den Nacken. „Das war ein Scherz."

Ich ignorierte ihn und ging weiter, wobei sich ein schreckliches Gefühl des Grauens in meiner Brust aufbaute. Ich hatte jemanden umgebracht. Wie konnte ich mit mir selbst leben, wenn ich wusste, dass ich jemandes Leben beendet hatte? Ich schnappte mir meine Sporttasche und ging verloren aus dem Raum.

Eric kam mit mir. „Wer war es?"

Für einen langen Moment antwortete ich nicht und ging weiter den Flur hinunter, doch plötzlich überkam mich der überwältigende Drang, es jemandem sagen zu müssen, die schrecklichen Schuldgefühle abladen zu müssen, die plötzlich auf meinen Schultern lasteten.

„Es war ein Vampir. Ich ..." Ich hielt inne und wollte die Details auslassen, doch dann sprach ich weiter. „Ich habe ihm mit den Zähnen den Kopf abgerissen."

„Du hast was?!"

Galle stieg in meiner Kehle auf, als ich mich an den bitteren Geschmack des Bluts der Kreatur in meinem Mund erinnerte.

„Zwei Vampire haben Jake in eine Ecke gedrängt", sagte ich. „Sie hätten ihn umgebracht. Das konnte ich nicht zulassen. Ich musste ihm helfen. Er war bereits verletzt und—"

„Es klingt, als hättest du keine andere Wahl gehabt", unterbrach er mich. „Aber du musst dich mir gegenüber nicht rechtfertigen. Wenn du einen Vampir getötet hast, kann ich nur *gut gemacht* sagen."

Ich wirbelte zu ihm herum, als Wut wie eine chemische Reaktion in mir hochstieg. „Wie kannst du so herzlos sein? Nur weil du ganze Rudel auslöschen kannst, bedeutet das nicht, dass andere keine Skrupel haben." Zu spät wurde mir klar, was ich da sagte, und ich schloss schnell meinen Mund.

Erics Augen verengten sich und seine Oberlippe zuckte. Seine blauen Augen wurden eisiger als ich sie je zuvor gesehen hatte. Eine Sekunde lang versuchte er, sich zusammenzureißen; seine Hände ballten sich zu Fäusten und begannen zu beben. Doch dann verlor er die Beherrschung und blitzschnell war er bei mir und schlang seine Hände um meinen Hals, während er mich gegen die Wand drückte.

Er sprach durch zusammengebissene Zähne. „Wage es dich nicht, über Dinge zu sprechen, die du nicht verstehst."

„Es tut mir leid", sagte ich mit heiserer Stimme.

Verdammt! War ich eigentlich lebensmüde? Ja, tolle Idee, Toni, verärgere den rachsüchtigen Wolf. Sehr clever.

Er lockerte seinen Griff ein winziges Bisschen – gerade genug, damit ich zu Atem kommen konnte.

„Das hätte ich nicht sagen dürfen", brachte ich hervor.

Angewidert ließ er mich los und stürmte davon.

„Warte", rief ich panisch. „Darf ich wiederkommen?"

Er brummte und ging weiter, also nahm ich das als Ja, da er nicht mit einem wütenden Brüllen geantwortet hatte. Jetzt, wo ich wusste, wozu er fähig war, wurde es noch viel wichtiger, zu lernen, mich zu kontrollieren.

Dann fiel mir ein, dass ich ihm weitere Fragen über Rhabo stellen sollte, doch ich hatte es total vergessen und jetzt war er wütend auf mich. *Gut gemacht, Toni.*

KAPITEL 27

Gewissensbisse nagten an mir, weil ich Rosalina wegen Blake angelogen hatte, als ich den Schlüssel in die Tür zu ihrer Wohnung steckte und eintrat. Mein Herz machte einen Satz, als sie in meine Richtung stürmte und ihre Arme um mich schlang.

„Dank den Hexenlichtern, dir geht es gut!" Doch sie hielt mich nur eine Sekunde lang fest, und im gleichen Atemzug wich sie zurück und wollte wissen: „Wo zur Hölle bist du gewesen?!"

„Ähm, bei Eric."

Sie runzelte die Stirn. „Davor. Den Rest der Nacht, meine ich."

Ich zuckte zusammen. Zu lügen lohnte sich nie. Früher oder später wurde man erwischt.

„Ich war im Büro, ähm ..."

„Wage es dich nicht, dir jetzt eine Lüge einfallen zu lassen." Sie richtete einen Finger direkt auf meine Nasenspitze. „Ist schon gut, ich weiß, was du getan hast." Sie wirbelte herum und ging in die Küche.

Ich rieb mir das Gesicht und fühlte mich schrecklich. Ich lief ihr nach und stellte mich neben den Küchentisch, von wo aus ich beobachtete, wie sie die Kaffeemaschine einschaltete.

„Ich wollte nicht, dass du dir Sorgen machst", sagte ich.

Sie schnaubte und ihr Gesichtsausdruck sagte mir, dass sie sich trotzdem gesorgt hatte.

„Ich musste es tun. Ich musste es herausfinden." Ich wartete darauf, dass ihre Neugierde die Oberhand gewann und sie mich fragen würde, ob ich Blake gefunden hatte, ob er noch lebte, doch sie ging zum Kühlschrank hinüber und warf mir nur einen kurzen Blick zu, während sie einen Karton mit Eiern und einen Becher mit griechischem Joghurt herausnahm.

„Ulfen hat die Wahrheit gesagt", platzte ich heraus und hoffte, der Schock würde ihre Wut vertreiben.

Doch es funktionierte nicht.

Sie war noch nie wütend auf mich gewesen. Nie. Ich wusste nicht, was ich tun sollte. Ich zog einen Stuhl heraus und setzte mich, dann vergrub ich mein Gesicht erschöpft in meinen Händen. Die letzten zwölf Stunden waren ein einziger Albtraum gewesen, und die einzige Person, der ich zu einhundert Prozent vertraute, war sauer auf mich.

„Ähm, Jake ist nach der Trance rübergekommen", sagte ich, um es anders zu versuchen. „Er hat mich im schlimmsten Moment erwischt und weiß jetzt von den Nebenwirkungen."

Ich sah erwartungsvoll in ihr Gesicht. Immer noch nichts.

Sie kam zum Tisch herüber und setzte sich gegenüber von mir hin. Die Kaffeemaschine blubberte und das einzigartige Aroma stieg in die Luft. Ich hob mein Gesicht und sah in Rosalinas grüne Augen, die voller Enttäuschung waren. Das versetzte mir einen Stich ins Herz. Ich konnte viel besser mit ihrer Wut umgehen, als ich es gerade versuchte.

Ich hatte sie noch nie angelogen und ich würde es nie wieder tun.

„Ich weiß, dass du enttäuscht bist, und das solltest du auch sein", sagte ich. „Ich habe es versaut. Es war dumm, die einzige Person anzulügen, die immer hinter mir steht, aber ich habe es nicht böswillig getan. Ich wollte nur dein Date nicht ruinieren."

Dazu sagte sie nichts. Stattdessen legte sie ihre Handfläche auf den Tisch und schob etwas in meine Richtung. Als sie ihre Hand hob, lag dort eine kleine Tüte mit einem glitzernden Pulver. In einer Ecke der Tüte war ein Bild von einem blutenden Herz aufgedruckt.

„Das ist Rhabo", sagte sie.

„Was? Wie? Ich bin verwirrt. Das Pulver ist Rhabo?", plapperte ich mit vor Überraschung aufgerissenen Augen.

„Ich habe es von Damien." Ihr Gesicht verzog sich, als noch mehr Enttäuschung darin erschien. „Wir sind nach unserem Date zu ihm gegangen. Die Dinge haben sich ... in eine gute Richtung entwickelt, also hat er mich eingeladen, bei ihm zu übernachten."

Wow! Rosalina ging viel aus, doch sie war sehr wählerisch damit, wen sie in ihr Bett ließ. Sie musste Damien wirklich mögen, wenn sie diesen Schritt gegangen war.

Sie seufzte tief. „Da waren hunderte, wenn nicht sogar tausende dieser Tüten auf einem Tisch in einem Raum, der aussah, wie das Labor eines verrückten Wissenschaftlers."

Mist!

„Als wir dort ankamen", sagte sie mit einem gezwungenen Lächeln, „bekam er einen Anruf und musste sich zurückziehen. Da habe ich beschlossen, mich umzusehen. Es war nicht schwer zu finden. Es lag ganz offen herum. Die Tür zu dem Zimmer war nicht einmal verschlossen. Zuerst wusste ich nicht, was es ist, also habe ich mir einfach eine Tüte genommen und sie in meine Tasche gesteckt. Ich hatte aber ein schlechtes Gefühl dabei, also bat ich ihn, mich nach Hause zu fahren, als er wiederkam, und sagte ihm, ich würde mich nicht wohlfühlen. Er sah enttäuscht aus, aber benahm sich wie ein Gentleman. Ich kam gegen eins hier an und musste feststellen, dass du weg warst. Ich habe versucht, dich anzurufen, aber es ging sofort die Mailbox dran."

„Mein erster Einfall war, dass du ins Büro gefahren und dort eingeschlafen bist. Aber da du gesagt hast, dass du nach dem Angriff nie wieder dort übernachten würdest, dachte ich, dass du vielleicht zu deiner Mom oder deiner Schwester gefahren bist, also bin ich ins Bett gegangen, aber ich konnte nicht schlafen. Um 3:45 Uhr habe ich wieder versucht, dich anzurufen, weil ich wusste, dass du auf dem Weg zu Eric sein würdest, aber es ging wieder nur die Mailbox ran."

Ich seufzte. „Ich habe mein Handy für die Trance ausgemacht und dann vergessen, es wieder anzuschalten. Tut mir leid."

Sie zuckte die Achseln. „Ist schon gut. Du bist ein großes Mädchen. Ich sollte mich nicht sorgen."

Ich schüttelte den Kopf. „Nein, das ist normal, besonders, weil ich bei dir wohne. Wenn es andersherum wäre, hätte ich mich auch gesorgt. Wir sollten aufeinander aufpassen. Ich werde ab jetzt daran denken. Es war rücksichtslos von mir."

Wir schwiegen einen Moment lang, dann richtete ich meine Aufmerksamkeit wieder auf das Tütchen. „Aber woher weißt du, dass es Rhabo ist, und nicht Glitzer für Damiens Bastelstunde?"

Rosalina lachte schnaubend. „Ich habe im Internet recherchiert. Anscheinend ist Rhabo ein Pulver und es wird zum Getränk, wenn man es mit Wasser mischt. Ich glaube, einige Vampire schnupfen es, aber das ist nicht die bevorzugte Variante. Wie auch immer, ich habe ein paar Bilder von ähnlichen Tütchen mit demselben Symbol gefunden."

Irgendetwas an dem Logo störte mich, aber ich wusste nicht, was.

„Wir sollten uns fürs Büro fertig machen." Rosalina ging wieder in die Küche und nahm eine Pfanne heraus, um die Eier zu braten.

„Gib mir das." Ich stand auf und nahm ihr die Pfanne ab. „Ich koche."

„Ich bin an der Reihe. Du hast die ganze Woche schon gekocht."

„Es ist das Mindeste, das ich tun kann. Ich sollte die ganze restliche Woche kochen."

Sie hob die Hände. „Hey, ich beschwere mich ganz sicher nicht." Sie schenkte mir ein warmes Lächeln und ich wusste, dass sie mir dafür vergeben hatte, so ein rücksichtsloser Arsch zu sein.

Die Erleichterung, die ich fühlte, war gewaltig.

„Also weiß Jake alles?", fragte sie.

Ich nickte.

„Zumindest ist *diese* Katze aus dem Sack. Jetzt musst du nur noch den Wolf rauslassen."

Musste ich das? Ich war mir immer noch nicht sicher.

„Who let the wolves out. Woof, woof, woof", sang sie und verschandelte das Lied damit komplett.

Ich lachte – alles fühlte sich wieder normal an.

Nach einem schnellen Frühstück machten wir uns auf den Weg zum Büro, mit Bechern mit extra starkem Kaffee in den Händen. Wir brauchten ihn beide. Sobald wir angekommen waren, rief ich auf Toms Wache an, um ihm mitzuteilen, was wir herausgefunden hatten.

„Freeman", meldete er sich.

„Hey, Tom. Hier ist Toni."

„Guten Morgen, Kindchen. Was ist los?"

Ich kam direkt zur Sache. „Blake lebt."

Am anderen Ende der Leitung war es einige Sekunden lang still. „Bist du sicher?"

„Hundert Prozent."

„Na, das ist mal eine Bestätigung."

Ich antwortete nicht, und das sagte viel mehr als tausend Worte.

„Wo ist er?"

„Ich weiß es nicht. Den Standort konnte ich nicht bestimmen. Tut mir leid. Ich könnte noch einmal versuchen, ihn aufzuspüren, aber nicht jetzt. Vielleicht in ein paar Tagen." Das Fährtensuchen erschöpfte mich und ich brauchte eine Pause, um meine Batterien wieder aufzuladen.

„Ich gebe eine Fahndungsausschreibung für jemandem mit seiner Beschreibung auf. Hoffentlich wird er gesehen."

„Da ist noch etwas."

„Schieß los."

„Es geht um Rhabo."

Tom machte ein kehliges Geräusch. „Was weißt *du* darüber?"

„Weißt du, wer Damien Ward ist?"

Rosalina sah mich über den Schreibtisch hinweg an, dann senkte sie reuevoll den Blick. Es war offensichtlich, dass sie den Magier wirklich mochte, und es brach ihr das Herz, das tun zu müssen.

„Ist das nicht dieser extravagante Kupfermagier?"

„Genau der."

„Was ist mit ihm?"

Bist du dir sicher?, formte ich mit den Lippen und sah Rosalina an. Sie nickte, auch wenn sie aussah, als wäre ihr schlecht.

„Rosalina ist ein paar Mal mit ihm ausgegangen", sagte ich. „Sie war gestern Abend bei ihm Zuhause und hat eine riesige Menge Rhabo gefunden. Es war in diesen kleinen Tütchen mit einem blutenden Herz darauf verpackt. Ich schicke dir ein Bild." Ich scrollte schnell durch meine Fotos und schickte das Bild an Toms E-Mail-Adresse. „Du solltest es in ein paar Sekunden haben."

„Ich rufe es schnell auf." Ich hörte Tastaturtippen und Mausklicken. „Ich habe es. Das ist genau das, was wir auf den Straßen gesehen haben. Und du sagst, dass er Magier einen Vorrat in seinem Haus hat?"

„Ja. Hunderte, wenn nicht sogar tausende Tütchen."

„Danke für den Tipp."

„Was wirst du jetzt tun?"

„Ich hole mir einen Durchsuchungsbefehl und sehe es mir an. Alle sind sich einig, dass ein Magier Rhabo hergestellt haben muss. Damien Ward passt perfekt auf das Profil."

„Müssten wir ... erwähnt werden, wenn er verhaftet wird?" Das Letzte, was Rosalina und ich brauchten, war ein Magier als Feind.

„Keine Sorge, ich notiere es als anonymen Hinweis."

Ich atmete erleichtert auf. „Danke, Tom."

„Keine Ursache. Pass auf dich auf."

„Du auch."

Ich legte das Handy ab. „Das wäre geschafft."

„Warum muss er ein Drogenboss sein?", sagte Rosalina, verschränkte die Arme und ließ sich tiefer in ihren Stuhl sinken.

„Es tut mir leid. Das ist wirklich mies. Ich weiß, dass du ihn magst."

„Na ja. Vielleicht nehme ich doch dein Angebot an und lasse dich einen Gefährten für mich suchen."

„Wirklich?!" Erfreut über diese Aussicht setzte ich mich gerader hin. Sie schüttelte ihren Kopf. „Nein, nicht wirklich."

Ich sackte in mich zusammen. „Das ist gemein. Wieso machst du mir die Nase so lang?"

„Sieh es als Rache für die Sorgen, die ich mir letzte Nacht gemacht habe."

„Du bist fies." Ich streckte ihr die Zunge raus. „Ich möchte nur, dass du glücklich bist."

„Vielleicht nehme ich es irgendwann an, aber ich bin gerade nicht bereit, mich so zu binden. Ich möchte nur mit einem coolen, netten Mann Spaß haben, der mich zum Lachen bringt. Damien hatte alles, aber ich schätze, er ist noch dazu ein böser Drogenboss, also ist er raus. Wenigstens war es erst unser zweites Date."

Mein Handy vibrierte in meiner Hosentasche. Ich nahm es heraus und sah, wer anrief.

„Es ist wieder meine Mom", schnaubte ich.

Rosalina hob ihre Augenbrauen.

Ich zeigte mit dem Finger auf ihre Nasenspitze. „Sieh mich nicht so an. Ich bin nicht zu streng, nicht nach allem, was sie getan hat. Ich weiß, dass ich nicht ewig auf sie wütend sein kann, aber jedes Mal, wenn ich daran denke, was sie getan hat ..." Ein Grummeln entkam mir. „Außerdem habe ich ihr schon gesagt, dass ich Abstand brauche."

Rosalina hob die Hände. „Ähm, ja, ich sehe schon, dass deine Wut die Überhand nimmt." Sie deutete auf die Krallen, die aus meinen Fingerspitzen traten.

„Mist!" Ich formte Fäuste und begann, im Raum herumzugehen, bis meine Wut abebbte und sich meine Krallen zurückzogen.

Danach machten wir uns mit Feuereifer an die Arbeit. Es war offensichtlich, dass wir beide versuchten, uns von all dem Wahnsinn abzulenken, der in letzter Zeit passiert war. Wir riefen potenzielle Kunden an, sprachen mit einer Werbeagentur darüber, unsere Dienstleistungen im Radio zu bewerben, schrieben den Newsletter, den wir an unsere E-Mail-Abonnenten schicken wollten, und wischten sogar alle Möbel und Fotos an den Wänden ab.

Um die Mittagszeit hatten wir beide einen gesunden Appetit entwickelt und trotz der dunklen Ringe unter unseren Augen sahen wir besser aus und fühlten uns auch besser.

„Heute Abend werden wir gut schlafen", sagte ich, als wir gehen wollten, um uns etwas zu essen zu holen.

Rosalina öffnete ihren Mund, um zu antworten, doch sie erstarrte und ihre grünen Augen weiteten sich überrascht, während sie durch die gläserne Eingangstür starrte. Ich folgte ihrem Blick.

Damien Ward stand davor, sein Umhang wehte im Wind, seine kupfernen Augen funkelten vor Wut unter seinem Zylinder.

Oh nein! Jetzt steckten wir wirklich in der Scheiße.

KAPITEL 28

„Oh verdammt!" Ich schnappte mir Rosalinas Arm und zog sie zurück, dann trat ich vor sie.

Wenn Damien Ward irgendetwas versuchte, wäre ich keine hilflose Fährtensucherin mehr. Ich war auch eine Werwölfin und konnte schmerzhaft zubeißen, sogar einem Vampir den Kopf abreißen. Ein Magier konnte uns nichts anhaben. Hoffentlich.

Okay, da musste Red wohl aus mir sprechen. Ich fand Mord immer noch nicht in Ordnung und das würde ich wahrscheinlich auch nie, aber meine Wölfin störte es anscheinend nicht.

„Geh in die Tranknische, Rosalina", sagte ich.

„Nein. Ich lasse dich nicht allein."

Ich wollte ihr gerade widersprechen, als Damien seine Hand bewegte und sich die Tür öffnete. „Guten Morgen, ihr Verräterinnen", sagte er und seine Stimme triefte vor Verachtung, als er eintrat.

Rosalina verschränkte ihre Hand mit meiner und stellte sich neben mich. Sie hielt ihr Kinn hoch und zeigte dem Magier so, dass sie es nicht bereute, ihn verpfiffen zu haben.

„Die Polizei, die verdammte Polizei", verkündete er, „kam heute Morgen in mein Haus und hat mein morgendliches Yoga unterbrochen." Seine unförmigen Pupillen waren riesig und es zeigte sich nur ein wenig Kupfer um sie herum.

Was? Rosalina und ich tauschten bei der Yoga-Sache einen Blick, auch wenn uns eher beunruhigen sollte, dass er hier und nicht hinter Gittern war.

„Du bist hier nicht erwünscht, Damien", sagte Rosalina.

„Was seid ihr?", fragte Damien und ignorierte Rosalinas unfreundlichen Kommentar. „Irgendwelche hinterlistigen Spioninnen?"

Hey, blaffte ich, wir sind nicht die, die mit Rhabo dealen, du extravaganter magischer Drogenbaron."

Damien zog bei der Beleidigung eine Grimasse. Ich streckte meine Hüfte heraus und hob eine Augenbraue, damit er wusste, dass ich noch mehr davon auf Lager hatte.

„Nur, damit ihr es wisst, die Cops haben nichts gefunden", meinte Damien. „Ich wusste, dass du gestern Abend herumgeschnüffelt hast, Rosalina. Sehr enttäuschend."

Verdammt, Tom war sicher wütend auf mich, weil ich ihn in eine Sackgasse geschickt hatte, doch ich hatte jetzt keine Zeit, um mich darum zu sorgen.

Meine Freundin zuckte bei seinen verletzenden Worten zusammen.

Ich musste sie verteidigen. „Niemand ist hier enttäuschend außer dir. Und jetzt raus aus unserem Büro, du drogendealender Scrooge Mc-Duck-Verschnitt."

Unbewusst berührte er seinen Zylinder. Ich grinste. Jep, er brauchte nur noch einen Gehstock und Gamaschen, um genau wie im Cartoon auszusehen.

Er sammelte sich und zupfte an seinem Umhang. „Ich gehe nicht, bevor du mir nicht sagst, warum du herumgeschnüffelt hast. Jemand muss dich dazu angestiftet haben."

„Nur damit du es weißt, wir können uns sehr wohl selbst Dinge einfallen lassen", gab Rosalina zurück.

Mit bedrohlicher Haltung trat Damien einen Schritt näher. „Ich möchte das nicht tun ..." Er begann, seine Hände in einem komplizierten Muster zu bewegen und Magie knisterte an seinen Fingerspitzen. „... aber ihr lasst mir keine Wahl."

„Los, Rosalina, versteck dich!", sagte ich. Meine Stimme war ein tiefes Grollen in meiner Brust und meine Muskeln spannten sich unter meiner

Haut an und bettelten darum, erlöst zu werden. Dieses Mal gehorchte Rosalina und verschwand in meinem Büro.

Ich ging in die Hocke und wandte mich dem Magier zu. „Geh, wenn du nicht willst, dass ich dir die Kehle aufreiße."

„Die kleine Wölfin denkt, dass sie jetzt erwachsen ist." Er lachte verächtlich, streckte seine Hand aus und schoss einen Schwall Magie in meine Richtung.

Ich sprang aus dem Weg und duckte mich hinter Rosalinas Schreibtisch. Die Magie riss ein kleines Loch in den Holzboden und Splitter flogen in sämtliche Richtungen. Ich kauerte mich auf alle Viere, schloss die Augen und bereitete mich darauf vor, meine Wölfin rauszulassen, so wie Eric es mir beigebracht hatte, doch der Klang der Glocke über der Tür ließ mich erstarren. Jemand war hereingekommen und ich konnte es nicht riskieren, mich zu verwandeln und eine unschuldige Person zu verletzen. Ich sprang auf die Füße.

„Wir haben Mittagspause", rief ich aus und hoffte, denjenigen, der hereingekommen war, schnell wieder loszuwerden – nicht, dass der fiese Magier im Umhang, das Loch im Boden und der beißende Rauch von verbranntem Holz nicht Warnung genug gewesen wären.

Doch unser Besucher war nicht irgendwer. Es war Jake, der schon mitten in der Verwandlung war und bereits seine Krallen und Zähne zeigte. Ohne etwas zu sagen, schlug er nach Damien. Seine Krallen durchschnitten die Luft, als sich der Magier wie in *Matrix* zurücklehnte und dem Angriff mit Leichtigkeit auswich. Mit einer Geschwindigkeit, die nur durch Magie entstehen konnte, richtete er sich auf und schlug einen knochenbrechenden rechten Haken in Jakes Gesicht.

Das Geräusch des Schlags schallte durch das Büro, als käme es aus Stereolautsprechern. Ich taumelte zurück, als der furchtbare Knall in meinen Ohren widerhallte, und erinnerte mich an die schrecklichen Geräusche, die ich letzte Nacht während der Trance gehört hatte.

Plötzlich war ich wieder dort, in diesem Lagerhaus, wo Blutspritzer durch die Luft flogen, während Blake wieder und wieder zuschlug. Der Kopf seines Opfers fiel zurück. Ich konnte es nicht mitansehen, nicht noch einmal. Meine Füße bewegten sich rückwärts, weg von dem schrecklichen Anblick.

Ich will nicht hier sein. Ich will nicht hier sein.

Ich schüttelte meinen Kopf, als sich Panik in mir ausbreitete. Mein Blick schweifte umher und suchte nach einem Ausweg. Holzkisten umgaben mich. Ich wandte mich erst nach links, dann nach rechts. Die Kisten zogen sich über Kilometer hin. Sie waren alle identisch; ihre Bretter waren mit einem Logo versehen.

Es gibt keinen Ausweg. Kein Entkommen.

Mein Herz hämmerte. Ich fasste mir an den Kopf und grub meine Krallen in meine Kopfhaut.

Du bist nicht wirklich hier. Wach auf, Toni. Wach auf!

Der Schmerz durchdrang meinen Schrecken. Ich atmete tief ein und versuchte, mich zu beruhigen. In diesem Moment verstand ich alles, was ich letzte Nacht gesehen hatte, sogar die Dinge, die mein Schock vor mir verborgen hatte.

Ich atmete immer noch schwer, aber ruhiger, als ich aufsah und eine der Kisten und das Logo darauf anstarrte. Es war dasselbe blutende Herz, das auf das Tütchen mit Rhabo gedruckt war, das Rosalina in Damiens Haus gefunden hatte. Und darunter sah ich Worte.

Pulse Inc.

Als ich wieder zu mir kam, schnappte ich nach Luft, mein Kopf pochte und kalter Schweiß lief mir den Rücken hinunter. Ich schlug die Augen auf und sah drei starrende Gesichter. Rosalina, Jake und Damien standen über mir und sahen mich besorgt an.

„Oh, dank den Hexenlichtern. Geht es dir gut?" Rosalina legte eine Hand an meine Stirn. „Sie ist so kalt."

„Ich bringe sie nach oben." Jake schob einen Arm unter meinen Körper und hob mich hoch, als wäre ich nicht mehr als ein Kind. Er lief die Stufen nach oben ins Loft. Ich wollte protestieren und sagen, dass es mir gut ging, doch mein Kopf war so vernebelt, dass ich nicht einmal daran denken konnte, wie man Worte formt.

Einen Moment später legte Jake mich hin. Rosalina und Damien erschienen am Fuß des Bettes.

Ich starrte den Magier an. „Hast du nicht gerade versucht ... uns zu töten?"

Jakes Blick richtete sich auf Damien und ein bedrohliches silbernes Funkeln blitzte in seinen Augen auf. Plötzlich wurde mir klar, dass

Damien mit einem falschen Wort mein Geheimnis ausplaudern konnte. Ich biss mir auf die Lippe und betete, dass der Magier dicht hielt.

„Töten?", fragte Damien. „Nein, warum sollte ich versuchen, euch zu töten? Ich wollte nur herausfinden, wer euch dazu angestiftet hat, bei mir herumzuschnüffeln."

„Du hast ein Loch in meinen Holzboden gebrannt." Ich setzte mich auf, doch mir wurde sofort schwindlig und ich fiel zurück auf das Kissen.

Der Magier rollte mit den Augen. „Wahrheitszauber sind nicht dazu gedacht, auf Eiche angewandt zu werden. Außerdem war es viel interessanter, dass du vor Magie blau geleuchtet hast."

Ich sah Rosalina stirnrunzelnd an. „Wovon spricht er?"

Sie zuckte die Achseln. „Ich weiß es nicht. Du hast mir gesagt, ich soll mich verstecken."

Ich drehte mich zu Jake um. Auch er runzelte die Stirn und sah verwirrt aus. „Ich habe es auch gesehen. Magie ist über deinen ganzen Körper geblitzt", sagte er. „Du bist krampfend auf den Boden gefallen. Es war verdammt beängstigend. Ich dachte ..." Er brachte den Satz nicht zu Ende, aber ich hatte das Gefühl, dass er sagen wollte *„Ich dachte, dass du stirbst"*.

Ich setzte mich wieder auf, dieses Mal langsamer, stellte meine Füße auf dem Boden ab und kniff meine Augen fest zusammen, um gegen den Schwindel anzukämpfen, der über mich hereinbrach. *Verdammt*, der ganze Raum drehte sich wie die Trommel einer Waschmaschine.

Dann fiel mir alles wieder ein. Ich keuchte.

„Was ist los?" Jake kniete sich neben mir hin und legte eine Hand auf mein Knie.

Ich sah ihn an. „Ich weiß, wo Blake ist."

„Blake?", wiederholte Damien. „Sprichst du von Blake Foster? Hat er euch geschickt?!", wollte er wissen und wurde wieder wütend.

Jake richtete sich zu seiner vollen Größe auf und lehnte sich bedrohlich in Richtung des Magiers.

Damien knackte mit den Fingerknöcheln. „Wie ich sehe, willst du, dass ich dich noch mal schlage."

Ein Knurren drang aus Jakes Kehle.

Ich kam auf die Füße; noch ein wenig wacklig, aber zumindest war mir nicht mehr schwindlig. „Macht mal halblang, ihr beiden. Lasst uns darüber sprechen, bevor ihr noch mehr zerstört. Bitte beruhigt euch und setzt euch hin."

Jake schnaubte. Ich berührte seinen Arm und sah zum Bett hinunter. Widerwillig setzte er sich. Ich tat es ihm gleich, während sich Rosalina auf dem Papasan-Stuhl niederließ und Damien sich einen Holzstuhl aus der Ecke heranzog.

„Um deine Frage zu beantworten", sagte ich ruhig, „Blake hat uns nicht geschickt. Niemand hat das. Rosalina und ich wollten nur mehr über Rhabo herausfinden. Wir haben einen Kunden und sein Gefährte stirbt daran, dass er diese Droge nimmt. Jake hat mir gesagt, dass du vielleicht irgendwie mit dem Drogenhandel in Verbindung stehst, also haben wir es uns zur Aufgabe gemacht, es herauszufinden, in der Hoffnung, dass du vielleicht weißt, wie man die Wirkung der Droge aufhalten kann."

„Ihr denkt, dass *ich* etwas mit dem Verkauf von Rhabo zu tun habe?", fragte der Magier empört.

„Hast du das etwa nicht? Du hattest einen ganzen Berg davon in deinem Haus." Rosalina starrte ihn an und klang ebenso entrüstet.

„Das war nicht meins. Ich habe es einem Werwolf abgenommen, der es jungen Vampiren aus dem Kofferraum seines Fahrzeugs heraus verkauft hat."

„Wirklich?" Rosalinas Frage klang hoffnungsvoll und sie schien bereit zu sein, ihm zu glauben. Ich war allerdings nicht so sicher.

Jake atmete geräuschvoll durch die Nase aus. „Du und Eric Cross habt mehr mit Rhabo zu tun, als ihr zugeben wollt. Das weiß ich."

Damien warf Jake einen bösen Blick zu, doch er stritt es nicht ab. Stattdessen sagte er: „Wir sind keine Dealer. Da könnt ihr euch sicher sein. Blake Foster ist allerdings der Hauptlieferant. Ich weiß, dass er nicht tot ist. Ich weiß nur nicht, wo ich ihn finden kann, also wo ist er?"

„Blake Foster dealt mit Rhabo?", fragte Jake ungläubig. „Woher weißt du das?"

„Ich habe die Wahrheit von einem seiner Stellvertreter." Er winkte mit einer Hand durch die Luft. „Aber das tut nichts zur Sache. Ich muss ihn aufhalten, bevor die Sache noch schlimmer wird. Sag mir, wo er ist."

Sie drehten sich alle erwartungsvoll zu mir um, aber ich war nicht sicher, ob ich Damien diese Information anvertrauen konnte. Was, wenn er mit Blake dahintersteckte und irgendetwas zwischen den beiden vorgefallen war? Was, wenn Damien ihn umbringen wollte, weil Blake als Zeuge gegen ihn aussagen konnte?

„Ich ... ich bin mir nicht sicher", log ich und fasste mir an den Kopf, als hätte ich Kopfschmerzen. „Letzte Nacht habe ich versucht, Blake aufzuspüren, aber mir ist kein Ort eingefallen. Dann, als ich ... das Bewusstsein verloren habe, dachte ich, dass ich mich an etwas erinnert hätte, aber jetzt ..." Ich verstummte und schüttelte meinen Kopf.

„Also weißt du *nicht*, wo er ist?", wollte Damien wissen.

„Nein ... ich weiß es nicht. Es ist alles so verschwommen."

Oh Gott, ich war so schlecht im Lügen. Kauften sie es mir ab? Ich warf Rosalina unter meiner Hand hindurch einen Seitenblick zu, während ich weiter auf meine Schläfen drückte. Sie hatte die Stirn gerunzelt, ihre Lippen geschürzt und zweifelte meine Darbietung offensichtlich an.

Damien stand allerdings auf und fing an, im Raum herumzugehen. „Ich muss diesen verdammten Werwolf finden. Es kursieren Gerüchte, dass sie das gesamte System mit genügend Rhabo überfluten wollen, dass die gesamte Vampirbevölkerung der Stadt getötet wird. Jemand muss ihn aufhalten, aber er scheint immer einen Schritt voraus zu sein."

„Das klingt schrecklich", sagte Rosalina.

„Seit wann scherst du dich um Vampire, Kupfermagier?", fragte Jake mit skeptischem Tonfall.

Damien sah Jake finster an, vermied es aber wie schon zuvor, die Frage zu beantworten. Er hatte etwas zu verbergen, aber was?

Damien stampfte mit dem Fuß auf dem Boden auf, drehte sich um und ging auf die Treppe zu, wobei sein Umhang hinter ihm flatterte. „Ich verschwende hier meine Zeit." Am oberen Ende der Treppe blieb er stehen und sah Rosalina an. „Es ist bedauerlich, was du getan hast. Ich habe dich wirklich gemocht", sagte er und dann ging er mit einem selbstgefälligen Gesichtsausdruck wie eine verdammte Diva die Stufen hinunter.

„Bastard", rief ich laut genug, dass er mich hören konnte.

Wir saßen schweigend da, bis wir die Türglocke hörten. Nach ein paar Sekunden schob ich mich zur Bettkante und flüsterte: „Ich glaube, ich weiß, wo Blake ist und wo sie diese neue Lieferung Rhabo verstecken."

KAPITEL 29

„Ich wusste, dass du lügst", sagte Rosalina.

„Sie ist schrecklich darin", warf Jake ein.

Ich schnaubte. „So schlecht kann ich nicht sein. Damien hat es mir abgekauft."

Rosalina sah mich verwirrt an. „Aber warum wolltest du nicht, dass er es erfährt?"

„Ich weiß es nicht." Ich zuckte die Achseln. „Ich hatte einfach nicht das Gefühl, dass ich ihm vertrauen kann. Wir wissen nicht viel über ihn."

„Ich vertraue ihm auch nicht." Jake stand auf, ging zum Fenster und zog den Vorhang zurück, dann sah er auf die Straße hinunter. „Er versteckt etwas."

Ich nickte zustimmend. „Ich habe dasselbe Bauchgefühl."

„Also hast du etwas gesehen, als du ... das Bewusstsein verloren hast?", fragte Rosalina.

Ich bemerkte, dass sie sich dafür entschied, meinen Vorfall „Bewusstsein verlieren" zu nennen und nicht „sich wie ein Fisch winden". So einfühlsam war sie.

Ich drehte mich zu Jake um. „Als Damien dich geschlagen hat, schien das Geräusch überall um mich herum widerzuhallen und es hat mich in die vergangene Nacht zurückversetzt. Es war seltsam, weil ich wieder dort war, aber diesmal konnte ich mehr sehen. Dinge, die mein Unterbewusstsein bei der Trance erkannt haben muss, die mir zuerst nicht aufgefallen sind. Ich habe ein Lagerhaus voller Kisten gesehen."

Und ich hatte den Namen „Pulse Inc." erst vor einer Woche in den Nachrichten gesehen. In dem Bericht hatten sie gesagt, dass es zwei Lagerhäuser in der Nähe gab, und dass eins davon unter mysteriösen Umständen abgebrannt war, die noch immer untersucht wurden. Es wäre kein Problem, das zweite Lagerhaus zu finden, das noch intakt war. Das wäre mit einer schnellen Internetsuche erledigt.

Allerdings fragte ich mich bei der Menge der hölzernen Behälter, die vor meinen Augen aufgeblitzt waren, ob das, was ich in der Vision gesehen hatte, überhaupt der Wahrheit entsprach. Ich bezweifelte, dass so viele Kisten in irgendein Lagerhaus passen würden, also war dieser Teil eine Art Übertreibung wie in einem Traum – wenn das alles nicht sogar ein Traum gewesen war. Je mehr ich darüber nachdachte, desto mehr zweifelte ich an mir selbst.

„Was ist los?", fragte Jake, der meine Verwirrung bemerkt hatte.

Ich rieb mir die Stirn. „Ich weiß es nicht. Vielleicht habe ich mich geirrt. Vielleicht war es nur eine Art Albtraum im Wachzustand. Einiges, was ich gesehen habe, kann nicht real sein."

Ich verstand nicht, was mit mir passierte. Dies war das zweite Mal, dass sich meine Fähigkeiten selbstständig gemacht hatten. Zuerst dieser Albtraum, der mir geholfen hatte, Stephen zu helfen, und jetzt das. Was, wenn meine neuen Werwolfkräfte mit meinen Fähigkeiten als Fährtenleserin kollidierten?

„Wie auch immer", sagte Rosalina. „Du musst es Tom sagen."

„Nein." Ich schüttelte den Kopf. „Ich habe ihn zu Damiens Haus geschickt, für nichts und wieder nichts. Wahrscheinlich ist er wütend auf mich."

„Dann gehe ich hin", sagte Jake. „Sag mir, wo Blake ist, und ich werde ihn finden. Wir müssen uns nur in diesem Lagerhaus umsehen und bestätigen, dass das Rhabo dort ist, dann können die Cops das Gebäude stürmen."

„Es könnte gefährlich sein", sagte ich und erinnerte mich an die Freude, mit der Blake diesen Mann getötet hatte. „Du solltest nicht allein hingehen. Ich komme mit."

„Denkst du, ich wäre verrückt? Ich nehme dich nicht mit."

„Dann sage ich dir nicht, wo Blake ist."

„Was?!" Er drehte sich zu Rosalina um und streckte seine Hände aus. „Bring sie zur Vernunft."

„Das habe ich schon versucht. Ich habe ihr gesagt, sie soll Blake nicht aufspüren, aber offensichtlich hört sie nicht auf mich."

„Hey, das ist nicht fair." Sie sollte auf *meiner* Seite sein. Vielleicht war sie immer noch sauer. Dennoch ließ ich mich nicht unterkriegen. Ich konnte nicht zulassen, dass Jake allein dort hinging.

„Toni, sei nicht unvernünftig. Wenn ich verletzt werde, heilt sich mein Körper. Deiner nicht."

Ich drückte eine Faust gegen meinen Mund und kämpfte gegen die Versuchung an, ihm zu sagen, dass ich mich genauso gut heilen konnte wie er, doch es war nicht der Zeitpunkt dafür. Wenn ich es ihm sagte, würde ich dafür sorgen, dass er von nichts anderem abgelenkt war.

„Du bist nicht unzerstörbar, Jake", sagte ich. „Du kannst trotzdem getötet werden und davon kannst du dich nicht erholen, oder? Außerdem bin ich nicht wehrlos. Ich weiß, wie man mit einer Waffe schießt. Ich könnte dir wenigstens den Rücken freihalten."

„Warum musst du nur so stur sein?", wollte er wissen.

„Das wäre nicht das erste Mal, dass wir uns einer gefährlichen Situation aussetzen", sagte ich. „Als wir Emily Garner gerettet haben, schienst du nicht so besorgt um den Vampir zu sein, der sie entführt hat."

„Das war eine ganz andere Situation. Mit einem kranken Vampir kann ich umgehen, aber wenn Blake hinter diesem Rhabo-Chaos steckt, ist das eine Riesensache. Dann sind noch andere gefährliche Personen involviert."

Ich stieß einen entnervten Seufzer aus. „Ein weiterer Grund, warum du Verstärkung brauchst."

Rosalina, die den Schlagabtausch unseres Gesprächs verfolgt hatte, kam auf die Füße und ging kopfschüttelnd die Treppe hinunter. Anscheinend hatte sie genug und wollte sich zurückziehen. Das konnte ich ihr nicht verdenken.

„Verdammt noch mal, Toni!", rief Jake. „Sag mir, wo Blake ist."

„Nein." Ich verschränkte meine Arme über der Brust. Ich musste ihm gar nichts sagen. „Du bist nicht der Einzige, der allein hingehen kann."

„Das wäre das Dümmste, auf das du dich je eingelassen hast."

„Wirklich? Da bin ich anderer Meinung." Ich sah ihn von oben bis unten an, um ihm zu zeigen, dass *er* das Dümmste war, auf das ich mich je eingelassen hatte.

Ich hörte Rosalinas Füße auf den Treppenstufen, als sie wieder nach oben kam, dann ging sie in unsere Richtung – mit einer Pistole in der Hand. Jake und ich kamen ruckartig auf die Beine.

Ich hielt meine Hand hoch. „Hey, leg das weg. Ich verspreche, dass wir aufhören, zu diskutieren."

Sie rollte mit den Augen und legte die Waffe auf das Bett. „Hier, du nimmst die Waffe und hältst ihm den Rücken frei, wie du gesagt hast."

„Du solltest auf meiner Seite sein!" Ein Ausdruck der Ungläubigkeit zeichnete Jakes Züge.

Rosalina stieß einen resignierten Seufzer aus. „Wenn du Toni auch nur im Entferntesten kennen würdest, wüsstest du: Wenn sie sich einmal etwas in den Kopf gesetzt hat, dann kann man sie nicht davon abbringen. Sie ist nicht so hilflos, wie du denken magst."

Ich warf ihr einen warnenden Blick zu. Dies war *nicht* der Zeitpunkt, um meine wahre Natur zu enthüllen. Egal, was Eric über das Leben im Rudel gesagt hatte und was Walter Knight von seinem Enkel erwartete, ich spürte den schrecklichen Drang, Jake alles zu sagen und ihn entscheiden zu lassen. Am Ende wäre es seine Entscheidung, wer seine Gefährtin wurde, nicht die seines Großvaters. Und selbst wenn Jake nicht Rudelführer werden wollte, konnte er trotzdem das Versprechen erfüllen, das er seinem Vater gegeben hatte, indem er mich wählte.

Trotzdem war der Zeitpunkt falsch.

Rosalina rümpfte ihre Nase und schüttelte leicht ihren Kopf, womit sie mir zeigte, dass sie meine schockierenden Neuigkeiten nicht gegenüber Jake ausplaudern würde. Ich entspannte mich und konnte ein wenig ruhiger atmen.

Stattdessen sagte sie: „Hör zu, wenn du nicht willst, dass sie Blake ganz allein nachjagt, müsst ihr aufhören zu diskutieren. Sie hat die Zügel in der Hand. Toni wird entscheiden, ob sie dich mitkommen lässt, nicht andersherum."

Jake fuhr sich mit den Fingern durch die Haare und stieß einen frustrierten Atemzug aus, dann zeigte er mit einem Finger auf Rosalina und mit einem anderen auf mich. „Ihr zwei seid unmöglich."

Ich trat näher an meine Freundin heran und grinste Jake an. Ziemlich selbstzufrieden wollte ich einen Arm um Rosalinas Schultern legen, doch sie trat von mir weg.

„Nein, meine Liebe, denk ja nicht, dass ich begeistert darüber bin. Ich versuche nur, dich zu beschützen, weil in letzter Zeit irgendetwas an dir anders ist." Sie verengte ihre Augen; offensichtlich spielte sie auf mein *Wolfsdasein* an. „Du bist leichtsinnig", schimpfte sie und klang dabei genau wie meine Mutter.

Ich öffnete meinen Mund, um etwas zu sagen, dann schloss ich ihn wieder. Dagegen konnte ich nichts sagen. Ich hatte mich tatsächlich verändert. Und wie auch nicht, wenn es eine ganz neue Seite an mir gab, die ich entdecken musste. Ich kratzte kaum an der Oberfläche von dem, was ich jetzt war.

Statt ihr also zu widersprechen, legte ich meinen Kopf schief und sagte: „Danke, dass du auf mich aufpasst. Ich werde vorsichtig sein."

„Das will ich auch hoffen", sagte sie durch zusammengebissene Zähne, dann wandte sie sich an Jake. „Und du bringst sie besser ohne jeden Kratzer zurück."

Jake seufzte und akzeptierte endlich seine Niederlage. „Na schön, aber das wird nicht reichen." Er zeigte auf die Waffe auf dem Bett. „Kommt mit."

Er marschierte nach unten und führte uns in sein Büro, dann in sein eigenes Loft. Ich erwartete, dasselbe Chaos zu sehen, das ich das letzte Mal gesehen hatte, als ich hier war: eine nackte Matratze, die gegen die Wand geschoben war und Kleidung in Haufen auf dem Boden, doch stattdessen war eine Reihe von Computermonitoren um einen halbkreisförmigen Schreibtisch herum angeordnet, der so breit wie der ganze Raum war. Die Einrichtung sah ziemlich schick aus.

„Was sollen all die Computer?", fragte ich.

Er zuckte abweisend mit den Schultern. „Neues Hobby."

Jake ignorierte die Hightech-Ausrüstung, ging auf den Schrank in der Ecke zu und nahm einen großen Plastikkoffer mit Metallverschlüssen und einem digitalen Tastenfeld an der Vorderseite heraus. Schnell gab er einen Code ein und öffnete den Deckel. Rosalina und ich atmeten beide scharf ein, als wir den Inhalt sahen.

Mehrere gefährlich aussehende Waffen waren darin in graue Schaumstoffpolsterung eingebettet. Ich hatte keinen Namen für alles, was darin lag, aber es gab ein riesiges Gewehr, mehrere Handfeuerwaffen, gezackte Messer, die so lang waren wie mein Unterarm, und sogar ein paar Granaten.

„Was zum Teufel, Jake?!", rief ich. „Planst du, den dritten Weltkrieg zu starten?"

Er schnaubte und lächelte wie ein Kind mit dem coolsten Spielzeug in der Nachbarschaft.

„Das ist nichts." Er ging zurück zum Schrank und kam mit einer schwarzen Weste wieder. „Kevlar", erklärte er, als er begann, sie um meinen Oberkörper zu legen und die Klettverschlüsse an den Schultern und an den Seiten zu befestigen, um mich in das steife Ding zu quetschen.

„Tja", sagte Rosalina. „Das beruhigt mich ein ganz kleines Bisschen. Hast du irgendetwas, das sie auf ihrem Dickschädel tragen kann?"

„Tut mir leid, aber nein."

Ich fuhr mit den Händen über meine Brust. Ich fühlte mich ziemlich beengt und fragte mich, was wohl passieren würde, wenn ich mich in diesem Ding versuchte, zu verwandeln. Wahrscheinlich war es besser, die Weste abzunehmen, falls es dazu kam.

Jake griff nach einer Dose, die wie Sprühfarbe aussah. „Und das hier." Er schüttelte die Dose kräftig und besprühte mich mit einer Wolke aus stinkendem Nebel.

Hustend wedelte ich mit der Hand in der Luft herum. „Oh Gott, das ist Dung-Parfüm!"

Er lachte. „Nein, es ist ScentKill." Er hielt mir die Dose entgegen, damit ich das Etikett lesen konnte. „Aber es riecht wirklich nach Mist. Keine Sorge, der Gestank verfliegt schnell."

„Ooh." Rosalina wollte sich die Dose schnappen. „Das kann man kaufen?"

Jake hielt das ScentKill aus ihrer Reichweite. „Fade finden aus irgendeinem Grund, dass es gut riecht", sagte er und zuckte verblüfft mit den Schultern. „Und nein, man kann es nicht so kaufen, wie ihr denkt. Man muss es bei Hexen oder Magiern kaufen und es ist nicht billig. Es entfernt alle Gerüche, damit Schräge mit ihrem scharfen Geruchssinn nicht erschnüffeln, dass man in der Nähe ist."

Er drehte sich zu mir um, straffte seine Schultern und legte seine Hände auf seine schmalen Hüften. „Sagst du mir jetzt, wo zur Hölle wir Blake finden?"

KAPITEL 30

N achdem wir den genauen Standort des Lagerhauses herausgefunden hatten, warteten wir bis zum Einbruch der Nacht. Im Schutz der Dunkelheit wäre es einfacher und sicherer, sich umzusehen, sagte Jake. Wir fuhren mit seinem Motorrad nach North Riverfront, einem Industriegebiet am Mississippi.

Ungefähr einen Kilometer von unserem Ziel entfernt hielten wir, versteckten das Motorrad in einem dichten Wald und liefen schweigend durch das Gestrüpp und die Bäume. Wir waren komplett schwarz gekleidet und Strickmützen hielten uns das Haar aus dem Gesicht. Jake hatte sich einen Rucksack auf den Rücken geschnallt. Waffen und Magazine hatten wir in die Gürtel um unsere Taillen gesteckt. Er hatte mir eine Glock mit Laservisier gegeben, die mit Kugeln geladen war, die er „besonders" nannte.

„Warum sind sie besonders?", fragte ich.

„Sie haben einen Eisenhutkern, der beim Aufprall freigesetzt wird. Das Zeug ist sehr effektiv und setzt Werwölfe außer Gefecht. Versuch, den Rumpf zu treffen. Wenn du ein lebenswichtiges Organ triffst, bedeutet das den Tod, selbst für einen starken Werwolf wie Blake."

„Wow, Eisenhutkugeln. Davon habe ich gehört. Sind die nicht teuer?"

„Sehr teuer, also pass beim Zielen auf."

Jake und ich schlichen vorsichtig weiter, tauschten schnelle Blicke und blieben stehen, wenn wir auch nur das leiseste Geräusch hörten. Unsere Sinne waren in höchster Alarmbereitschaft, auch wenn die meisten Geräusche, die wir hörten, von Tieren stammten, die durch die trockenen Blätter flitzten.

„Hast du das gehört?", fragte Jake stirnrunzelnd, als ich plötzlich stehen blieb, nachdem ich ein kleines Kratzgeräusch gehört hatte.

„Was gehört?" Ich tat so, als würde ich meine Kevlar-Weste zurechtrücken. „Dieses Ding ist so unbequem."

„Besser unbequem als tot." Er ging weiter, wobei seine Schritte trotz seines massigen Körpers kaum hörbar waren.

Ich ahmte seinen Gang nach und versuchte, genauso unauffällig zu sein. Mein Herz pochte vor Aufregung in meiner Brust und ich erinnerte mich an die Zeiten, in denen wir zusammen auf Spurensuche gegangen waren und nach vermissten Personen gesucht hatten. Ich hatte es mir nie eingestanden, aber jetzt, wo ich hier war und das Adrenalin durch meine Adern rauschen spürte, erkannte ich, wie sehr ich das vermisst hatte.

Gott, was ist los mit mir? Warum gefällt mir das so sehr?

Es musste die Wölfin in mir sein. Es gab keine andere Erklärung. Die Jagd musste etwas sein, wonach sich ein Teil von mir sehnte. Es musste mir im Blut liegen.

Hinter den dichten Bäumen vor mir brach der Schein von elektrischem Licht durch die Dunkelheit. Ich blinzelte und wandte die Augen ab, denn die Helligkeit tat mir weh, und zum ersten Mal wurde mir bewusst, dass ich mich durch den dunklen Wald geschlichen hatte, ohne zu stolpern oder gegen etwas zu laufen. Ich konnte trotz der Finsternis sehen.

Wow, das ist so cool!

Plötzlich war ich wieder unglaublich wütend auf meine Mutter. Sie hatte mir so viel vorenthalten.

Als wir näher kamen, sah Jake über seine Schulter und drückte einen Finger an seinen Mund.

Wir hockten uns hin und näherten uns fast kriechend. Als das Lagerhaus in Sicht kam, legten wir uns flach auf den Boden und beobachteten das Gelände aus etwa hundert Metern Entfernung. Das Gebäude hatte

die ungefähre Größe von zwei Basketballfeldern und die Wände bestanden aus Wellblech.

Lautlos deutete Jake auf das Flachdach des Gebäudes und das große
Rolltor. Drei mit Gewehren bewaffnete Männer standen Wache: zwei
auf dem Dach und einer am Tor.

„Kameras“, flüsterte ich und zeigte auf die Ecken des Lagerhauses.
Jake nickte.

Wir sahen einen Moment länger zu und ein vierter Wachmann kam
durch eine Seitentür und stellte sich zu dem am Tor. Ich fragte mich, wie
viele drinnen waren – hoffentlich nicht viele.

„Was tun wir jetzt?“, fragte ich.

„Wir müssen eine Ablenkung schaffen“, flüsterte er zurück. „Bleib
hier.“

Ich packte sein Handgelenk, als er sich wegbewegen wollte. „Wo gehst
du hin?“

„Ich schaffe eine Ablenkung.“ Er starrte demonstrativ auf meine
Hand.

Ich ließ ihn los. „Bitte sei vorsichtig.“ Ich gab ihm einen schnellen Kuss
auf die Lippen, bevor ich erkannte, was ich tat.

Er blinzelte überrascht, dann fing er sich schnell wieder und fuhr mit
dem Daumen über meine Unterlippe, als würde er mir versprechen, dass
er sich revanchieren würde.

Ich sah zu, wie er sich im Schutz der Bäume auf den Weg zur Rückseite
des Gebäudes machte. Ich wartete, fummelte nervös mit den Händen
und biss mir auf die Unterlippe. Nach fünf Minuten wurde ich unruhig
und wollte ihm gerade nachgehen, als ich eine Rauchschwade sah, die
hinter dem Lagerhaus aufstieg.

Die Wachen brauchten einen Moment, um sie zu bemerken, doch
als sie es taten, verließen die beiden am Tor ihren Posten und gingen
um die Ecke, um nachzusehen. Die anderen beiden blieben allerdings
an ihrem Platz, wurden wachsamer und richteten ihre Gewehre auf die
Umgebung, als sie den Parkplatz untersuchten.

Verdammt! Was jetzt?

Ich dachte darüber nach, was ich tun sollte, als ich bemerkte, wie sich
eine dunkle Gestalt hinter einen der Wachmänner auf dem Dach schlich.
Mit angehaltenem Atem sah ich zu, wie er lautlos zu Boden ging.

Mann, er ist so gut.

Ich erinnerte mich nicht daran, dass Jake so … unauffällig sein konnte. Vielleicht hatte er trainiert, seit wir das letzte Mal nachts durch St. Louis geschlichen waren.

Meine scharfen Augen richteten sich auf den anderen Kerl.

Würde er bemerken, dass sein Partner auf der anderen Seite des langen Dachs verschwunden war? Ich wartete wie gebannt darauf, doch es passierte nicht. Er war so sehr damit beschäftigt, nach Eindringlingen am Boden Ausschau zu halten, dass er den einen direkt hinter sich nicht bemerkte. Jake schlich sich an und einen Moment später ging auch dieser Wachmann zu Boden, genauso lautlos wie der erste.

In der Annahme, dass die Wachen Werwölfe waren und gute Riecher hatten, schien Jakes ScentKill wie am Schnürchen zu funktionieren. Es funktionierte ähnlich wie Mondfabel, nur, dass mein Zeug nur meinen Werwolfgeruch entfernte und meinen Menschengeruch intakt ließ.

Jake sah in die Richtung, in der ich mich versteckte, und winkte, und selbst aus dieser Entfernung konnte ich erkennen, dass er selbstzufrieden lächelte.

„Eingebildeter Idiot", murmelte ich vor mich hin.

Vielleicht war es der Wunsch, Jake zu zeigen, was ich draufhatte, oder vielleicht war es die Jagdlust, aber ohne nachzudenken, zog ich meine Glock, verließ mein Versteck und rannte auf die Seite des Gebäudes zu, als die Kamera in die andere Richtung schwenkte. Aus dem Augenwinkel sah ich, wie Jake mich warnend zurückwinkte, indem er hektisch mit den Händen wedelte. Ich konnte mir vorstellen, welche Schimpfwörter ihm durch den Kopf gingen.

Die Kamera schwenkte mit einem surrenden Geräusch zurück. Als sie auf den Wald zeigte, rannte ich in Richtung Seitentür, zog am Griff und trat ein, wobei ich den Hexenlichtern dankte, dass sie unverschlossen war.

Ich hielt inne, drückte mich mit dem Rücken an die Wand und atmete tief durch, wobei ich versuchte, meine Atmung und mein hämmerndes Herz zu beruhigen. Ich konzentrierte mich auf meinen Körper und suchte nach Anzeichen dafür, dass ich mich unerwartet verwandeln könnte, doch das Jucken und Kribbeln auf meiner Haut, an das ich mich so gewöhnt hatte, war nicht da. Stattdessen spürte ich eine tiefe Ruhe, als würde meine Wölfin geduldig darauf warten, dass sie an der Reihe war. Das Gefühl ihrer Anwesenheit beruhigte mich. Ich war nicht allein, und ich hatte noch viel mehr, um mich zu verteidigen, als nur die Pistole und die Schutzweste.

Ich blieb dicht an der Wand und eilte den schmalen Korridor entlang. Plötzlich öffnete sich die Tür hinter mir. Ich wirbelte herum und zielte mit meiner Waffe. Doch es war Jake, der eine Hand hochhielt, als würde das die Kugel abhalten, falls ich den Abzug drücken würde.

Jake eilte zu mir und flüsterte mir ins Ohr: „Wir beeilen uns besser, bevor die anderen beiden Schwachköpfe merken, dass ihre Freunde außer Gefecht gesetzt sind."

Ich richtete meine Pistole auf eine Glastür vor uns. Er stürzte in ihre Richtung, blickte schnell hindurch und zeigte mir dann einen Daumen nach oben. Wir gingen weiter den Flur hinunter, bis wir große Doppelschwingtüren erreichten.

Langsam drückte er eine davon auf und spähte durch den Schlitz. Er nickte mir zu und schlüpfte dann hindurch. Ich ging direkt hinter ihm her, wobei ich die Pistole in meiner schwitzigen Handfläche hielt. Wir standen ein paar Sekunden lang schweigend da, während wir die Szene vor uns betrachteten.

Reihen über Reihen von Kisten, wie die, die ich in meiner Vision gesehen hatte, erstreckten sich durch den ganzen Raum. Die hüfthohen Boxen waren in Dreierstapeln aufgetürmt und auf allen prangte das Logo mit dem blutenden Herzen. Der Raum war größtenteils dunkel, kaum erhellt von ein paar nackten Glühbirnen, die von der hohen Decke hingen. Im hinteren Teil streifte das Licht kaum die Ecken. Eine unheimliche Stille erfüllte den Raum. Es gab keine Anzeichen für weitere Wachen. Seltsam, wenn diese Kisten wirklich voll mit Rhabo waren. Vielleicht fühlten sie sich aber auch nur zu sicher.

Nachdem er nach rechts und links geschaut hatte, stürmte Jake zwischen zwei Reihen der Kisten, direkt auf die Schatten im hinteren Bereich zu. Ich eilte ihm nach und genoss die knisternde Energie, die durch meine Adern surrte.

Im Schutz der Dunkelheit kniete er sich hinter eine der Kisten. Ich gesellte mich zu ihm und wir warteten ein paar Sekunden und lauschten aufmerksam auf Hinweise dafür, dass wir entdeckt worden waren.

Als klar war, dass sie sicher waren, nickte er, zog ein riesiges gezacktes Messer aus seinem Gürtel und steckte es zwischen zwei Bretter der Kiste. Mit einem kräftigen Ruck riss er die Bretter auseinander. Sie knackten und splitterten und das Geräusch hallte durch den Raum.

Jake vergaß jede Vorsicht und riss ein Stück des Bretts ab. Eine Schicht aus weißem Schaumstoff schützte den Inhalt. Er fuhr seine Krallen aus und schnitt ein Loch hinein, als würde er Butter mit einem heißen Messer zerteilen. Kleine Tütchen mit glitzerndem Pulver ergossen sich um unsere Füße.

Wir tauschten einen bedeutungsvollen Blick.

Ich schnappte mir eine Handvoll Tütchen und stopfte sie in meine Hosentasche. „Beweise", sagte ich, dann zog ich mein Handy heraus, um die Polizei zu rufen.

„Ich fürchte, das kann ich nicht zulassen", sagte eine Stimme von über uns.

Jake und ich sprangen auf die Füße und sahen nach oben. Auf der nächsten Reihe von Kisten stand eine riesige Gestalt, die in Schatten gehüllt war. Gelassen machte die Person einen Schritt nach vorne und das Licht einer der Hängeleuchten beschien sein Gesicht.

Blake!

Ich erkannte ihn sofort, auch wenn er das letzte Mal, als ich ihn gesehen hatte, über einem architektonischen Miniaturmodell gehangen und die Rolle des toten Opfers gespielt hatte. Ich fragte mich immer noch, wie er das geschafft hatte.

Er trug kein Hemd und keine Schuhe, als hätte er uns kommen sehen und sich die Zeit genommen, in Ruhe seine Kleidung auszuziehen, um sie nicht zu beschmutzen. Seine Brust war so breit wie ein Schrank und seine Muskeln spannten sich vor ungenutzter Energie an. Sein schütteres blondes Haar war verschwunden, und sein frisch rasierter Kopf glänzte vor Schweiß.

Adrenalin überflutete mich und ich hob meine Waffe und richtete sie direkt auf seine breite Brust. Blake hob eine Augenbraue und sah die Pistole an, als wäre sie ein schlechter Scherz.

„Bist du nicht das Mädchen, das mal mit Stephen Erickson zusammen war?", fragte er ehrlich verwirrt.

Ich antwortete ihm nicht. Stattdessen richtete ich meinen Blick auf mein Handy in meiner anderen Hand und versuchte es zu entsperren, um den Notruf zu wählen.

Blake brüllte, sprang von der Kiste auf den Boden und landete geschmeidig in der Hocke. Vor Schreck ließ ich das Handy fallen und drückte den Abzug. Der Schuss hallte durch das Lagerhaus und traf die Kiste hinter Blake. Er zuckte nicht einmal und stürzte sich stattdessen vorwärts. Er verwandelte sich in der Luft, seine Hose wurde in Fetzen gerissen und er richtete seine Reißzähne und Krallen direkt auf mich. Ein riesiger schwarzer Wolf erschien.

Ich rappelte mich auf, zielte auf Blakes Kopf und wollte gerade wieder abdrücken, als Jakes dunkelgrauer Wolf nach vorne sprang und mit Blake zusammenstieß. Sie prallten in der Luft gegeneinander und schlugen dann knurrend auf dem Boden auf. Zähne fletschten und Krallen kratzten über Fell, als sie in einem Gewirr von Gliedmaßen über den Boden rollten.

Ich zuckte zusammen, als sich plötzlich Druck in meinen Schläfen aufbaute und drückte eine Hand an meinen Kopf.

Renn, Toni!, unterbrach Jakes Stimme plötzlich meine Gedanken.

Schock und Verwirrung überkamen mich. *Was?* Woher wusste er, dass er mit mir sprechen konnte? Hatte er herausgefunden, dass ich eine Werwölfin war? Nein, das konnte es nicht sein. Wahrscheinlich wollte er einfach, dass ich ging, und da er ein Alpha war, konnte er seine Gedanken an jeden Werwolf kommunizieren.

Wie auch immer, ich hörte auf ihn.

Ich schnappte mir mein Handy vom Boden und sprintete vorwärts. Meine Beine bewegten sich so schnell sie konnten, während ich den kämpfenden Werwölfen auswich und dann den Gang hinunterrannte. Mein Blick schweifte umher und ich versuchte, ein Versteck zu finden, damit ich die Polizei rufen konnte, als ein Schuss ertönte. Die Kugel flog genau an meinem Kopf vorbei und krachte auf den Betonboten.

Ich blieb abrupt stehen und hockte mich hinter eine der Holzkisten neben mir, dann spähte ich zwischen den Kisten hindurch, um den Schützen zu finden. Er stand auf einer Metalltreppe, die zu einem Bereich führte, der aussah wie ein Büro. Er war einer der Wachmänner, die draußen gestanden hatten, was bedeutete, dass der zweite auch hereingekommen sein musste.

Mit hämmerndem Herzen fragte ich mich, was ich tun sollte.

Verwandeln? Nein, das kam nicht infrage. Der Schütze war zu weit weg, und er hatte mich bereits im Visier.

Zurückschießen?, meldete sich Red.

Aber ich wollte niemanden umbringen.

Zu schade, sagte sie, als sie die Kontrolle übernahm. Solche Vorbehalte hatte sie nicht.

Ich lächelte auf meine Waffe hinunter, während sich die Hitze der Erwartung in meinen Adern ausbreitete. Vielleicht legte ich es darauf an zu sterben, doch in diesem Moment fühlte ich mich unglaublich lebendig.

Ich schoss alle Vorsicht in den Wind, als ich eine große Lücke zwischen zwei der Holzkisten in meiner Reihe sah, stürmte zwischen ihnen hindurch und kam schießend auf der anderen Seite wieder heraus. Ich sah nur noch mein Ziel. Eine meiner Kugeln traf den Mann in die Brust, und mit einem Schmerzensschrei kippte er über das Geländer und stürzte nach unten.

Als er mit einem dumpfen Knall auf dem Boden aufkam, ertönten mehr Schüsse aus der anderen Richtung. Ich wirbelte herum und ohne zu zögern, fand ich den Angreifer und erkannte seinen Standort mit unglaublicher Genauigkeit. Ich gab einen einzigen Schuss ab, der ihn zwischen den Augenbrauen traf.

Wow!

Atemlos ging ich hinter einer der Kisten in Deckung und rief endlich die Polizei an. So schnell ich konnte, erklärte ich dem Disponenten, wo wir waren und was los war. Er versuchte, mich am Hörer zu halten, doch ich legte auf und steckte mein Handy weg, um zu entscheiden, was als Nächstes zu tun war. Mein Herz schlug gegen meinen Brustkorb und hämmerte so heftig, dass es sich anfühlte, als würde es durch die Kevlar-Weste brechen.

Ich lauschte, doch ich konnte das Knurren der kämpfenden Wölfe nicht mehr hören.

Ging es Jake gut?

Blakes Wolf war riesig, mindestens einen Kopf größer als der von Jake. *Verdammt!* Wieso hatte ich auf Jake gehört? Ich hätte ihn nicht allein lassen sollen.

Ich spähte aus meinem Versteck, entschlossen, zurückzugehen und ihm zu helfen, doch damit verriet ich meinen Standort nur einem weiteren Wachmann, der anfing zu schießen, als er mich sah. Ich zog mich hinter die Kiste zurück. Ein Kugelhagel schlug in das Holz ein und Splitter, Schaumstoffstücke und glitzerndes Pulver flogen in die Luft.

In der Hocke ging ich um die Kiste herum, hielt den Atem an und rannte, da ich das Rhabo nicht einatmen wollte, das um mich herum herunterregnete. Als ich auf der anderen Seite herauskam, schoss ich eine Kugel nach der anderen ab. Eine traf den Mann in den Oberschenkel, und als er fiel, traf ihn eine weitere in den Bauch. Mit einem Schrei brach er auf dem Boden zusammen und bewegte sich nicht mehr.

Hektisch drehte ich mich um, schwenkte die Waffe und suchte nach weiteren Schützen. Zuerst schien es, als würde niemand anderes kommen, aber dann hörte ich das Knirschen von Krallen auf Beton und Blakes Wolf erschien, dessen Schnauze blutig glänzte.

Ich richtete meine Pistole auf ihn. „Wo ist Jake?", forderte ich.

Der Wolf konnte nicht sprechen, doch er blickte kurz in die Richtung, aus der er gekommen war, und seine dunklen Lippen verzogen sich zu einem Grinsen. Mein Herz zerbrach in tausend Teile.

„Nein." Ich schüttelte den Kopf.

Wut durchströmte meinen Körper.

In einer fließenden Bewegung hob ich die Waffe und drückte den Abzug. Es ertönte ein Klicken – ich hatte keine Kugeln mehr. Schnell löste ich das leere Magazin und nahm ein zweites aus meinem Gürtel. Der Wolf zögerte nicht und stürmte in meine Richtung, wobei seine riesigen Pfoten kaum den Boden berührten.

Panisch sah ich auf und das Magazin rutschte aus meiner schweiß-nassen Hand und fiel auf den Boden.

Dann war Blake auf mir und bewegte seine bluttriefende Schnauze auf meine Kehle zu.

KAPITEL 31

Alle Gedanken verließen meinen Verstand und hinterließen nichts als reine, unverfälschte Instinkte. Ich ließ die Waffe los. Mein Körper gab nach und ich fiel auf meine Hände, dann überkam mich die Verwandlung in Sekunden, viel schneller als vorher und fast so anmutig wie bei Eric und Jake. Meine Kleidung und sogar meine Kevlar-Weste zerriss und fiel von mir ab, als meine Muskeln und meine Sehnen größer wurden. Meine Sinne schärften sich und half mir, genau zu bestimmen, wie ich meinem Feind gegenübertreten sollte.

Blakes Augen weiteten sich, als er in meine Richtung stürzte.

Ein wütendes Brüllen entrang sich meiner Kehle, als ich meine Hinterläufe benutzte, um auf ihn zuzuspringen.

Er würde dafür bezahlen, Jake verletzt zu haben. Ich würde ihn in Stücke reißen und dieses Mal wäre er wirklich tot, auf dem Boden zerschmettert und bis zur Unkenntlichkeit entstellt. Hackfleisch wäre nichts dagegen.

Wir prallten gegeneinander. Ich biss in eins seiner Ohren und riss es mit einem Ruck in zwei Teile. Blake stieß ein Knurren aus, dann wirbelte ich herum und setzte zu einem weiteren Angriff an. Sein Maul schnappte nur wenige Zentimeter von meiner Kehle entfernt zu. Ich wich zur Seite und sprang auf ihn, wobei meine Krallen in sein Fell eindrangen und sich tief in sein Fleisch gruben.

In der Luft änderte ich meine Sprungrichtung, dann landete ich einen Meter weit von dem schwarzen Wolf entfernt. Blut sickerte aus einem Schnitt an seiner Seite.

Ein wildes Brüllen der Befriedigung entkam mir. Ich war zufrieden mit dem Schaden, den ich ihm zugefügt hatte. Blake blickte argwöhnisch in meine Richtung. Das hatte er nicht von mir erwartet. Seine Masse machte ihn zu langsam.

Er senkte seinen Kopf und die Haare auf seiner Wirbelsäule sträubten sich. Seine Miene veränderte sich und war plötzlich voller Entschlossenheit. Aus irgendeinem Grund trat ich einen Schritt zurück. Meine Selbstsicherheit zerfiel zu Staub.

Oh-oh, jetzt habe ich ihn richtig verärgert.

Er stürzte sich auf mich und seine Geschwindigkeit wurde durch seine Wut noch verstärkt. Ich wich aus, aber seine rasiermesserscharfen Krallen schrammten an meiner Schulter entlang und verursachten einen quälenden Schmerz, der mich aufschreien ließ. Ich flog zur Seite und prallte gegen eine Kiste. Meine andere Schulter knackte beim Aufprall.

Bevor ich mein Gleichgewicht wiederfinden konnte, kam Blake wieder auf mich zu und schnappte mit seinem Kiefer nach meinem Genick. Seine Zähne durchschnitten nur meine Haut, doch der Schmerz war trotzdem unerträglich. Er schüttelte seinen Kopf von einer Seite zur anderen und knurrte. Ich heulte, während ich mit den Pfoten um mich schlug.

Ich sah keinen anderen Ausweg, also ließ ich meinen Körper nach unten sinken und drehte mich dabei. Als sich mein Körper bewegte, rissen Blakes messerscharfe Zähne durch meine Haut. Als sie nachgab, brannte der Schmerz in meinem Rücken wie Feuer, doch ich war frei.

Ich duckte mich und bewegte mich seitwärts, wobei ich mich hektisch nach einem Ausweg umsah.

Blakes Maul schnappte Zentimeter von meinem Hals entfernt zu, als ich mit eingezogenem Schwanz wie ein Feigling zurückwich. Ich drehte mich zu ihm um. Blake schüttelte seinen Kopf und stieß ein zufriedenes Brüllen aus, da er mich bereits als besiegt ansah.

Meine Kleidung lag in einem Haufen auf dem Boden, zerrissen und weggeworfen, und erinnerte mich an mein anderes Ich und die zwanzig Jahre der Lügen, die es durchlebt hatte. Die ganze Zeit hätte ich mehr sein können, aber ich hatte nur ein paar Tage bekommen, und jetzt würde ich sterben, ohne mich zu kennen, ohne, dass die Wölfin in mir ihr volles Potenzial entfalten konnte.

Wilder Zorn erfüllte die animalische Seite von mir, als mir das klar wurde.

Du hast alles und ich habe so wenig, sagte Red. *Du hast nichts davon verdient. Ich schon. Ich hätte dir gezeigt, was echte Macht ist.*

Blake kam in meine Richtung, wobei Vorfreude in seinen dunklen Augen funkelte. Er würde Spaß daran haben, mich zu töten, genau wie bei dem Mann, den er mit bloßen Händen umgebracht hatte.-

Hände?

Mein Blick wanderte zu meiner weggeworfenen Kleidung, dann wieder zu Blake. Er schien dasselbe zu begreifen wie ich. Sein Gesichtsausdruck änderte sich von Freude in Entschlossenheit und er stürzte sich auf mich, während ich meiner Wölfin befahl, sich zurückzuhalten, und stürzte sich auf meine Pistole und das Magazin.

Meine Hände verwandelten sich zuerst, wo sich kurze, mit Krallen versehene Finger bildeten. Die Verwandlung kribbelte sofort meinen Arm hinauf und über den Rest meines Körpers. Ich schlug hart auf dem Betonboden auf. Meine Hände fassten unter die Kevlar-Weste und tasteten nach der Waffe und den Kugeln.

Ich hatte Glück und meine Finger legten sich gleichzeitig um den Griff der Glock und das Magazin. In einer fließenden Bewegung steckte ich die Munition hinein, gerade als Blake auf mir landete und seine Krallen in meinen Rücken grub. Ich schrie vor Schmerz auf, dann bemühte ich mich zu zielen, lud die Pistole nach und drückte den Abzug. Der Schuss hallte in meinen Ohren wider und warf mich zurück, sodass mein Ellbogen gegen den Boden stieß. Die Kugel streifte Blakes Seite und traf dann die Decke.

Einen Moment lang dachte ich, das wäre mein Ende, doch dann rollte sich Blake von mir herunter und brach auf der Seite zusammen, wobei er sich unkontrolliert wand und vor Schmerzen schrie.

Das letzte Adrenalin schoss durch meinen Körper, und ich drückte mein Gesicht auf den Boden und keuchte vor Schmerz und Anstrengung. Ich hielt meine Augen offen und ohne zu blinzeln sah ich zu, wie

Blakes Wolfsgestalt langsam verschwand und einen nackten, zitternden Mann zurückließ.

Gift breitete sich aus der Wunde an seiner Seite aus und färbte die umliegende Haut schwarz. Die Adern an seinen Armen traten hervor und wurden immer dunkler; sie breiteten sich aus, bis schwarze Spinnweben seinen ganzen Körper bedeckten, selbst sein Gesicht. Weißer Schaum blubberte aus seinem Mund und er zuckte unkontrolliert.

Langsam und unter Schmerzen erhob ich mich auf meine Hände und Knie, die Waffe immer noch in der Hand. Blakes Atmung wurde flach und schwerfällig. Unter Anstrengung drehte er seinen Kopf in meine Richtung und sah mich mit hasserfüllten Augen an.

Zitternd kam ich auf die Füße und richtete die Waffe direkt auf seine Brust. Mein Finger strich über den Abzug. Der Hass in seinen Augen verschwand und wurde zu Angst. Er wollte nicht sterben.

Nach dem, was Jake gesagt hatte, würde ihn der Eisenhut in seinem Körper nicht umbringen, aber ein Schuss ins Herz – ob mit oder ohne Eisenhut – würde ihn genau dorthin bringen, wo er hingehörte: in die Hölle.

Siehst du, Red, ich bin auch stark.

Ich spürte ein zustimmendes Nicken von ihr und lächelte.

Blake öffnete seinen Mund und sagte etwas Unverständliches. Ich trat einen Schritt näher.

„Was?" Ich richtete die Waffe auf seinen Kopf, um ihn ein wenig mehr zum Reden zu ermutigen.

Er murmelte wieder und war offensichtlich bereit, zu gestehen, da er dachte, er würde sterben.

„Was willst du sagen, Blake? Ich bin ganz Ohr. Wer ist noch verantwortlich für das alles?" Auf keinen Fall hatte er das alles allein getan.

Blake wimmerte. Seine Feigheit überraschte mich, obwohl sie das nicht hätte tun sollen. Er war ein großer Tyrann, und Tyrannen hatten nicht den geringsten Mut. Sie brauchten andere, die hinter ihnen standen, um sie zu stützen und sie aus Schwierigkeiten herauszuholen, wenn sie sich übernommen hatten.

Er hatte Mühe, Worte zu formen, und schnaubte nur.

„Rede, verdammt noch mal! Oder ich puste dir das Hirn weg."

Seine Augen weiteten sich, dann blickte er verängstigt nach unten.

Plötzlich baute sich Druck in meinen Schläfen auf. Ich zuckte vor Schmerz zusammen und taumelte rückwärts. Mein Hirn fühlte sich an, als würde es wie ein überreifer Kürbis explodieren. *Was zur Hölle?* Ich blinzelte und schüttelte den Kopf, während ich darum kämpfte, mich wieder zu konzentrieren. Nach ein paar tiefen Atemzügen verging das seltsame Gefühl. Ich beschloss, dass ich genug von diesem Bastard hatte.

„Du kannst froh sein, dass ich keine Mörderin bin, so wie du", blaffte ich, dann ließ ich meinen Arm sinken.

Ich konnte Blake nicht umbringen – jedenfalls nicht so kaltblütig. Die Polizei würde jeden Moment eintreffen und mit dem Gift in seinen Adern konnte er keinen Schaden mehr anrichten. Er würde ins Gefängnis kommen und vielleicht würde er gestehen, und alle, die für die Kriegshetze und die Verteilung von Gift an Vampire verantwortlich waren, würden zur Strecke gebracht werden.

Ich trat zurück und sammelte vorsichtig meine zerrissenen Kleider auf. Ich drehte sie um und zog sie so gut es ging an. Die Fetzen bedeckten die wichtigen Stellen, wenn auch nur knapp. Ich brauchte unbedingt einen Ring wie den von Eric. Es war mein neues Lebensziel, für einen von ihnen zu sparen. Die Sache mit der Nacktheit ging mir jetzt schon auf die Nerven.

Humpelnd eilte ich zum hinteren Teil des Lagerhauses, wo Jake mit Blake gekämpft hatte. Als ich eine verdrehte Gestalt auf dem Boden sah, erstarrte ich und hatte plötzlich Angst, näher heranzutreten.

Oh Gott. Bitte nicht.

Unter seinem Körper hatte sich eine Blutlache gebildet und das Licht der Hängelampen spiegelte sich auf der nassen Oberfläche. Tränen liefen meine Wangen hinunter, während ich zögerliche Schritte in seine Richtung machte. Sein Fell war blutverschmiert und eines seiner Beine war in einem seltsamen Winkel verdreht. Zitternd kniete ich mich neben ihn, legte die Waffe auf den Betonboden und drückte meine Finger an seinen Hals. Ein schwacher Puls pochte in seiner Kehle.

Schluchzend drückte ich meine Stirn an seinen Kopf.

„Du schaffst das. Du schaffst das", sagte ich immer wieder und streichelte das weiche Fell zwischen seinen Ohren. „Es tut mir leid, dass ich es nie gesagt habe, aber ich möchte, dass du weißt, dass ich dich liebe, Jake. Das habe ich immer. Ich hoffe, du kannst mich hören. Und es gibt noch etwas, das ich dir sagen muss, sobald es dir besser geht. Ich glaube, es wird dich sehr glücklich machen. Vielleicht musst du mir helfen und mir vieles beibringen, aber ich möchte lernen. Für dich. Wir werden glücklich sein. So glücklich."

Seine Atmung wurde langsamer und flacher.

„Bitte halte durch. Hilfe ist auf dem Weg."

Tränen trübten meine Sicht, als ich meine Fäuste um eine Handvoll seines dichten Fells ballte, als ob das sein Leben auf dieser Erde halten könnte.

Als die Sirenen in der Ferne ertönten, sprang ich auf die Füße und eilte zwischen den Kisten hindurch. Ich musste sie schnell zu Jake führen. Nur eine Sekunde könnte über Leben und Tod entscheiden.

Als ich den Gang verließ, blieb ich abrupt stehen.

Blake war weg!

„Nein!"

Das war unmöglich.

Eine Blutspur zog sich über den Beton in Richtung Ausgang, aber er konnte unmöglich aufgestanden, geschweige denn aus dem Gebäude gelaufen sein.

Ich platzte durch die Tür und rannte nach draußen, wobei sich Schmerz auf meinem verletzten Rücken ausbreitete. Ich sah nach rechts und links, doch es gab keine Spur von Blake. Wie?! Auf keinen Fall konnte er allein entkommen sein. Jemand musste ihm geholfen haben. Es musste noch eine andere Person im Lagerhaus gewesen sein und sich bis zum Ende wie ein Feigling versteckt haben.

Polizeiwagen kamen die Straße entlang gerast. Ich warf die Waffe weg, als sie mit quietschenden Reifen zum Stehen kamen und den Geruch von verbranntem Gummi verbreiteten.

Die Polizisten öffneten die Türen, sprangen heraus und richteten ihre Waffen auf die zerzauste, verrückt aussehende Frau, die nichts trug außer zerrissene Fetzen ihrer Kleidung. Ich seufzte und hob die Hände, doch dann musste ich sie ein wenig herunternehmen, weil die Bewegung meine linke Brust entblößte und einem der Polizisten fast die Augen aus dem Kopf fielen.

Jep, ich brauchte definitiv einen dieser Ringe.

Ich war in eine Decke gehüllt und saß in der Ecke von Toms Büro. Zu meiner Überraschung waren die Wunden auf meinem Rücken geheilt, bevor irgendjemand die Zeit hatte, zu bemerken, dass ich medizinische Hilfe brauchte. Ich hatte allen gesagt, dass das Blut nicht meins war, sondern Blakes. Sie schienen es zu glauben, aber den Zustand meiner Kleidung zu erklären war etwas schwieriger. Die Art und Weise, wie sie zerrissen war, passte nicht gerade zu einem Werwolfangriff, aber sie waren zu sehr mit dem riesigen Vorrat an Rhabo beschäftigt gewesen, um sich um etwas anderes zu kümmern.

Tom stampfte in das Büro und schloss die Tür hinter sich. Er ließ die Jalousien an den großen Fenstern vor seinem Schreibtisch herunter und sank dann mit einem schweren Seufzer in seinen Stuhl.

„Ich bin zu alt für diesen Mist", sagte er und rieb sich den Nacken. „Zwei Uhr nachts, Toni? Und das an einem Samstag? Hättest du dir keinen besseren Zeitpunkt aussuchen können?"

Ich schenkte ihm ein Lächeln, das sich anfühlte wie eine Grimasse.

Er beugte sich nach vorne und legte seine Arme auf dem Schreibtisch ab. „Alles in Ordnung, Kindchen?"

Ich nickte. „Ich kann mir nur nicht erklären, wie Blake entkommen konnte."

Ein Geräusch entkam Toms Kehle und er sah mich stirnrunzelnd an. Ich hatte das Gefühl, dass er meine Geschichte nicht ganz glaubte. Sie klang weit hergeholt, das war klar.

„Blake lebt", sagte ich zum *x-ten* Mal.

„Ich möchte dir glauben, aber ..."

„Er hat Jake fast umgebracht, Tom. Frag ihn."

„Wir vernehmen ihn, sobald er sprechen kann."

Ich richtete mich in meinem Stuhl auf. „Du musst mir glauben."

„Ich versuche es ja. Das tue ich wirklich. Aber du musst dich in meine Lage versetzen. Zuerst war es Damien Ward und jetzt ist es Blake, der wandelnde Tote."

„Du vergisst die vielen Kisten voller Rhabo", sagte ich mit hochgezogener Augenbraue. Das konnte er nicht leugnen. Jake und ich hatten seiner Abteilung gerade einen großen Sieg beschert.

„Da kann man nicht widersprechen", sagte er. „Aber wenn du die Zeugen nicht getötet hättest ..."

Ich schluckte, als ich an die Leichtigkeit dachte, mit der ich sie umgebracht hatte, und an die Erbarmungslosigkeit meiner Wölfin. Doch dies war nicht der Zeitpunkt, um darüber nachzudenken.

„Es waren zwei Wachmänner auf dem Dach. Sie sind nicht tot." Sie hatten ihre Leichen nicht gefunden, was bedeutete, dass sie wahrscheinlich aufgewacht und geflohen waren.

„Vielleicht", sagte Tom, „aber wir können sie nirgendwo finden."

In meinem Kopf ging eine Glühbirne an. „Es gab Kameras. Vielleicht gibt es Aufnahmen, die zeigen, wie die Leute hinein- und hinausgehen."

„Ja, die haben wir überprüft, aber es gibt keine Aufnahmen. Die Ableitung für digitale Forensik untersucht die Festplatte, um zu sehen, ob sie etwas wiederherstellen kann."

Waren die Kameras nur Attrappen? Oder vielleicht hatte derjenige, der Blake geholfen hatte, genug Zeit gehabt, die Aufnahmen zu löschen.

„Du solltest nach Hause gehen, Kindchen. Ruh dich etwas aus."

Ich nickte und hatte das Gefühl, dass alles vergebens gewesen war. „Rosalina wird bald hier sein."

Nach meiner Aussage hatte ich sie angerufen, um ihr zu sagen, dass es mir gut ging, und sie hatte darauf bestanden, herzukommen, um sicherzugehen.

Ich sah Tom über den Schreibtisch hinweg in die Augen. „Bist du sicher, dass es Jake gut geht?"

„Ja, die Sanitäter haben sofort angefangen, ihn zu heilen. Er ist ein zäher Bursche. Morgen ist er wahrscheinlich schon wieder fit. Was für ein Glückspilz. Mein Bein fühlt sich manchmal immer noch seltsam an." Er rieb es unter seinem Schreibtisch. Die Donut-Explosion hatte ihm das komplette Bein abgerissen und die Ärzte hatten es wieder angebracht, doch der Heilungsprozess war nicht einfach für ihn gewesen.

Ich stand auf und meine Schultern waren vor Erschöpfung schwer. „Nur ein riesiger Wolf könnte Jake das antun", sagte ich. „Denk darüber nach."

Er rieb sich seinen Schnauzbart und überlegte. „Ja, das stimmt. Wir werden ihn schnappen, wer auch immer es war."

„Es *war* Blake, Tom. Du musst mir glauben."

„Wir halten immer noch die Augen nach ihm auf, wenn er also da draußen ist, wird ihn jemand entdecken und wir werden ihn festnehmen."

„Du denkst wohl, dich kann nichts mehr überraschen, was?" Ich sah ihn mit hochgezogenen Augenbrauen an.

„So in der Art", lachte er. „Außerdem ist irgendwas mit dir los, Fräulein. Du erzählst mir nicht die ganze Wahrheit."

Ich setzte einen verletzen Gesichtsausdruck auf. „Warum sagst du das?"

Tom verschränkte die Arme und schnaubte. „Deine Kleidung sieht aus, als hättest du sie in einen Industrieschredder gesteckt. Und es ist kaum Blut darauf. Irgendetwas stimmt nicht. Ich bin nicht blöd." Er tippte sich auf die Nase.

Ich rieb mir den Nacken und seufzte resigniert. „Du hast ja recht."

Ich hatte keinen Grund, die Wahrheit vor Tom zu verbergen. Ich tat es nur, weil ich mich in all diese Lügen verstrickt hatte, aber es wäre tatsächlich eine Erleichterung, es jemand anderem als Rosalina erzählen zu können. „Wie wäre es, wenn wir diese Woche mal einen Kaffee trinken gehen? Dann erzähle ich dir alles."

„Ich bin dabei. Vielleicht kann ich dann auch alles andere glauben."

KAPITEL 32

Sobald ich später an diesem Morgen aufwachte, rief ich Jake auf dem Handy an, doch er nahm nicht ab. Als Nächstes versuchte ich es im Krankenhaus, doch sie sagten mir, er wäre bereits entlassen worden. Tom hatte recht damit gehabt, dass Jake sich schnell erholen würde. Seine Verletzungen waren schlimm gewesen und sowohl Ärzte als auch Heiler mussten nötig gewesen sein, um ihn zusammenzuflicken, doch seine Wandler-Heilfähigkeiten hatten ganz sicher das Schlimmste behoben.

Ich wusste nicht, was ich sonst tun sollte, also schickte ich Jake eine Nachricht und fragte ihn, ob ich ihn treffen könnte, wo auch immer er war. Dann blieb ich auf dem Bett sitzen und wartete auf eine Antwort, doch es kam keine.

Ich rieb mir die Augen und stand auf, um zu duschen, froh, dass ich keinen Termin mit Eric hatte, da es Samstag war. Auf keinen Fall hätte ich es geschafft, um 4 Uhr dort zu sein.

Rosalinas Schlafzimmertür war noch geschlossen und ich hoffte, dass sie friedlich schlummerte und bis mittags dösen würde. Letzte Nacht hatte sie von dem Moment an, als Jake und ich losgezogen waren, um Blake zu suchen, keinen Moment geschlafen. Stattdessen war sie in der Wohnung umhergelaufen und hatte nervös Kartoffelchips in sich hineingestopft.

„Zwei Tüten, Toni. Ich habe zwei verdammte Tüten gegessen!", hatte sie erzählt und mir zwei Finger vor die Nase gehalten. „Wenn meine Kleider nicht mehr passen, ist das deine Schuld."

Gott, was sie meinetwegen alles durchmachen musste. Es war nicht fair. Nachdem ich mich ausgezogen hatte, stellte ich mich auf Zehenspitzen und sah mir meinen Rücken im Spiegel an. Zu meiner Überraschung und Erleichterung sah ich keine Anzeichen dafür, dass ein böser Werwolf versucht hatte, mich zu Konfetti zu verarbeiten – nicht einmal die kleinste Narbe.

Wow! Meine eigene Heilfähigkeit verblüffte mich.

Ich bin unschlagbar.

Ich wirbelte vor dem Spiegel herum und stieß mit grimmiger Miene meine Hand nach vorne, bereit, meine Krallen auszufahren. Nichts passierte. Stirnrunzelnd sah ich meine Finger und meine normal aussehenden Nägel an. Ich formte eine Faust, dann streckte ich meine Finger wieder aus und konzentrierte mich darauf, meine Krallen hervorspringen zu lassen. Noch immer nichts.

Missmutig stieg ich unter die Dusche und war fest entschlossen, mir von Eric zeigen zu lassen, wie dieser Trick funktionierte. Das heiße Wasser lockerte meine Muskeln und ich blieb noch ein paar Minuten länger unter der Brause. Wie neugeboren trat ich hinaus und trug sofort mein Dung-Parfum auf. Ich ertrug den Gestank, bis er sich verflüchtigte und sagte mir, dass ich ihn nicht mehr lange brauchen würde.

Während ich mein Haar mit einem Handtuch trocknete, klingelte mein Handy. Eilig nahm ich es und war erleichtert zu sehen, wer anrief.

„Jake, ich bin so froh, dass du mich zurückrufst. Wie geht es dir?"

„Alles in Ordnung. Was ist mit dir?" In seiner Frage lag eine gewisse Besorgnis.

„Mir geht's gut. Ich sorge mich nur um dich."

Ein Rascheln war zu hören, dann stöhnte er. „Tut mir leid, Bewegung tut immer noch etwas weh", sagte er. „Mir wurde gesagt, dass du Blake besiegt hast."

Ich nickte, als könnte er mich sehen. „Ja. Ähm, ich habe ihn angeschossen. Der Eisenhut war das Einzige, was mich gerettet hat, aber er ist entkommen. Jemand hat ihm geholfen."

„Es war ein zweiter Werwolf dort. Er hat an Blakes Seite gekämpft, nachdem du weg warst", sagte er.

„Was?! Das hat mir niemand gesagt." Ich wickelte das Handtuch um meinen Körper, eilte in mein Zimmer und holte eine Jeans und ein T-Shirt aus der Kommode.

„Ich habe es der Polizei im Krankenhaus erzählt. Sie haben meine Aussage aufgenommen, als ich bei Bewusstsein war."

„Hast du eine Ahnung, wer es war?"

„Nein, ich habe nicht einmal etwas gerochen. Er hat seinen Geruch verborgen, genau wie wir."

„Verdammt!", fluchte ich. „Das muss derjenige gewesen sein, der Blake zur Flucht verholfen hat. Allein hätte er nie entkommen können. Der Eisenhut hat ihn völlig umgehauen." Ich hielt das Handy zwischen meiner Schulter und meinem Ohr und versuchte, mich anzuziehen, doch es fiel mir schwer. „Wo bist du?", fragte ich.

„Bei meinem Großvater."

Igitt, ich mochte diesen alten Mann nicht, aber das war mir egal. Ich wollte Jake sehen, um sicherzugehen, dass es ihm gut ging. Aber da war noch mehr. Ich war bereit, ihm alles zu erzählen.

„Wie hast du es geschafft, Blake zu besiegen?", fragte Jake und klang verwirrt.

„Ich komme zu dir. Ich erkläre dir alles, wenn ich da bin."

„Es geht mir gut. Mach dir keine Sorgen. Wir treffen uns am Montag."

„Nein, ich muss dich heute noch sehen."

„Ist schon gut. Heute bin ich—"

„Ich bin bald da."

Ich tippte auf den ‚Auflegen'-Knopf. Ein Nein würde ich nicht akzeptieren. Ich musste ihm alles erzählen, bevor ich den Mut dazu verlor.

Ich hatte Angst, dass er vielleicht zurückrufen würde, um mich davon abzubringen, also schaltete ich mein Handy auf stumm und steckte es in meine Hosentasche. Leise verließ ich das Haus und stieg in meinen Camaro.

Fünfzehn Minuten später parkte ich vor Walter Knights Haus und joggte den Weg hinauf. Das Haus war noch genauso schön und groß, wie ich es in Erinnerung hatte. Der süße Duft von Rosen kitzelte meine Nase und lenkte meinen Blick auf eine Reihe gepflegter Sträucher voller blühender rosa Knospen. Die Blumen weckten den Wunsch in mir, endlich meinen schwarzen Daumen zu überwinden und nicht mehr jede Pflanze zu töten, die ich anschaffte. Sie waren so schön.

Ich atmete tief ein, rollte meine Schultern nach hinten und drückte auf die Klingel.

Das Erste, was ich hörte, war das Bellen eines Hundes. Bones, nahm ich an, der Riesenschnauzer, den Jake mir bei meinem letzten Besuch vorgestellt hatte. Dem Bellen des Hundes folgten schnell Schritte.

„Komm her, Junge", sagte eine männliche Stimme, als sich die Tür öffnete.

Walter Knight erschien auf der Türschwelle, mit einer freundlichen Miene, die schnell unerfreut wurde, als er mich sah.

„Miss Sunder, was für eine Überraschung, Sie so früh hier zu sehen", sagte er und hielt Bones am Halsband fest. Der Hund schien einen ebenso bösen Gesichtsausdruck zu haben wie sein Herrchen, aber das lag daran, dass seine Augenbrauen und Schnurrhaare gestutzt werden mussten.

Hatte er mich bei meinem letzten Besuch nicht geduzt? Warum jetzt dieser abweisende Ton?

„Hi." Ich wackelte lahm mit den Fingern. „Ich bin hier, um Jake zu sehen. Um nachzusehen, wie es ihm geht."

Er machte einen verächtlichen Laut. „Mein Enkel ruht sich aus. Er wurde letzte Nacht verletzt."

Seine braunen Augen verengten sich und musterten mich feindselig, als gäbe er mir die Schuld an dem, was passiert war. Wenn er das tat, lag er völlig falsch. Jake schaffte es ganz allein, sich in Schwierigkeiten zu bringen.

„Vielleicht sollten Sie zu einem anderen Zeitpunkt wiederkommen", sagte Walter.

Er begann, die Tür zu schließen, als Jake hinter ihm auftauchte.

„Ist schon gut, Grandpa. Ich bin wach."

Walters Gesicht verzog sich vor Verärgerung. Es schien also, dass mein erster Eindruck richtig gewesen war. Walter Knight mochte mich nicht. Ich fragte mich, warum.

Widerwillig entfernte sich Walter von der Tür und zog Bones mit sich. „Komm schon, du dummer Hund." Er riss am Halsband und scheuchte den Hund weg. Das Tier senkte den Kopf und schlich sich aus meinem Blickfeld. Der alte Mann folgte ihm, ohne mich noch eines weiteren Blickes zu würdigen.

„Komm rein, Toni." Jake humpelte in meine Richtung, wobei er eine Hand an seine Seite hielt. Er war barfuß und trug ein graues, zerknittertes T-Shirt und eine ausgefranste Jeans, die tief auf seinen schmalen Hüften hing. Er deutete auf eine geschlossene Tür.

Ich lächelte nervös, öffnete die Tür und betrat ein kleines Wohnzimmer. Jake schloss die Tür hinter mir, dann schlurfte er auf ein cremefarbenes Sofa zu, das mit seidigem Stoff bezogen war. Daneben standen zwei verschnörkelte Beistelltische und dahinter befanden sich große Fenster, die das Sonnenlicht hereinließen und den Blick auf den herrlichen Vorgarten freigaben.

„Setz dich." Er wies auf das Sofa.

Ich stand wie erstarrt da und mein Herz klopfte unkontrolliert, als würde es bald aufgeben.

Vielleicht ist es eine schlechte Idee, es ihm zu sagen. Vielleicht sollte ich warten.

Das war eindeutig meine schwache Seite, die aus mir sprach. Red würde vor nichts zurückschrecken, schon gar nicht vor einem einfachen Gespräch. Ich atmete Jakes Duft nach Kiefern und Regen tief ein und schöpfte daraus Mut.

Leicht stöhnend nahm Jake neben mir Platz, schob sich ein Kissen in den Rücken und lehnte sich zurück. „Ich fühle mich wie ein verdammter alter Mann", beschwerte er sich.

„Erholst du dich gut?"

„Ja, alle Wunden sind geschlossen. Es schmerzt nur."

Ich lächelte. „Da bin ich froh. Ich habe mir Sorgen um dich gemacht." Ich blickte ihm in die Augen und hoffte, dass er die Erleichterung sah, die ich fühlte.

Ohne nachzudenken, fing ich an, auf meinem Daumennagel herumzukauen.

Wie soll ich anfangen?

Jake, das Versprechen, das du deinem Vater gegeben hast – ich kann dir helfen, es einzuhalten.

Nein. Zu direkt.

Jake, ich bin bereit, einen Wurf Werwölfe für dich zu gebären.
Zu übertrieben und nicht unbedingt wahr.
Jake, ich bin eine Werwölfin.
Ja. Klar. Knapp. Treffend.
Ich öffnete meinen Mund, um zu sprechen, doch Jake kam mir zuvor.
„Also hast du den zweiten Werwolf nicht gesehen?"
„Ähm, nein. Nur Blake, aber—" Ich wollte ihm sagen, dass ich nicht hier war, um über die letzte Nacht zu sprechen, doch er unterbrach mich wieder.
„Und du bist nicht verletzt?"
Ich schüttelte meinen Kopf. „Ich habe es dir ja schon gesagt. Mir geht es gut."
Er runzelte verwirrt die Stirn. „Ich bin beeindruckt, Toni. Nicht jeder kann es einfach mit einem Werwolf aufnehmen. Vergiftete Kugeln hin oder her."
„Na ja, ähm, ich hatte nicht nur die Pistole."
Er beugte sich vor und zuckte leicht zusammen. „Nein?"
„Nein. Da ist noch etwas. Etwas, was ich dir erzählen wollte."
„Und was ist das?"
„Jake, ich bin eine—"
Die Tür zum Wohnzimmer schwang auf und Bones sprang schwanzwedelnd herein. Als Nächstes erschien Walter mit einer Frau an seiner Seite.
„Schau mal, wer gerade gekommen ist, Jake", sagte der alte Mann.
Ich erkannte diese Frau sofort als die Blondine, die Jake zu Erics Party begleitet hatte. Sie trug ein Sommerkleid mit einem Herzausschnitt, der ihre üppigen Brüste betonte, und ein Paar klobige Rattan-Keilschuhe, in denen sie so groß war wie ich. Ihr seidig glattes Haar mit perfekten, schimmernden Strähnchen fiel ihr über die nackten Schultern.
Jake sprang mit geweiteten Augen auf die Füße und schien den Schmerz in seiner Seite vergessen zu haben. Ich blieb sitzen, denn ich konnte mich nicht bewegen, während mir die Möglichkeiten durch den Kopf gingen. Was hatte sie hier zu suchen? Aber was noch wichtiger war: Warum sah Walter so selbstzufrieden aus?
„Allison", sagte Jake. „Ich wusste nicht, dass du kommst."

Die Blondine schien zunächst zu zögern, aber nach einem aufmunternden Nicken von Walter setzte sie ein breites Lächeln auf und stolzierte in den Raum.

„Ich wollte nach dir sehen, *Jakie*", sagte sie und sprach den Spitznamen mit einem Hauch von gemeiner Belustigung in der Stimme aus. „Dein Großvater hat mir erzählt, was passiert ist, und ich habe mir Sorgen gemacht."

Jake lächelte steif. „Kein Grund zur Sorge. Es geht mir gut, aber danke. Vielleicht könnt ihr beide in der Küche auf mich warten, bis ich hier fertig bin."

Der feige Teil von mir wollte sagen, dass ich später wiederkommen könnte, aber Red entschied, dass ich nirgendwo hingehen würde. Ich würde hier bleiben.

„Wo sind deine Manieren, Jake?", sagte Walter mit einer Freundlichkeit, die soeben noch nicht da gewesen war. „Willst du Miss Sunder nicht deiner Verlobten vorstellen?"

Jake verschluckte sich. Ich verschluckte mich. Selbst Allison schien bei dem Wort „Verlobte" zusammenzuzucken.

„Schon gut, ich tue es." Walter winkte mit einer Hand in der Luft herum. „Miss Sunder, das ist Allison Blackridge."

Ich stand langsam auf, während ihr Nachname in meinen Ohren widerhallte wie Todesglocken.

Blackridge. Blackridge. Blackridge.

Im selben Moment wie mein Herz verhärtete sich auch meine Miene.

„Blackridge?", fragte ich mit einem Lächeln, das Red schnell aus dem kältesten Teil meiner Seele heraufbeschwor. „Vom Blackridge-Rudel?"

„Genau von dem", sagte Walter und zeigte mir alle seine Zähne, wie ein verdammtes Skelett.

Ein Schauer lief mir über den Rücken und ich erstarrte zu Eis.

„Ich kenne jemanden aus deinem Rudel", sagte ich und meine Stimme klang dabei wie ein fernes Echo. „DJ Slice, Aaron Blackridge. Ich habe neulich mit ihm zusammengearbeitet."

„Oh ja, du bist die Fährtensucherin, die diesen ... *Vampir* für ihn gefunden hat, richtig?" Sie betonte das Wort ‚Vampir', als sagte sie ‚Müll'.

„Genau den", antwortete ich mit hocherhobenem Kinn. „Wie auch immer, es scheint, dass ich euch gratulieren sollte." Ich drehte mich zu Jake und sah ihm in die Augen.

Er sah sauer aus. Stinksauer. Seine silbernen Augen waren genauso kalt und distanziert, wie ich mich fühlte. Als er mich ansah, funkelte Reue in seinem Blick auf.

Ein Teil von mir erwartete, dass er seine Verlobung abstreiten würde, doch stattdessen blieb er still. Zorn und Hass erfüllten mich und brauten sich schnell zu einer giftigen Mischung zusammen.

„Tja", sagte ich mit verachtungsvoller Stimme. „Ich bin froh, dass es dir gut geht. Ich sollte wohl gehen, damit du dich erholen kannst, und dich deiner *Verlobten* überlassen." Ich eilte aus dem Raum und tat mein Bestes, um Walters zufriedenes Lächeln zu ignorieren, als ich an ihm vorbeilief.

Mit zitternden Händen griff ich nach der Klinke der Eingangstür, als Jake aus dem Zimmer stürmte.

„Toni, warte!"

Ich blieb stehen, hielt jedoch meine Aufmerksamkeit auf den Türgriff gerichtet.

Er kam näher und legte eine Hand auf meine Schulter. „Ich ... ich wollte es dir sagen", flüsterte er. „Es schien nur nie der richtige Moment zu sein."

Ich schüttelte seine Hand ab. „Du schuldest mir keine Erklärungen mehr. Du hast dich klar ausgedrückt."

„Bitte, du weißt, dass ich wünschte, es könnte anders sein."

„Tust du das?" Wenn er sich das wirklich wünschte, dann könnte ich es ihm sagen.

„Natürlich tue ich das."

Ich drehte mich um und blickte in sein Gesicht, wo ich nach der Wahrheit suchte.

„Aber ich habe es meinem Vater versprochen", fügte er hinzu.

Tränen brannten in meinen Augen als ich fragte: „Muss es ausgerechnet sie sein?"

„Der Zusammenschluss ist wichtig für das Rudel, für seine Zukunft und auch für die des Knight-Erbes. Es ist meine Pflicht."

Nein. Ich konnte es ihm nicht sagen. Ich hatte ihm nichts zu bieten. Walter und sein Rudel würden mir ins Gesicht lachen. Ich war unerfahren und ohne ein Rudel war ich eine Außenseiterin.

Red spürte den Schmerz von Jakes Zurückweisung genauso stark wie ich, doch sie schüttelte ihn ab und ersetzte ihn durch eisige Gleichgültigkeit. Ich zog Kraft daraus und hielt mein Kinn hoch.

„Dann wünsche ich dir alles Gute, Jake", sagte ich und verließ sein Leben dann für immer.

KAPITEL 33

Als ich nach Hause kam, lag Rosalina noch im Bett.
Ich war froh, dass ich Zeit hatte, das alles allein zu verarbeiten, stieg wieder ins Bett und rollte mich zusammen, wobei ich mir ein Kissen fest an die Brust drückte. Ich weinte und wütete; die beiden Emotionen wechselten sich ab und trieben mich in den Wahnsinn.

Zeit verstrich.

Ich schlief. Ich wachte auf. Ich verlor mich selbst.

Druck baute sich um mein Hirn herum auf und drückte fest dagegen. Ein seltsames Gefühl breitete sich über mich aus und ich erschauderte.

Dann begann das Pochen.

Es hämmerte unaufhörlich gegen meine Schläfen und gab mir das Gefühl, dass ich irgendwo sein oder etwas sagen musste.

Ich versuchte, es zu verdrängen, es zu vergessen, aber es wurde immer lauter. Als mein Kopf zu explodieren drohte, änderte sich das Hämmern und wurde zu einem deutlichen Stakkato von Hammerschlägen, wie ein rasender Morsecode, der mich in den Wahnsinn treiben sollte.

„STOPP!", schrie ich aus vollem Hals.

Das Pochen hörte einen Moment lang auf, dann fing es wieder an und wurde immer intensiver und präziser, wie ein entferntes Geräusch, das immer klarer wurde, je näher es kam. Langsam bekamen die Schläge eine gewisse Kadenz und Abfolge.

Sie wiederholten sich immer und immer wieder, wie eine Botschaft.

„Ich kann es nicht verstehen!", sagte ich. „Lass mich in Ruhe."

Die scharfen Geräusche hielten an, wurden aber leiser, sodass ich mich ein wenig besser konzentrieren konnte.

, Was willst du sagen, Blake? Ich bin ganz Ohr. Wer ist noch verantwortlich für das alles?'

Ich war wieder im Lagerhaus und kniete neben dem verletzten Körper des Mannes, der sich auf dem Boden wand. Sein schäumender Mund öffnete und schloss sich. Es kam nur Gurgeln heraus. Seine aufgerissenen Augen waren auf meine gerichtet und schrien mir praktisch etwas zu.

Der Druck in meinem Kopf erreichte seinen Höhepunkt.

„Du tust das", rief ich, legte meine Hände an den Kopf und drückte fest zu. „Hör auf damit!"

Blakes blutunterlaufene Augen starrten in meine und hielten mich fest.

Seine Botschaft hämmerte in meinem Kopf. Wieder und wieder. Ich konnte mich nicht vor ihm verstecken. Ich versuchte es, aber er hatte mich mit seinem Blick gefangen genommen und ich konnte mich nicht befreien. Es gab nur eine Möglichkeit.

Ich musste mir den Weg aus diesem Albtraum freikämpfen.

Meine Krallen fuhren sich aus. Ein dichter, greller Nebel stieg um mich herum auf. Panik ergriff mich. Ich wirbelte herum und versuchte, einen Ausweg zu finden. Blakes Nachricht pochte immer noch und drohte, mein ganzes Wesen zu zerstören.

Knurrend schlug ich mit meinen Klauen um mich und zerriss den Nebel. Aber es war kein Nebel. Meine Krallen verfingen sich darin, und als ich nach unten schlug, zerriss Stoff und verheddderte sich in meinen Fingern. Ich bewegte verzweifelt die Arme bei dem verzweifelten Versuch, mich zu befreien. Irgendwann löste er sich und sank nach unten, wo er um mich herum liegen blieb.

Das Pochen hatte nachgelassen und nur noch Stille umgab mich. Ich war kurz davor, erleichtert auf die Knie zu sinken, als der Druck wiederkam. Beinahe schrie ich vor Frustration auf, doch der Druck hielt nur kurz an und drang dann mit zwei kurzen Schlägen zu mir durch. Zwei Silben.

„Ste-phen." Und dann: „Hilf-mir."

Keuchend setzte ich mich im Bett auf. Mein T-Shirt klebte vor kaltem Schweiß an meiner Haut.

Ste-phen.

Ste-phen.

Ste-phen.

Jede Silbe war ein Hammerschlag.

In Blakes Stimme hallte der Name in meinem Kopf wider. Ich schüttelte meinen Kopf, um ihn zu verdrängen.

„Nein, nein, nein!"

Es war ein Albtraum gewesen, ein Hirngespinst meiner wirren Träume. Es war keine Erinnerung. Zwar hatte ich im Lagerhaus denselben schrecklichen Druck gespürt, als ich über Blake gestanden hatte, doch das war alles. Ich hatte seine Stimme nicht in meinem Kopf gehört, und er hatte nicht nach Stephen gerufen, denn das würde bedeuten ... das würde bedeuten ...

Nein!

Stephen konnte nicht derjenige sein, der dafür verantwortlich war, was in der Stadt passierte. Und Blake konnte nicht in meinem Kopf gesprochen haben, weil er kein Alpha war.

Außer ...

Mein Herz hämmerte in meiner Brust, als mir eine mögliche Erklärung dafür in den Sinn kam. Wenn ich Blakes Hilferuf gehört hatte, musste das bedeuten, dass ... dass *ich* ein Alpha war.

Nein.

Das konnte nicht sein. Es konnte einfach nicht sein.

Meine Vorstellungskraft ging mit mir durch, ich zog voreilige Schlüsse. Der Traum war einfach nur ein Traum gewesen, keine Offenbarung von etwas, für das ich noch zu unerfahren war, um es als Alpha-Fähigkeit zu erkennen. Richtig? Richtig?!

Ich sprang aus dem Bett und schnappte mir die Schlüssel für meinen Camaro. Es gab nur eine Person, die mir helfen konnte. Ich musste sofort zu Eric Cross.

www.ingramcontent.com/pod-product-compliance
Lightning Source LLC
Chambersburg PA
CBHW060519220726
48290CB00015B/2146